No dia do meu aniversário

André Bogado

No dia do meu aniversário

Coleção
NOVOS TALENTOS DA LITERATURA BRASILEIRA

novo século

São Paulo 2011

PRODUÇÃO EDITORIAL Equipe Novo Século
PROJETO GRÁFICO E COMPOSIÇÃO S4 Editorial
CAPA Equipe Novo Século
FOTO DO AUTOR Bruno Ferreira Cunha
REVISÃO Rodolfo Ortiz
Maria Elaine Andreoti

DADOS INTERNACIONAIS DE CATALOGAÇÃO NA PUBLICAÇÃO (CIP)
(Câmara Brasileira do Livro, SP, Brasil)

Bogado, André

No dia do meu aniversário / André Bogado. – Osasco, SP : Novo Século Editora, 2011. – (Coleção Novos Talentos da Literatura Brasileira)

1. Ficção brasileira. I. Título. II. Série.

11-02783 CDD-869.93

Índices para catálogo sistemático:

1. Ficção : Literatura brasileira 869.93

2011
IMPRESSO NO BRASIL
PRINTED IN BRAZIL
DIREITOS CEDIDOS PARA ESTA EDIÇÃO À
NOVO SÉCULO EDITORA LTDA.
Rua Aurora Soares Barbosa, 405 – 2º andar
CEP 06023-010 – Osasco – SP
Tel. (11) 3699.7107 – Fax (11) 3699.7323
www.novoseculo.com.br
atendimento@novoseculo.com.br

Para as duas mulheres mais importantes do mundo: minha mãe Ofélia, culpada pela minha existência, e minha esposa Laura, cúmplice dos meus pequenos delitos literários.

Aos meus filhos André e Bruno, luz e razão da minha vida.

Ao meu falecido pai Oscar, de quem herdei a teimosia em ser escritor.

Ao meu aniversário

...

Por que razão tão cedo cá vieste
De novo aparecer-me?
Não sabes que o teu rosto já tão visto
Só pode aborrecer-me?

Que me trazes de mimo? — Mais um ano,
Mais uma ruga à fronte,
E a campa, que lá surge mais distinta
Nas brumas do horizonte!

...

És tu, dia fatal, és tu culpado
Deste funéreo sonho,
Que já por morto, e hóspede, me dava
Do túmulo medonho.

...

Se lembravas-me outrora a luz primeira,
Sorrindo-me ao nascer,
Hoje lembras-me só que se avizinha
O tempo de morrer.

Bernardo Guimarães
Rio de Janeiro, 15 de agosto de 1859

I

Simon sabia que havia alguma coisa errada, pois já era a terceira vez que tentava telefonar para a filha, mas não conseguia. Nem no celular, nem no telefone fixo e muito menos na confecção do Bom Retiro. Esther havia simplesmente desaparecido. Ficou inquieto, aquilo certamente não era um bom sinal, uma vez que ela não era dada a estes hábitos de sair sem avisar, abandonar o trabalho e ficar fora de casa o dia inteiro. Afinal, o que estava acontecendo? Por que sua filha não dava notícias?

Não podia sequer dividir a preocupação que tomava conta de si, pois, se dissesse uma única palavra para Sara, certamente ela ficaria desesperada, causaria tumulto, iria à polícia, faria o que toda mãe em tal situação costuma fazer e de nada adiantaria dizer que Esther tinha mais de 40 anos, que já era uma mulher feita na vida e havia lhes presenteado com uma neta: para sua esposa, a única filha era apenas uma criança crescida que precisava de proteção. No momento, o melhor a fazer era continuar tentando contato, pois não havia nenhum motivo para alarme, para imaginar coisas ruins; certamente ela estava muito ocupada, tinha ido visitar um fornecedor e por alguma razão, que explicaria depois, não estava atendendo o seu celular.

Horas se passaram e nenhuma notícia de Esther. Simon telefonou para a administração do prédio da Alameda Jaú, e o porteiro Cícero lhe disse que sua filha tinha saído de casa e não havia retornado ainda, mas que, assim que chegasse, diria a ela para entrar em contato com o pai. Desligou o telefone mais apreensivo do que antes. Para onde teria ido? O que era tão importante para que ela sequer atendesse as chamadas do celular? Simon não suportou toda aquela tensão e tomou a decisão de que teria de fazer alguma coisa, era preciso agir, não podia ficar em casa aguardando uma ligação que poderia jamais acontecer. Trocou de roupa, apanhou o chapéu e despediu-se de Sara, dando uma desculpa qualquer. Seu plano consistia em ir ao apartamento da Alameda Jaú e ali aguardar a chegada da filha, pois, ainda que ela não chegasse, poderia descobrir alguma coisa que desse sinal do seu paradeiro. Além do mais, precisava falar de um assunto muito sério com Esther, que tinha de saber o que estava acontecendo. Talvez ela, que recebeu tanta ajuda, poderia agora inverter a posição e ajudá-lo naquele que era o momento mais difícil da sua vida.

Deixou o apartamento da Joaquim Floriano, no Itaim Bibi, e não demorou muito para chegar à Alameda Jaú. Estacionou o carro um pouco distante, pois não encontrou vaga nas proximidades e só não entrou com o automóvel no edifício porque sabia que o novo síndico havia proibido os visitantes de ocuparem, ainda que por pouco tempo, os lugares exclusivos dos moradores. Cabisbaixo, caminhou lentamente, quando ergueu a cabeça, viu ao longe a entrada do prédio e, próximo a ela, sua neta, acompanhada do namorado. O que eles estariam fazendo naquele lugar? Por qual motivo Cristina procurava pela mãe com quem não se relacionava há muito tempo? Tudo lhe pareceu muito estranho. Resolveu ficar por ali mesmo, observando a entrada do prédio e viu a neta conversar rapidamente com o porteiro, pegar a chave e subir. Esperou alguns minutos, que lhe pareceram horas, e somente quando Cristina voltou é que sua ansiedade diminuiu um pouco, mas a tensão permanecia forte e tudo que já era muito estranho ficou ainda mais confuso. Afinal, o que estaria acontecendo?

Quando voltou para casa, Sara já o aguardava para jantar, evitou qualquer comentário que pudesse trazer preocupação à esposa tão dedicada. Contudo, ela não deixou de notar o seu silêncio durante a refeição; indagado da razão do seu estranho comportamento, disse apenas que estava cansado, que no dia seguinte estaria mais disposto e que poderiam conversar longamente, como estavam acostumados a fazer.

Enquanto a mulher arrumava a cozinha, foi à sala, de onde telefonou para o prédio da filha, e Cícero lhe informou que ela havia retornado, que tudo estava bem e que tinha lhe dado o recado.

Quando desligou o telefone, permaneceu longo tempo com o olhar parado e os pensamentos mais variados passaram por sua cabeça.

Na manhã seguinte, logo cedo, Sara o acordou nervosa, dizendo que não conseguia falar com Esther, pois ela não atendia o telefone. Diante da esposa que dava sinais evidentes de preocupação, ligou para o porteiro do prédio, colega de Cícero. Ele interfonou para o apartamento e não obteve resposta. Sara, que estava cada vez mais aflita, tomou o telefone da mão do marido e pediu para o porteiro pegar a chave que ficava na portaria e ver o que estava acontecendo.

Desligou e aguardou a resposta. O coração de mãe estava angustiado, sabia que alguma coisa ruim havia acontecido com a filha, pois não era normal que ela ficasse tanto tempo sem dar notícias. Quando o telefone tocou, Simon apressou-se em atender. Disse poucas e ininteligíveis palavras, porém seu rosto não conseguiu esconder o enorme choque da notícia que havia recebido. Quando desligou, Sara, desesperada, puxou o marido pelo braço e quis saber o que tinha acontecido.

Simon, petrificado, deixou rolar uma lágrima silenciosa em seu rosto e, após alguns minutos, com uma voz rouca e sem expressão disse:

— O pior aconteceu: nossa filha está morta!

II

— Mas não foi suicídio? — perguntou Cícero com o pouco que lhe restava de voz.

O delegado aproximou-se mais dele, ficou alguns minutos olhando fixamente em seus olhos sem nada dizer, depois afirmou que ainda tinha muito trabalho pela frente e foi embora.

Mal ele saiu, Cícero despejou seu corpo sobre a cadeira e ficou imóvel, sem dizer uma única palavra. Assim permaneceu por longo tempo, só voltou à realidade com o barulho repetitivo da buzina do automóvel de um morador do prédio, que, irritado, fazia gestos, querendo entrar.

Levantou-se rapidamente e saiu da cabine levando suas coisas. No *hall* de entrada do prédio encontrou o síndico e lhe disse que estava se sentindo mal, com tonturas, sem condições de trabalhar e que iria para casa se recuperar.

Já na rua, ziguezagueando, olhou insistentemente para trás e para os lados, procurava por pessoas, por rostos desconhecidos que o estivessem seguindo. A cabeça girava, os pensamentos iam e vinham, sem uma sequência lógica, pois tinha perdido a noção de tempo, tudo estava embaralhado e já não sabia mais o que era realidade ou imaginação; nesta angústia contínua, vinha-lhe à mente a imagem da mãe e a infância pobre vivida no Crato. Queria correr para seus braços, ser acarinhado, receber o conforto e a tranquilidade que só ela era capaz de lhe transmitir. Mas onde estava agora que não vinha acudi-lo? Só havia aquela multidão apressada que se acotovelava pelas ruas. Nenhum conhecido, ninguém com quem pudesse conversar, nenhum amigo para desabafar, só pessoas insípidas, bípedes errantes, sem rumo certo na vida e no caminhar.

Depois de um tempo que lhe pareceu infinito, Cícero chegou à estação de metrô e embarcou rapidamente, olhando sempre para todos os lados, pois o medo não o abandonara. Estava exausto, suava bastante e sua respiração era ofegante. Não conseguiu lugar para sentar e ficou em pé, segurando-se na haste de metal presa à parte superior do vagão, mas mesmo ali dentro não se sentia seguro, pois percebia que a qualquer momento aqueles dois desconhecidos poderiam surgir do nada e tentar atacá-lo. Tinha de retornar urgentemente para a pensão da Vila Gustavo, arrumar tudo e voltar para o Crato, pois ali teria a proteção dos familiares e dos amigos. Já não fazia questão de voltar rico, o importante era retornar ao Ceará com vida, o resto resolveria depois.

E se o pegassem antes que tivesse tempo de arrumar suas coisas e viajar? Não queria nem pensar nesta hipótese, tinha mesmo de ficar atento a tudo e a todos e, se a sorte o ajudasse, iria embora para nunca mais voltar.

Desceu do metrô ainda muito assustado, teria, de toda forma, de evitar ser alcançado pelas pessoas que o haviam seguido naquela manhã. Imaginava que além daqueles dois, certamente existiriam outros. Já não havia mais dúvida de que aquela gente era muito perigosa.

Precisava pegar o ônibus nas proximidades para chegar em casa e, por conta disso, deixou a estação com atenção redobrada, olhando cada pessoa que se aproximava. Se percebesse qualquer perigo, poderia correr repentinamente, como fizera naquela manhã: o mais importante era manter a tranquilidade, afinal faltava pouco para se livrar de tudo aquilo.

O ônibus se aproximou, Cícero fez sinal para que parasse. Tornou a olhar para todos os lados e sentiu certo alívio quando constatou que não havia ninguém que tivesse aparência suspeita. Quando o coletivo estacionou, Cícero ficou de costas para a estação de metrô e apertou os passos para embarcar, neste momento uma motocicleta surgiu em sua retaguarda e desacelerou. Ouviram-se três estampidos secos e Cícero sentiu um calor muito forte nas costas, como se ferros em brasa o estivessem atravessando; a dor que se seguiu era aguda, de uma intensidade insuportável. Havia várias pessoas no ponto de ônibus, todas elas ficaram paralisadas, surpresas com aquele ataque brusco. Cícero não conseguiu permanecer em pé, sentiu-se fraco e caiu ao lado de uma mulher loira que estava com seu filho pequeno no colo. A cabeça girava sem parar, mas mesmo assim ele compreendeu a situação e percebeu que seu fim estava próximo.

Reuniu o pouco das forças que ainda lhe restavam, respirou fundo e disse de uma só vez:

— No dia do meu aniversário.

Os passageiros que estavam no ponto do ônibus tentaram socorrê-lo, rapidamente formou-se um grupo de pessoas em torno dele, cada um procurava ajudá-lo de alguma forma. A mulher loira, muito assustada, tapou os olhos do filho pequeno. Um homem alto, de barba cerrada, que usava casaco de couro, tomou-lhe o pulso e decretou:

— Morreu, o coitado morreu.

Alguns dos presentes se afastaram, outros permaneceram no local e muitos curiosos surgiram de todas as direções. A mulher loira colocou o filho no chão e, com o olhar perdido no horizonte, ficou imóvel: custava a acreditar que tudo aquilo estava realmente acontecendo.

III

A noite era clara. A lua cheia despontava no horizonte e trazia singular beleza ao céu de São Paulo. Os prédios gigantescos da Avenida Paulista tinham ficado para trás. Heitor Pinheiro descia a Avenida Angélica, em direção à Praça Buenos Aires, onde morava; para ele, era como se tivesse acionado o piloto-automático, dirigia sem muito esforço, desligado do mundo, acostumado, pois fazia o mesmo percurso todos os dias. Quantas pessoas não eram assim? Quem nunca viajou em seus pensamentos em meio ao trânsito pesado da cidade grande? Em outras oportunidades, já havia refletido sobre aquilo, porém, apesar dos esforços, não conseguia entender como motoristas podiam pensar em algo profundo, dando asas a verdadeiro devaneio e ao mesmo tempo manterem-se firmes na direção do carro, obedecer à sinalização, frear e trocar as marchas. Achava que as partes do cérebro que comandavam as ações de dirigir e raciocinar eram diferentes e uma não atrapalhava a outra. Para ele, tudo era um forte convite à divagação, principalmente quando fazia viagens longas. Costumava dizer aos colegas que as mais importantes argumentações e frases de efeito que usara nos júris tinham lhe vindo à mente quando estava ao volante, passeando pelas ruas da cidade. Às vezes, sem muita inspiração para o plenário, saía com seu automóvel, apenas por sair, seguia pela Avenida 23 de Maio, contornava o Ibirapuera, circulava pelos Jardins até que a ideia lhe surgia radiosa, contaminando seu ânimo, trazendo-lhe a certeza da condenação.

Naquele dia, Heitor Pinheiro estava feliz. Finalmente voltava para casa tranquilo, sem nenhum compromisso, livre para fazer tudo que desejasse. Mais parecia um sonho. Seu último dia de trabalho na promotoria havia sido de festa, partilhada com os inúmeros amigos e colegas. Muitos deles, em brincadeiras inocentes, deixavam escapar certa ponta de inveja ao afirmar que ele ficaria em casa, de pijamas, assistindo à TV.

Isso jamais aconteceria. Fazia trinta anos que tinha ingressado no Ministério Público e ainda se lembrava dos detalhes da sua época de promotor de justiça substituto, quando havia perambulado pelo interior até chegar ao júri da capital. Embora legalmente aposentado, sentia-se jovem. Afinal, 55 anos não é idade para se considerar velho. Trazia ainda dentro de si muita vitalidade e o forte desejo de recomeçar sua vida, de ingressar por caminhos diferentes. Uma nova trilha se descortinava a sua frente, um novo mundo se abria diante de si, fazendo-o vibrar de contentamento e inquietação. Havia chegado a hora de se dedicar inteiramente a uma área que lhe era inovadora e que carecia de talentos.

Sabia que havia conseguido se destacar em sua profissão. Todos o consideravam ótimo orador e seus resultados nos plenários do júri eram excelentes. No início, ainda contava os julgamentos de que havia participado. Parou nos quinhentos. Achou que era idiotice continuar contando, pois isso iria interessar a quem? Amava a profissão que havia abraçado por tanto tempo e se lembrava, com orgulho, dos assassinos cruéis que mandara para a cadeia. Acreditava, já com certa saudade, que o maior charme do júri consistia no fato de que, depois de terminados os exaustivos debates, todos se encaminhavam para a sala secreta, onde os votos eram tirados um a um. Apesar de experiente, não conseguia deixar de sentir certo frio na barriga a cada quesito formulado aos jurados. O que esperar deles? Sabia que tudo poderia acontecer, pois, como diziam, o júri era uma caixinha de surpresas. Porém, quase sempre o resultado lhe era favorável.

Pinheiro continuou dirigindo de volta para casa e, quando o sinal da Avenida Angélica fechou, pensou que poderia ter saudades da beca, do tribunal do júri, do ambiente forense. Afinal, foram trinta anos de realização profissional.

Quando o semáforo abriu, acelerou bruscamente. Sentiu que não deveria mais pensar no passado. Uma nova vida se iniciava e Pinheiro sabia bem o que iria fazer daquele dia em diante. Para ele, aposentadoria tinha de ser diferente. Nada de ficar em casa, ocioso, lendo jornais, revistas, vendo TV. Desejava uma vida bastante ativa, com muita ação, bem diferente da que ele tinha levado até aquele momento.

A investigação criminal sempre o seduzira e não podia deixar de se lembrar das muitas vezes em que tivera de se desdobrar porque uma prova não havia sido bem colhida. Em diversas ocasiões, via-se claramente que o réu era culpado, que havia cometido o crime com perversidade, porém a prova essencial, que convenceria qualquer jurado, não tinha sido trazida ao processo. Em outras oportunidades, existia alguma falha na investigação, e os advogados de defesa se aproveitavam dela para obter a absolvição.

Nessas ocasiões, pensava que se estivesse no local do crime, com a polícia, poderia juntar pistas, coletar objetos, seguir pegadas, enfim, trabalhar com inteligência não só para descobrir o culpado, mas também para reunir provas necessárias à condenação do criminoso.

Quando chegou ao seu apartamento, algo lhe pareceu diferente. O desafio de uma nova vida poderia causar medo e apreensão em qualquer um, menos em Heitor Pinheiro. Estava feliz e cheio de planos.

~

Na manhã seguinte, bastante relaxado, depois de uma revigorante noite de sono, Pinheiro tomava café e lia jornais, quando o interfone do apartamento tocou. O porteiro anunciou a chegada de um velho amigo, que viera visitá-lo. Era Serafim, com quem trabalhou por muitos anos, já aposentado há bastante tempo. Fora um excelente funcionário, daqueles, sempre dispostos a ajudar, além disso, possuía incomum senso de organização, capacidade de encontrar as coisas certas, nas horas certas, era também dotado de muita vitalidade e subserviência canina. *É verdade*, pensava Pinheiro, que o amigo não era lá dotado de muita imaginação, pois não se atentava para detalhes fundamentais, porém, era fiel tal qual um buldogue. A qualquer hora do dia ou da noite, mesmo fora do expediente da promotoria, Serafim estava à disposição. Bastava uma singela palavra do promotor para que imediatamente largasse tudo que estava fazendo e providenciasse o que lhe era pedido.

Pinheiro abriu a porta, e entrou um homem de estatura baixa, cabelos pretos e lisos, rosto comprido, nariz empinado, com olhos escuros e penetrantes. Estava vestido como de costume: camisa xadrez e calças claras. Sua face mostrava olhar servil, porém, naquele dia, havia algo mais, trazia também um brilho de alegria, de grande satisfação. Abriu-se para um abraço:

— Parabéns pela aposentadoria, Pinheiro.

— Obrigado, é sempre bom receber um amigo no meu apartamento e a sua presença veio mesmo a calhar, já que eu iria procurá-lo ainda hoje, pois temos muitas coisas para conversar. Vamos ao meu escritório.

Aconchegados em confortáveis poltronas, sorriam um para o outro.

— Percebo que está particularmente feliz. Contudo, confesso que estou curioso para saber o que pretende fazer de agora em diante. Afinal, você vai poder descansar. Caso não queira, pretende advogar, escrever livros, fazer outra coisa?

— É exatamente sobre isso que quero lhe falar, meu devotado amigo. Tenho planos para o futuro que incluem sua participação, pois como você bem sabe, o crime é a minha paixão. Desde os tempos de faculdade que estudo o assunto e não estou aqui me referindo ao pequeno delito, de furto de supermercado ou de briga de vizinhos. Isso nada tem de interessante. Falo de crimes cometidos por quadrilhas, grupos organizados, homicídios e outros mais que despertam a atenção de toda a sociedade e que aguçam a curiosidade de especialistas pela sua sofisticação.

— Sei bem disso, afinal, trabalhamos juntos por mais de vinte anos.

— É exatamente por esta razão que desejo lhe falar do meu futuro, ou melhor, do nosso futuro. Pode parecer estranho alguém que já encerrou sua carreira falar disso, porém há muito tempo que penso no que farei a partir de hoje. A advocacia não me atrai e também não sou homem de ficar quieto, escrevendo livros e artigos.

Serafim sabia que não era mesmo. Lembrava-se bem de Pinheiro no trabalho. Estava sempre se mexendo: procurava detalhes no processo, conversava com policiais que fizeram a investigação, visitava médicos legistas. Em plenário do júri, sua agitação era mais evidente. Movimentava-se bastante e gesticulava muito. Ele dizia que existia uma linguagem corporal e que um bom orador deveria se utilizar dela para convencer os jurados. Ficou curioso. Afinal, o que aquele homem inquieto queria dizer ao mencionar que o estava incluindo em seus planos para o futuro?

— Meu caro, posso ver em seus olhos certa curiosidade. Não se preocupe, pois vou lhe explicar exatamente o que pretendo. Você deve se lembrar de que em diversos casos em que assumi a acusação no júri eu lhe disse que havia falhas na investigação. Muitas pistas deixadas não foram seguidas pela polícia ou poderia haver mais cuidado na colheita da prova. Testemunhas imprescindíveis não foram ouvidas, laudos não foram feitos, enfim, faltou um cérebro para mostrar a direção certa. Não digo que não houve ação. Nisso nossos policiais são eficientes, porém, em certos casos, não se trata só de correr atrás de provas. É preciso pensar, ver o que muitos não veem. Às vezes, uma investigação mal conduzida pode levar a resultados desastrosos. Você deve estar lembrado do caso Afonso, onde tudo indicava que tinha sido ele o autor do assassinato, porém, graças à nossa atuação, se descobriu que a verdade era outra e que o réu era inocente.

Serafim se lembrava bem daquele caso, pois havia acompanhado tudo de perto. Afonso estava preso há três meses, acusado de homicídio. Todas as provas indicavam que ele assassinara a vítima, pois havia discutido com ela na porta de um bar, por causa de algum dinheiro que lhe devia. Ela estava bastante embriagada e, durante a discussão, foi para cima de Afonso, com uma faca nas mãos. O réu, que era mais forte, conseguiu arrancar um galho de uma árvore próxima e com ele a desarmou; logo depois chegaram amigos, apartaram a briga e cada um foi para um lado. Passada meia hora, a vítima apareceu morta, ensanguentada, na beira de uma avenida, com lesão corporal grave na cabeça e na parte superior do ombro. A prova apresentada indicava que Afonso era o autor do crime e que, após a discussão no bar, seguiu a vítima e a atacou com o galho que tinha arrancado da árvore.

Porém, quando as testemunhas foram ouvidas perante o juiz, elas afirmaram que o galho, utilizado por Afonso na briga defronte ao bar, não era grosso. Tinha no máximo dois ou três centímetros. Pinheiro saiu da audiência preocupadíssimo e pediu para Serafim telefonar para os médicos legistas. Indagou-os se um galho fino poderia causar aquelas lesões e estes responderam que não. Perguntou se elas eram compatíveis com a largura de um pneu de automóvel. Os médicos analisaram a cópia do laudo de exame necroscópico que tinham em mãos e confirmaram a suspeita. Pinheiro descobriu que a vítima estava muito embriagada e que por conta disso havia caído próximo a uma avenida movimentada. Um carro qualquer, talvez até mesmo sem o perceber, passou por cima do seu corpo, causando-lhe a morte. Imediatamente, Pinheiro pediu a liberdade provisória do réu e ele foi colocado na rua no mesmo dia.

Serafim sabia que Pinheiro era um promotor enérgico, porém, reconhecia nele muitas qualidades, dentre elas, o fato de ser muito responsável e justo. Quando acusava alguém era porque tinha certeza de que aquela pessoa era a culpada e as provas lhe confirmavam o fato. Ele sempre lhe dizia que a função do promotor é de fazer justiça e não de acusar, e se souber que o réu é inocente, deve pedir sua absolvição, jamais a condenação. Tudo aquilo só fazia aumentar a admiração que Serafim sentia pelo seu antigo chefe. Estas coisas lhe vieram à mente em poucos segundos. Continuou a ouvi-lo.

— Como você sabe, meu caro Serafim, um laudo bem feito é capaz de mostrar a história de um homicídio. Veja o caso dos crimes cometidos com arma de fogo. Pelo orifício de entrada da bala dá para saber a distância em que o tiro foi disparado, se foi de cima para baixo, de baixo para cima, da esquerda para direita, da direita para esquerda ou de frente. Assim, é possível conhecer a exata localização do assassino em relação à vitima e até mesmo a sua altura. Naturalmente também é possível identificar o tipo de arma que foi utilizada. Estas coisas podem ser essenciais para descobrir o verdadeiro autor do crime, porém isso só não basta, é preciso ir fundo na investigação. A soma de todos os detalhes é que forma um todo harmonioso. Somente quando todas as perguntas que surgem durante o inquérito são respondidas é que se pode dizer que a chave do mistério foi finalmente descoberta. Aí, certamente teremos o nome do verdadeiro assassino.

— Sei que em toda investigação criminal existe uma parte técnica que pode auxiliar, mas apenas isso é suficiente para descobrir o criminoso?

— Eu diria que em alguns casos mais simples é possível. Um exame de digitais, de DNA ou qualquer outra prova elaborada pela polícia técnica pode levar ao criminoso. Porém, não me refiro a estes casos. Falo daqueles complexos, mais requintados, onde sequer se descobriu o nome do assassino. Também me refiro àqueles onde todos sabem quem foi que cometeu o crime, porém não se consegue provar nada. São casos em que a polícia não chega a lugar algum e o inquérito é arquivado. É exatamente aí que nós entramos.

— Nós? — indagou Serafim, emocionado.

— Quem melhor para me auxiliar do que o meu velho e fiel amigo Serafim? Por quantos anos trabalhamos juntos? Em quantos casos não lhe fiz um pedido que eu mesmo pensava que você jamais conseguiria atender e, no entanto, me surpreendi com a sua eficiência e rapidez. Não, meu caro, não há ninguém melhor neste mundo do que você para me entender e saber exatamente o que desejo. Além disso, preciso de alguém que esteja disponível vinte e quatro horas por dia. Somente um desempregado ou um aposentado é que poderiam me ajudar. Prefiro a segunda opção, pois dificilmente alguém que seja bom naquilo que faz se encontra desempregado. Além do mais, preciso de uma pessoa em quem eu possa confiar. Você sabe, esses casos requerem sigilo e honestidade. Digo honestidade porque existem pessoas que podem mudar de lado, dar informações valiosas e receber dinheiro em troca. Necessito de um auxiliar de confiança, honesto e prestativo e não vejo ninguém com todas estas qualidades além de você.

Serafim mal conseguia esconder sua emoção; depois de algum tempo, um pouco tímido, disse:

— Pinheiro, fico honrado com todos esses elogios, só não sei se sou merecedor deles.

— Certamente que sim. E digo mais, o seu nome não poderia ser mais apropriado: Serafim. Como você bem sabe, se trata de um anjo e, durante esses longos anos de promotoria, você foi uma espécie de anjo para mim. Sempre me ajudou com boa vontade. É disso que eu preciso em minha nova etapa de vida, já que desejo trabalhar em casos que lhe falei e não há nesta cidade ninguém melhor do que você para me auxiliar. O que diz da proposta? Ou prefere ficar em casa tomando conta dos netos?

— Pinheiro, fico emocionado com suas palavras. Você sabe que jamais consigo negar um pedido seu. Aceito a proposta e quero ajudá-lo em tudo o que puder, mas só não sei como ou quando vamos trabalhar.

— Fique tranquilo, sou bastante conhecido nesta cidade e qualquer dia desses teremos nosso primeiro caso. Talvez demore ainda algumas semanas ou meses, mas certamente alguém virá nos procurar.

Porém, Pinheiro estava enganado. Sua nova vida iria começar bem mais cedo do que ele esperava.

IV

Heitor Pinheiro estava sentado em sua poltrona preferida, no escritório do apartamento. Lia um livro sobre a faculdade de Direito do Largo São Francisco, onde havia se formado. Durante muitos anos, aquele volume estivera largado na estante, sem ter tido a oportunidade sequer de folheá-lo. As atividades do júri, o corre-corre das audiências e das plenárias o mantinham ocupado de tal forma que lhe era impossível reservar algumas horas para se sentar calmamente e ler um livro que realmente fosse do seu agrado. Percebia agora que a vida de aposentado tinha suas vantagens e tudo ficava mais lento. Refletia que somente nessa condição lhe era possível sentar em sua poltrona confortável, com a calma de um monge e ler. Simplesmente ler.

Porém, o temperamento de Pinheiro não permitia que tamanha tranquilidade se prolongasse por muito tempo. Após uma semana, já dava sinais de inquietação. Será que a vida nova que tinha sonhado durante anos jamais se concretizaria? Sabia bem que tinha falado apenas para poucos amigos que depois de aposentado iria se tornar um agente particular ou, como costumam chamar nos filmes e nos romances policiais: detetive. Acreditava que mais cedo ou mais tarde algum caso extremamente complicado, repleto de detalhes e mistérios, lhe chegaria às mãos. Contudo, decorridos apenas alguns dias, já estava preocupado. E se demorasse meses, anos, ou, pior, se nunca viessem procurá-lo? Pensou em colocar anúncio nos jornais, porém seus sentimentos mais nobres relutavam. Isso lhe parecia vulgar, e pensava, com certa dose de razão, que talvez o confundissem com aqueles profissionais que se dedicam exclusivamente à investigação de infidelidade conjugal. Quando a serenidade voltava, percebia que o melhor era esperar. Amigos ou conhecidos da promotoria haviam de indicá-lo a algum cliente.

Para superar a ansiedade, achou que a melhor solução era ter a companhia de um amigo. Telefonou para Serafim e pediu que ele viesse tomar café e conversar. Pinheiro não era dado a bebidas alcoólicas, a única exceção era chope, que bebia algumas vezes, na companhia de amigos. Em casa, somente café, sem o qual não conseguia passar. Aquilo mais parecia um vício. Certa vez, tomou várias xícaras seguidas, passou mal e foi parar no hospital com taquicardia; daquele dia em diante, passou a consumir a bebida com moderação. Costumava afirmar que café verdadeiro tinha de ser de qualidade e somente o expresso atendia às suas exigências, por tal razão comprou uma daquelas máquinas italianas, onde o grão é moído na hora, e a deixou no apartamento. Quando recebia amigos e parentes, não oferecia outra bebida, a não ser café.

Pinheiro e Serafim conversavam animadamente quando o interfone tocou. Um casal e uma moça desejavam conversar com o promotor aposentado. Não disseram seus nomes, porém informaram que o estavam procurando por orientação do advogado Pedro Salgado, seu velho amigo.

Pinheiro ficou em dúvida. Seriam seus primeiros clientes ou se tratava de pessoas que gostariam de vê-lo atuando no júri, como assistente de acusação? Apesar da insistência do porteiro, não quiseram declinar a razão da visita. Disseram que somente falariam a ele. Curioso e sem alternativa, autorizou a entrada.

Em poucos minutos, a campainha do apartamento tocou. Entraram as pessoas anunciadas pelo porteiro. O casal aparentava ter aproximadamente 65 anos; ele, um pouco mais velho, trajava terno escuro, era calvo e tinha um bigodinho estreito, cuidadosamente aparado, que escorria por cima dos lábios, mais se assemelhando a uma pequena faixa colocada no meio do buço. Possuía nariz longo, com a ponta arredondada. Seus olhos claros davam sinais de tristeza e preocupação. Segurava um chapéu preto, que, por nervosismo, girava entre as mãos.

A mulher, percebia-se bem, usava peruca e sua altura era pouco inferior à do marido. Tinha a pele muito clara e também usava roupas escuras. Possuía o mesmo olhar triste e preocupado.

A jovem aparentava ter aproximadamente 20 anos. Os cabelos eram loiros, a pele exibia um tom rosado e tinha olhos claros, que se assemelhavam aos do casal; porém, não parecia triste e nem demonstrava nenhum sinal de preocupação. Assim que entrou, sorriu para Pinheiro e Serafim, como se estivesse pedindo desculpas por estar ali.

Após cumprimentá-los, Pinheiro pediu que o acompanhassem até o escritório. Devidamente acomodados, disse:

— Pelo que vejo os senhores são judeus e acabam de fazer uma visita ao cemitério, que certamente é o do Butantã.

— Certo, mas... — começou a dizer o visitante, arregalando os olhos.

— Não seria errado presumir que uma filha ou filho de vocês faleceu — atalhou Pinheiro. — E, pelo que vejo, sua morte não foi natural.

Os visitantes, boquiabertos, não conseguiam esconder a surpresa.

— Creio que esta jovem é a filha da pessoa falecida — prosseguiu Pinheiro. Talvez queiram que eu atue no júri como assistente de acusação, ao lado do meu amigo, advogado Pedro Salgado e do promotor.

O homem que segurava o chapéu preto, com visível admiração, respondeu:

— Não sei como o senhor conseguiu descobrir tudo isso apenas nos observando. Parece mágica, porém se engana quando diz que queremos contratá-lo para que atue no júri como assistente de acusação.

Após uma pausa, prosseguiu:

— Meu nome é Simon, esta é minha esposa Sara. E a jovem a que o senhor se referiu é a minha neta, a Cristina. De fato, nossa filha Esther faleceu de uma forma violenta, pois levou um tiro na cabeça. A polícia diz que foi suicídio, porém não acreditamos nesta hipótese e gostaríamos que investigasse o caso.

Os dois amigos trocaram olhares. Não foi preciso nenhuma palavra, seus olhos registraram imensa satisfação.

— Meu caro Simon, desculpe se imaginei que me procurou para atuar no júri. Como foi o Salgado quem me indicou, acreditei que se tratasse disso, mas vejo que me enganei. Porém, não há nenhuma mágica em relação às minhas singelas deduções, e uma simples observação dos detalhes é capaz de mostrar muitas coisas. Os senhores estão vestidos de acordo com os costumes judaicos e os traços fisionômicos também mostram esta origem. Quanto à morte da filha de vocês, posso dizer que, se estão me procurando com este ar sério e triste, certamente houve uma morte, caso contrário não me procurariam, pois fiquei conhecido pela minha atuação no júri, onde quase todos os casos são de homicídio. Que estiveram há pouco no cemitério, também é fácil descobrir, pois todos vocês têm um pouco de barro em seus sapatos, e nos lugares onde os judeus moram nesta cidade não há terra nas ruas, a não ser nos jardins das residências; porém, seria muito difícil acreditar que três pessoas da mesma casa caminharam pelo seu jardim no mesmo dia, ainda mais usando estes trajes. O mais certo é que foram ao cemitério e que visitaram um túmulo recente, onde a grama ainda não se desenvolveu. Ouso dizer que a morte da sua filha não se deu há muito tempo. Falei sobre o cemitério do Butantã porque sei que os judeus costumam enterrar os mortos em seus próprios cemitérios, seguindo suas tradições, e o único em São Paulo em tais condições é o do Butantã. Acertei?

— Certamente, Sr. Pinheiro — disse Simon. Explicando assim, parece bastante simples.

— Toda dedução é simples. Basta uma observação mais atenta e o respeito aos detalhes. Quando atuava no júri, muitas vezes fui buscar a explicação do homicídio em coisas aparentemente irrelevantes. Esses detalhes compõem um todo e servem de prova para a acusação. Em diversas ocasiões, eu via que os jurados ficavam em dúvida quanto ao fato de o réu ser o assassino. Porém, quando mostrava a eles que todos os detalhes se encaixavam, ao final do plenário não havia mais dúvidas. Daí porque dou tanta importância para os detalhes. Mas, me diga, de que forma o senhor gostaria que eu o ajudasse nas investigações, já que a polícia concluiu que se trata de suicídio? Creio que eles devem ter boas razões para isso.

— E certamente têm, Sr. Pinheiro. Aparentemente tudo indica que minha filha se suicidou. Ela foi encontrada morta em seu apartamento, com a arma do lado do corpo. Não tinha nenhum inimigo e vivia sozinha, desde que ficou viúva, há vários anos. Ultimamente estava deprimida, vivia chorando e não nos contava a razão. O delegado que investigou o caso nos disse que realizou um exame resíduo gráfico e constatou sinal de disparo de arma de fogo na mão direita da minha filha. Havia apenas sua impressão digital na arma e, além disso, a porta do apartamento estava trancada, com a chave do lado de dentro.

O homem parecia abalado e falava da morte da sua filha com muita tristeza, entrecortada por pequenas pausas, por conta de sua emoção.

Prosseguiu:

— Como o senhor mesmo falou, somos uma família judaica, seguimos nossas tradições e temos muito orgulho disso. Para o povo judeu, suicídio é coisa muito grave, Sr. Pinheiro. É uma espécie de crime contra si próprio, pois acreditamos que somente Deus que nos deu a vida é que pode levá-la. Não temos o direito de tirar a vida de ninguém, muito menos a nossa. Suicídio é uma desonra, e o morto não pode ser enterrado ao lado dos demais túmulos. Em todos os cemitérios judaicos há uma área mais afastada, destinada aos suicidas.

Nessa hora, Pinheiro notou que escorriam lágrimas silenciosas no rosto do judeu. A família ficou cabisbaixa e um clima de emoção dominou o ambiente.

— Entendo sua preocupação — disse Pinheiro, tocando de leve as costas de Simon, na tentativa de consolá-lo. Também sou pai e imagino a dor que é perder uma filha, ainda mais nessas circunstâncias. Porém creio que a polícia teve boas razões para acreditar que se tratava de suicídio. Há quanto tempo sua filha faleceu?

— Amanhã completa um mês. Ainda estamos de luto. Quase nem saímos de casa de tanta vergonha.

Sara, que até então não havia falado uma única palavra, ergueu a cabeça e disse:

— Sr. Pinheiro, apesar das evidências, não acreditamos no suicídio de nossa filha. Além da questão religiosa, devemos considerar que Esther adorava a vida. Gostava de passear, dançar e viajar. Era viva como ninguém, e todos podiam perceber isso no brilho dos seus olhos. Houve outra ocasião em que ela também ficou muito triste e deprimida: foi quando seu marido morreu. Porém, depois se recuperou e mesmo passando por muitas dificuldades, ela nunca tentou se suicidar. Tenho certeza de que, por alguma razão que desconhecemos, ela estava passando por maus momentos em sua vida, contudo, iria superá-los. Suicídio não combina com Esther, por mais graves que fossem seus problemas, ela jamais se mataria.

Pinheiro ouvia com atenção o que diziam os pais de Esther, mas não acreditava que o caso tivesse outra explicação, senão o suicídio. A porta trancada por dentro, apenas um tiro certeiro, a mão com resíduos químicos, sua impressão digital na arma, tudo fazia crer que a pobre mulher tinha dado fim a sua própria vida.

Serafim também pensava da mesma forma. Novamente, bastou um simples olhar entre os amigos para que a impressão sobre a morte de Esther fosse transmitida entre eles.

— E o inquérito, já foi encerrado?

— Pelo que soubemos foi arquivado. Não demorou muito para que o delegado ouvisse algumas pessoas, juntasse laudos e mandasse para o fórum. Foi tudo muito rápido.

Pinheiro estranhou tamanha rapidez. Era bastante raro que um inquérito fosse arquivado em menos de um mês. Após breve reflexão, chegou à conclusão de que tal celeridade ocorreu pelo fato de todos acreditarem que se tratava de mero suicídio.

— E qual foi o delegado encarregado do caso? — indagou Pinheiro.

— Conversamos com ele, explicamos o mesmo que estamos explicando agora, fomos ouvidos no inquérito, mas não nos deu nenhuma esperança. Para o delegado Tavares se trata de suicídio e não há outra hipótese — lamentou a pobre mãe.

— Conheço o Tavares que trabalha no departamento de homicídios. Eu o considero competente, porém é muito teimoso e, quando se convence de uma coisa, não há quem o faça mudar de ideia. Falaram com o promotor?

— Quando soubemos que o inquérito estava no fórum, fomos até lá e conversamos com ele — respondeu Simon — mas o promotor teve o mesmo entendimento do delegado. Ontem soubemos do arquivamento do inquérito, depois consultamos Salgado, o advogado da nossa família, e ele nos convenceu de que deveríamos contratar seu serviço de investigação. Salgado lhe fez muitos elogios, disse que o senhor é muito inteligente e imbatível no júri. Pelo que vi hoje, o senhor consegue facilmente deduzir os fatos e, com esta qualidade, poderá descobrir o assassino da minha filha. Não sou um homem rico, Sr. Pinheiro, mas posso lhe pagar muito bem pelos seus serviços.

— Não se trata disso, Sr. Simon, estou aposentado e ganho o suficiente para viver com certo conforto. Resolvi me dedicar à investigação criminal somente por satisfação pessoal e tenho a inestimável colaboração do meu amigo Serafim. Levando-se em conta as provas que estão no inquérito, as circunstâncias e o fato de que sua filha se encontrava muito deprimida nos últimos tempos, sou da mesma opinião de Tavares. A hipótese de suicídio está certa.

— Não me diga isso, Sr. Pinheiro — objetou Sara. — Nós, mais do que ninguém, conhecíamos a nossa filha. Ela jamais se suicidaria, por pior que fosse a situação.

— Sei como se sentem. Eu já fiz centenas de júris e as pessoas que mais sofrem com o assassinato são os pais da vítima. Muitas vezes eu me coloquei na pele deles e percebi que tudo é muito triste. Apesar de compreender o sofrimento de vocês, creio que não poderei ajudá-los. Não quero perder tempo, nem iludi-los com falsas esperanças e muito menos desperdiçar o dinheiro de vocês. O caso me parece bastante claro.

— Mas, Sr. Pinheiro, volto a insistir — afirmou Simon — que não acreditamos que nossa filha tenha disparado aquele tiro no próprio rosto.

— Como? Ela morreu com um tiro no rosto? Logo que chegou aqui o senhor disse que foi na cabeça, mas não mencionou em qual parte dela. Não foi no ouvido, na têmpora ou na boca? — indagou Pinheiro bastante surpreso.

— Foi como eu disse, Sr. Pinheiro, o tiro foi dado bem defronte ao seu rosto e o atingiu na altura do nariz. Sua face ficou totalmente deformada, mal dava para reconhecê-la.

— Mas isso é interessantíssimo! Agora o caso muda totalmente de figura. O que acha disso, Serafim?

O amigo olhou para ele desorientado. Não conseguia atinar qual seria a diferença entre a pessoa ter se suicidado com um tiro na barriga, na orelha ou no rosto. Afinal, para o suicida, o local do tiro não tem importância alguma. Demorou algum tempo para responder.

— Não sei o que pensar, Pinheiro. Para mim, não faz muita diferença.

— Como não? Será que vocês não percebem? Faz toda diferença do mundo. Por que não me contaram isso logo que começamos a conversar?

— Então o senhor aceita trabalhar no nosso caso? Podemos contar com o seu serviço? — indagou Sara.

— Certamente que sim. Começo amanhã mesmo. Este caso promete ser muito interessante e mais complicado do que parece. Podem contar comigo. Apenas desejo que o senhor fique mais alguns minutos no meu apartamento e me fale tudo que sabe.

Por alguns momentos a tristeza profunda estampada no rosto do casal judeu desapareceu e ambos esboçaram um sorriso de satisfação.

V

Logo cedo, Pinheiro acordou disposto. Trocou de roupa rapidamente e foi à cozinha tomar café da manhã. Como sempre, Doroti tinha preparado tudo com capricho. Sobre a mesa havia pão francês ainda quente, café, leite, algumas frutas e demais acompanhamentos.

Não tardou muito para que Serafim chegasse ao apartamento. Tinham combinado fazer uma visita ao delegado Tavares no departamento de homicídios.

No caminho, a conversa não poderia ser outra senão o curioso caso da morte de Esther. Pinheiro acreditava que merecia uma investigação mais apurada. Os primeiros indícios apontavam para o suicídio, porém, muitas vezes, no curso de uma investigação criminal, algo que parece incontestável acaba se transformando e, ao final, se descobre que a verdade é outra. Enquanto dirigia observou:

— Veja bem, Serafim, tudo depende do ponto de vista do observador. Se você vê alguém pulando o muro de uma casa, certamente pensará que se trata de um ladrão. Porém, se conhece quem ali reside, saberá que esta pessoa que está pulando o muro nada mais é do que seu próprio morador. Se for indagar a razão pela qual ele está fazendo aquilo, receberá como resposta que trancou a porta e deixou a chave do lado de dentro. O que eu quero dizer é que precisamos saber de todos os detalhes da situação para tirar as conclusões certas. Muitas vezes as primeiras impressões não são verdadeiras.

— No caso de Esther, que outra coisa podemos pensar, além de suicídio, se a porta estava trancada com a chave do lado de dentro e seu apartamento ficava no oitavo andar do prédio e seria impossível a alguém chegar lá pelo lado de fora? Além do mais, a arma estava ao lado do corpo, com suas impressões digitais e de mais ninguém; e o exame comprovou que havia resíduos químicos em sua mão direita.

— É muito fácil rebater o que você considera como verdade absoluta, meu estimado amigo. Veja a questão da chave. Nem preciso ler o inquérito para comprovar que o crime poderia ser cometido por qualquer pessoa que tivesse uma cópia ou que fosse amigo ou até mesmo conhecido da vítima.

— Como assim? Não consigo acompanhar seu raciocínio.

— Vou lhe explicar. A mulher vivia só. Normalmente quando isso acontece, a pessoa deixa uma cópia da chave na portaria ou a entrega a parentes. Quando ela não se encontrasse em casa, as pessoas da família poderiam entrar no apartamento.

Serafim movimentou a cabeça concordando.

— Mas eu também posso lhe garantir que qualquer pessoa próxima da vítima poderia entrar no apartamento e sair deixando a porta trancada por dentro. Vamos supor que Esther recebesse uma amiga. Certamente abriria a porta para ela entrar. Muitas pessoas deixam a chave na própria fechadura, pois preferem colocá-la ali a pendurá-la em algum lugar. Se por algum motivo esta visita se desentender com a vítima, poderá atirar nela, matá-la e sair do apartamento deixando a chave do lado de dentro. Como você sabe, há muito tempo que existem fechaduras que se trancam somente com o fechar da porta e a chave pode ficar do lado de dentro. Isso não garante que a vítima estava sozinha e muito menos que teria se suicidado.

— E os outros fatos?

— Cada coisa a seu tempo, Serafim. Você sabe como eu costumo trabalhar. Gosto de ir devagar, escavando a verdade que muitas vezes está escondida, camuflada por mentiras ou por fatos que nos iludem. Veja como agem os mágicos e os ilusionistas. Eles nos fazem acreditar numa coisa, e, no entanto, a verdade é outra. Certamente você conhece o truque da mulher serrada ao meio. É óbvio que ela não é cortada, pois é impossível que alguém seja serrado e continue vivo. Certamente, são duas mulheres escondidas em compartimentos separados. Nos truques de magia, sempre há fundos falsos, correntes serradas, travas que não fecham etc. O criminoso comum não tem inteligência suficiente para preparar truques sofisticados, porém, assim como em outras áreas, há pessoas inteligentes que se destacam, entre os delinquentes também existem os que usam suas células cinzentas para iludir a polícia.

— Concordo com você, mas no caso da morte de Esther há muitos detalhes que só encontram explicação no suicídio.

— Isso é o que parece, meu caro Serafim, e nem sempre o que parece realmente é. Contudo, até aqui estamos especulando, e você sabe que não gosto de especulações. Primeiro precisamos ter todos os detalhes do caso, para depois tirarmos alguma conclusão, e eu acredito que o primeiro passo é conversar com o delegado.

Pinheiro e Serafim chegaram ao departamento de homicídios e se dirigiram ao gabinete do delegado Tavares. O promotor aposentado era bastante conhecido e ninguém estranhou sua presença ali.

— Meu querido amigo Pinheiro — adiantou-se a dizer o delegado Tavares. A que devo a honra de tão ilustre visita? Ouvi dizer que você estava aposentado.

— É verdade, Tavares. Aposentei-me do júri e das minhas funções como promotor; agora trabalho em outras atividades e estou fazendo uma investigação particular.

Tavares olhou espantado para Pinheiro. Não podia acreditar que aquele homem que vira tantas vezes brilhar no plenário do júri estivesse em sua delegacia dizendo que tinha virado investigador.

— Diga que isso é uma piada. Pensei que fosse se aposentar e aproveitar a vida, passear por aí, viajar, arrumar namorada. Agora você vem aqui me dizer que pretende ser detetive?

— É isso mesmo, Tavares. Sempre achei que o trabalho de investigação tem de ser meticuloso e que nenhum detalhe pode passar despercebido ou sem explicação.

— Certo, mas investigação é para a polícia, e isso requer experiência e treinamento.

— Não pretendo de forma alguma atrapalhar o trabalho de vocês, pelo contrário, quero somar esforços para que seja feita a justiça.

— Bom, já que é assim, em que posso ajudá-lo?

— A família de Esther — aquela senhora judia que foi encontrada morta no seu apartamento da Alameda Jaú — me procurou e pediu ajuda. Eles não acreditam na hipótese de suicídio.

— Ah, sim aquele caso! Tavares levantou-se de sua cadeira e colocou o braço nos ombros de Pinheiro, como se desejasse aconselhá-lo. Prosseguiu:

— É óbvio que para qualquer família é muito difícil aceitar a hipótese de suicídio de uma filha, ainda mais no caso dos judeus. A religião deles não aceita este tipo de coisa e há muita discriminação. Para mim, o caso é muito simples: foi suicídio. Aliás, eu não entendi por que o inquérito veio para cá, pois nós só atuamos nos casos mais complicados ou de autoria desconhecida. O próprio distrito policial deveria ter se encarregado do assunto.

— O que levou vocês à conclusão de que foi suicídio?

— Ora, Pinheiro! Foi a evidência dos fatos. Imagine alguém que não tem inimigo algum, morre em seu próprio apartamento com um tiro no rosto, e a arma ao lado do corpo. Há somente impressões digitais da própria vítima no revólver e, ainda, o exame conclui que havia resíduos químicos na mão direita. Nunca vi um caso tão claro de suicídio como este.

— Não lhe parece, Tavares, que há até um excesso de provas? Tudo está muito certinho, preparado para que se acredite que foi suicídio. E se não foi? E se alguém entrou no apartamento e matou a moça? Uma pessoa com bastante sangue frio poderia deixar tudo preparado para enganar a polícia.

— Há outras coisas mais que você não sabe. O porteiro disse que ninguém entrou no apartamento depois da chegada da vítima. Apenas a filha a procurou algumas horas antes, mas ela não estava em casa. Depois que Esther chegou, ninguém mais entrou ali.

Pinheiro se mostrou surpreso, mas não se deteve. Agradeceu a atenção de Tavares e disse que iria até o cartório do tribunal do júri tirar cópia do inquérito e estudá-lo. Depois voltaria a conversar com ele.

— Você viu, Serafim? O delegado tem certeza de que se trata de suicídio, daí a razão pela qual não se aprofundou nas investigações. Tão logo recebeu os laudos já encerrou o inquérito e o encaminhou ao fórum. A certeza dele é tão grande que não viu razão para fazer algumas indagações que seriam fundamentais para descobrir a verdade.

— Que indagações são essas? — perguntou Serafim.

— São muitas, mas eu prefiro falar delas depois de ler cuidadosamente o inquérito.

Os amigos foram ao tribunal do júri. O segurança do estacionamento reconheceu Pinheiro e permitiu a entrada de ambos. Já no interior do prédio, constataram que ali nada tinha mudado. Dirigiram-se à promotoria de justiça, pois Pinheiro desejava conversar com o promotor que havia solicitado o arquivamento do caso. O diálogo não foi muito diferente. Seu antigo colega, bastante experiente, lhe disse que parecia mais um caso típico de suicídio, como tantos outros que há no júri. Não havia o menor indício de que se tratava de homicídio ou de que alguém houvesse auxiliado a vítima a se suicidar.

Bastante tranquilo, Pinheiro foi ao cartório, onde lhe mostraram o inquérito policial, que estava pronto para ser enviado ao arquivo. Tiraram cópias no próprio fórum e depois voltaram ao apartamento da Praça Buenos Aires.

Pinheiro falou ao amigo que desejava ficar só, pois iria passar as próximas horas estudando cada detalhe do inquérito. Antes de se despedir, disse:

— Gostaria que voltasse amanhã para almoçar comigo. Você sabe que Doroti faz uma maravilhosa moqueca de pintado. Podemos apreciar aquela delícia e depois conversar sobre o caso. É sempre bom alguém nos ouvir e dar sugestões.

Mais tarde, Pinheiro trancou-se em seu escritório. Doroti trabalhava com ele há muitos anos e sabia que o patrão, quando se punha a estudar um de seus processos, não gostava de ser interrompido. Terminou suas tarefas e foi embora sem dizer palavra alguma.

No dia seguinte, Serafim apareceu na hora combinada. O almoço já estava servido, e Pinheiro parecia muito animado. Falava e sorria tal qual uma criança que acaba de ganhar um brinquedo novo.

—Veja você, meu caro Serafim, como são as coisas. Eu sei exatamente quais são os ingredientes que Doroti usa para fazer sua famosa moqueca. Tem de ser um peixe de qualidade, como pintado, badejo ou mesmo cação. Coloca-se também cheiro verde, pimentão, tomate, sal, azeite de dendê e leite de coco; podem-se acrescentar camarão e lula ou outros frutos do mar. Se eu tentar cozinhar — como já tentei várias vezes —, jamais conseguirei fazer uma moqueca igual a da Doroti, mesmo usando os mesmos ingredientes que ela usa. Isso vale para qualquer receita e até mesmo para um simples cafezinho. Posso usar a mesma quantidade de pó, de açúcar e de água que outra pessoa usa, porém o sabor do café feito por um jamais será igual ao do outro. Por que isso acontece?

— Não sei dizer, Pinheiro. Você está filosofando.

— Não se trata de filosofia, meu amigo. Isso é realidade. Você não soube responder a minha pergunta, mas vou lhe dizer a razão disso tudo. É que cada pessoa tem um jeito de ser e de fazer as coisas. Cada um tem uma experiência única de vida. Mas vamos ao que realmente interessa: o campo da investigação criminal. Digamos que seja cometido um homicídio ou assassinato, como prefere dizer a imprensa. A polícia tem acesso a todos os dados, a todas as informações, às provas e aos indícios. Um delegado pode chegar a uma conclusão absolutamente distinta de outro colega seu ou de um investigador particular. Para uma mesma coisa há interpretações diferentes. Muitas vezes se inicia a investigação partindo de uma premissa falsa e todo o resto do caminho fica comprometido; também se pode interpretar erroneamente uma prova no meio da investigação. Nestes casos, o final certamente será desastroso.

Serafim ouvia com atenção o que dizia seu amigo. Ficava imaginando como de uma simples moqueca ele podia tirar lições tão interessantes. Pinheiro agora lhe parecia aquele promotor de júri esplêndido, que durante anos vira atuar. De uma pequena coisa, de um simples fato ou observação, conseguia reverter uma situação que lhe era desfavorável e convencia os jurados do seu ponto de vista. Sabia argumentar como ninguém. Continuou a ouvi-lo com admiração.

— Não lhe parece óbvio que a análise dos fatos depende do analista e a observação depende da visão do observador? Quando digo que a interpretação equivocada pode levar a desastres na investigação criminal, estou falando em punir o verdadeiro culpado. Não se pode deixá-lo solto para cometer outros crimes. Da mesma forma que não se pode prender e condenar um inocente. Existem os dois lados da mesma moeda e a tradução é muito simples: trata-se de fazer justiça.

Era evidente o estado de euforia de Pinheiro. Poucas vezes Serafim o vira tão entusiasmado. Ficava imaginando qual seria a razão para tudo aquilo; certamente não era bebida, pois poucas vezes vira o amigo bebendo. Em festas e jantares, tomava chope ou cerveja, mas jamais se embriagava.

— Eu o conheço melhor do que ninguém, meu caro Serafim. Aposto que está pensando que bebi alguma coisa, mas sabe perfeitamente que não o fiz, pois você aprendeu muito sobre os meus hábitos nestes anos todos. Posso lhe garantir que não mudei meu jeito de ser e não ingeri uma única gota de álcool. Estou animado por outra razão e não é difícil adivinhar qual é.

— Talvez o inquérito tenha lhe indicado algum caminho, alguma pista que passou despercebida para a polícia.

— Certo. Mas vamos tomar um cafezinho no escritório, onde poderei lhe mostrar o meu ponto de vista sobre as provas que estão no inquérito.

O escritório do apartamento de Pinheiro era grande. Por todos os lados havia estantes com livros, mais parecia uma biblioteca. No centro, próximo à parede dos fundos, se via uma mesa grande, de madeira maciça, e sobre ela havia computador, agenda, porta-caneta e alguns livros; um pouco mais ao lado estavam as cópias do inquérito cujas folhas tinham marcadores e anotações. Certamente Pinheiro passara muitas horas lendo e relendo o que estava ali escrito. Na parede lateral, interrompendo as estantes, existia uma grande janela, de onde se podia avistar a Praça Buenos Aires com suas árvores frondosas. Como de costume, havia babás levando as crianças para passear e empregadas domésticas conduzindo cachorros de todas as raças. A vista era agradável, e o local, muito claro e arejado.

— Meu caro amigo, vejo que está curioso e apreensivo para saber detalhes do inquérito.

— É verdade. Não lhe pareceu suicídio?

— Há várias provas neste sentido. Porém muitas perguntas ficaram sem resposta. É exatamente aí que cabe uma investigação mais apurada. Existem falhas inacreditáveis, que só podem ter acontecido porque desde o início se partiu da falsa premissa de que se tratava de suicídio. Quando temos certeza absoluta de alguma coisa, seja ela verdadeira ou não, nos recusamos a aceitar qualquer hipótese que seja diferente da nossa.

— Quais foram essas falhas?

— Primeiro vamos ao revólver. Foi usado um de calibre 38, com numeração raspada.

— O que isso quer dizer?

— Toda arma tem uma numeração. Ao ser vendida, este número serve para identificá-la, ou seja, se uma arma qualquer é encontrada, pela sua numeração dá para se saber quem é o dono.

— E por que alguém rasparia esta numeração?

— Isso acontece quando sua origem é ilícita. Vamos dizer que há um roubo e os ladrões levam também a arma da vítima; eles raspam a parte de metal com o número para que ela não possa ser identificada. Há um verdadeiro comércio ilegal destas armas, mas dificilmente um cidadão honesto as possui.

— E Esther era honesta?

— Pelo que apurei, sim, jamais teve passagem policial, trabalhava bastante e era profundamente religiosa. Uma pessoa com perfil assim jamais teria arma com a numeração raspada. Isso é coisa de bandido.

— Mas ela morava sozinha, talvez tivesse medo de alguma coisa ou de alguém e resolveu comprar a arma para se defender.

— Não concordo. Ela poderia comprar uma arma legalmente, desde que cumprisse todas as exigências da lei. No entanto, além da numeração raspada, ainda há outro fato que me chamou a atenção.

— E qual é? — indagou Serafim, cada vez mais interessado.

— Uma mulher dificilmente utilizaria um revólver calibre 38 para qualquer coisa. Ele é muito grande. Já conheci mulheres que possuíam algum tipo de arma. A maioria prefere uma pistola semiautomática, ou um pequeno revólver, calibre 22.

Serafim concordou com o amigo, porém pensava que o tamanho não tinha tanta importância assim, havia armamentos maiores, como espingardas, rifles, escopetas e outras coisas. Há pessoas esquisitas no mundo. Apenas disse:

— Concordo com sua observação, mas acredito que raramente as mulheres possuem armas, pois têm temperamento bem menos agressivo que os homens e aquelas que possuem algum tipo de armamento preferem armas menores; isto é a regra, porém existem casos em que a mulher gosta de armas grandes e pesadas. Certamente você se recorda do caso da "Viúva Negra".

Pinheiro se lembrava com detalhes. Poucos casos o marcaram tanto. A mulher que ficou conhecida na cidade como "Viúva Negra" matou o marido para ficar com a herança e com o amante. Ela colecionava espingardas, revólveres de vários calibres e era uma exímia atiradora. O corpo da vítima foi largado na estrada, com tiros de espingarda no peito, e tudo levava a crer que se tratava de um assalto. Após bem-sucedida investigação, a polícia descobriu que na verdade se tratava de um assassinato cometido pela própria esposa. O amante a ajudara a cometer o crime, porém quem atirou foi ela.

— Certamente este caso foi uma exceção. Estamos falando da regra e, como você mesmo disse, é raro uma mulher ter arma em casa e mais raro ainda ter um revólver calibre 38 com numeração raspada. O perfil psicológico de

Esther era bem diferente daquele demonstrado pela "Viúva Negra". Não era violenta, trabalhava e era tida por todos como uma pessoa muito amável. É certo que era carente de afeto, mas se tratava de uma mulher simpática, agradável e que não tinha inimigos.

— Ela trabalhava em quê?

— Pelo que consta no inquérito, tinha uma pequena fábrica de roupas para gestantes, no Bom Retiro. Ela a administrava sozinha e sua vida era bastante atribulada.

— Era rica?

— Não. Pelas fotos do inquérito notei que seu apartamento não era luxuoso, ela não tinha outras propriedades, apenas algumas joias e dinheiro que havia herdado do marido.

— Muita coisa?

— Não. Cerca de cem mil reais que estavam aplicados. Dividiu isso com a filha. Mas, voltando ao revólver, eu não creio que ele lhe pertencesse.

— E outra pessoa não poderia tê-lo deixado lá?

— Pensei nessa hipótese. É possível, mas não é provável. Seus parentes e amigos não possuem armas. Descobri que ela teve um namorado, porém, um mês antes de sua morte, rompeu o relacionamento. Suponhamos que ele tivesse deixado o revólver com ela; certamente o teria levado de volta após a separação.

— Da forma que você conta, realmente parece estranho. O que a polícia achou disso?

— Nada, parece que ninguém se preocupou com esses fatos. Mas não é só. O que me causou surpresa e me parece que tem importância fundamental é o fato de que foram encontradas duas cápsulas deflagradas no tambor do revólver.

— E o que isso significa?

Pinheiro olhou para Serafim com ar de piedade. Não conseguia entender como ele não acompanhava seu raciocínio. Olhou pela janela. Na Praça Buenos Aires não havia nada de diferente. Sempre a mesma rotina: cães e babás. Do seu apartamento podia ver uma área cercada, onde os donos soltavam seus cachorros para que eles tivessem contato entre si. Às vezes achava que donos de animais eram mais cuidadosos com eles do que certas mães com suas crianças. Ficou assim divagando por alguns minutos.

— Não tenho sua capacidade de raciocínio — disse Serafim bastante zangado. — Mas isso não lhe dá o direito de debochar de mim e de me deixar falando sozinho, enquanto se distrai olhando pela janela.

Pinheiro dirigiu um olhar paternal ao amigo, juntou as mãos e respondeu:

— Perdão, meu fiel companheiro, não quis ofendê-lo. Pensei que o fato era tão evidente que dispensava comentários. Mas vou responder a sua pergunta com uma indagação: com quantos tiros a vítima morreu?

— Se a própria polícia acredita que foi suicídio, me parece óbvio que foi com um único tiro, ou você já viu alguém se suicidar com mais de um?

— Nunca, nem com arma automática. Se ela morreu com um tiro só, onde está o outro projétil?

— Desculpe discordar, mas acho que desta vez você está errado. Creio que o primeiro tiro foi dado em outra ocasião qualquer. Ela pode ter disparado a arma para testá-la.

— Não acredito nessa hipótese. Ninguém deixa o estojo dentro da arma depois de atirar. Será que ela disparou o revólver para testá-lo e nem deu tempo de tirar a cápsula? Novamente devo dizer que é possível, mas não é provável, pois se alguém quer se suicidar, certamente não fará qualquer teste antes. A disposição de qualquer suicida convicto é de cometer o ato o quanto antes, e um disparo pode chamar atenção.

— Ainda acho que o fato de ter duas cápsulas deflagradas no tambor do revólver não tem importância alguma.

— Pobre Serafim, não consegue enxergar um palmo diante do seu nariz. Eu vou lhe dizer mais, meu dileto amigo. Uma das chaves para descobrir todo este mistério está exatamente no fato de haver duas cápsulas dentro do revólver. Se eu conseguir descobrir a razão disso, estarei mais próximo de identificar o assassino.

— Então você tem certeza de que foi homicídio e não suicídio?

— Estou certo de que alguém matou Esther, mas vejo que não acredita nas minhas palavras. Vou fazer um teste para demonstrar que a tese de suicídio é impossível.

Desconfiado, Serafim olhou para o amigo que deixou o escritório. Que teste seria aquele? Como poderia provar que Esther não se matou? Seria uma espécie de mágica? Não conseguia imaginar o que ele estava tramando. Aguardou mais alguns minutos.

Pinheiro voltou com uma arma na mão. Serafim não conhecia muito do assunto, mas estava certo de que se tratava de um revólver calibre 38.

— Você pode segurar a arma por alguns instantes? É idêntica à que foi encontrada no apartamento de Esther, porém pode ficar tranquilo que ela está descarregada. Pegue-a e levante-a. É um pouco pesada, não? Agora tente colocá-la apontada para o meio do seu nariz, usando apenas uma das mãos. Não, assim, não, tem de ser em linha reta, num ângulo de noventa graus.

— É difícil, eu tenho de me entortar todo. Isso é tarefa para contorcionista. Consegui. E agora?

— Tente disparar o gatilho, mantendo a arma a uma distância de uns trinta centímetros do seu rosto. Fique tranquilo, eu lhe garanto que ela está desmuniciada.

Por um instante, Serafim pareceu vacilar, porém sua confiança no amigo era tão grande que procurou fazer o que lhe foi pedido.

— É impossível manter um ângulo de noventa graus e ainda apertar o gatilho usando só uma das mãos. Como vê, a arma fica inclinada para a direita.

— Ótimo, agora tente com as duas mãos. A esquerda empunhando a arma e com o polegar direito dispare o gatilho.

Ouviu-se o barulho seco do gatilho.

Serafim achou interessante a experiência, mas não conseguiu imaginar o que ela provaria. *Se o tiro foi dado em linha reta, em direção ao rosto, pouco importava se a vítima tinha usado uma ou duas mãos*. Expôs seu pensamento a Pinheiro.

O amigo o olhou novamente nos olhos, com aquele ar de piedade que tanto o irritava.

—Você deveria falar as coisas claramente. Não pense que vou adivinhar seus pensamentos.

— Meu ingênuo amigo, vou lhe dizer o que é claro como a luz do sol, que está lá fora. Uma das razões pelas quais tanto o delegado como o promotor acreditaram que se tratava de suicídio foi o fato de o exame residuográfico ter sido positivo apenas para a mão direita da vítima, que constatou a presença de chumbo. Na mão esquerda não deu nada.

Serafim pareceu surpreso e admirado por não ter observado este fato antes. Olhou para Pinheiro com ar espantado, sem dizer uma única palavra. O amigo não perdeu a oportunidade para fazer uma pequena pilhéria:

— Ao que parece você literalmente descobriu a pólvora.

Serafim sorriu.

De fato, quando fez o teste para ver a posição da arma não se lembrou do exame feito pela polícia técnica. Agora, tudo lhe parecia claro. Era evidente que se a vítima tivesse usado as duas mãos, haveria resíduos químicos em ambas.

— Devo lhe dizer também que se você não conseguiu fazer o disparo a noventa graus usando apenas uma das mãos, a vítima, certamente, também não conseguiu. Esther era mais baixa que você. Suas mãos, portanto, eram de uma mulher pequena, menores do que as suas. Ela jamais conseguiria efetuar o disparo a essa distância do rosto.

— E como você sabe que o revólver estava apontado para o rosto dela a noventa graus?

— Meu caro, você me ouviu falar centenas de vezes no tribunal do júri sobre a importância do laudo que é feito pelos médicos legistas. Eu sempre digo que se o laudo for bem-feito e bem analisado, ele sozinho pode contar muito da história de um homicídio. O nome que é dado a ele é laudo de exame necroscópico e, no caso da mulher judia, posso lhe dizer que ele está bem elaborado. Há também outro documento importante que é o laudo de local, onde a polícia técnica comparece, tira fotos do lugar do crime e acrescenta detalhes técnicos fundamentais. Posso lhe garantir que a simples leitura de um inquérito ajuda muito no esclarecimento dos fatos, pois ele vem acompanhado desses dois laudos.

— Eu sei bem disso, e me faz lembrar do caso Afonso, que você citou outro dia.

— É verdade, esses laudos podem nos ajudar muito, principalmente agora que, trabalhando como detetives, vamos enfrentar esses assassinos. É que as famílias ou outras pessoas interessadas só vêm nos procurar algum tempo depois que o crime ocorreu. Não temos oportunidade de ver o cadáver e, muitas vezes, não podemos sequer ver o lugar devidamente preservado. As fotos e as conclusões dos peritos ajudam muito. Neste caso que estamos acompanhando, sei que o tiro foi dado num ângulo de noventa graus e a uma distância aproximada de trinta centímetros, devido à conclusão dos médicos legistas. Há diferenças entre tiros dados a distância, próximos da vítima e aqueles onde a arma está encostada no seu corpo. Os sinais deixados na pele são diferentes.

— Como são estes sinais?

— Não quero lhe dar uma aula de medicina legal ou de balística e nem você tem o dever de conhecê-las. Apenas digo que todo bom detetive deve ter algum conhecimento do assunto para poder tirar as suas conclusões. Isto é fundamental para descobrir a verdade. Quando um projétil atinge o corpo da vítima, deixa alguns sinais que nos permitem saber a distância do disparo e a sua direção. No caso de Esther, havia no corpo a zona de tatuagem e também de esfumaçamento e não existia nenhum sinal de queimadura deixado pelo cano da arma, pois quando ela é disparada encostada ou muito próxima, queima a pele, ocasionando um chamuscamento. É o chamado tiro à queima-roupa. A presença da zona de tatuagem se dá porque, com o projétil, saem da arma sujeira e grânulos de pólvora que se incrustam na pele, em volta do orifício de entrada. No caso, a ausência de chamuscamento indica que o disparo não foi dado encostado à pele, mas, sim, próximo dela, de pequena distância. A presença das zonas de tatuagem e de esfumaçamento demonstra que o tiro foi dado próximo da vítima. Se o tiro fosse à distância, não haveria zona de tatuagem e muito menos de esfumaçamento, pois o próprio projétil, que gira em torno de si, acaba por limpar a sujeira que sai do revólver. Se o tiro tivesse sido dado à distância, a hipótese de suicídio estaria descartada desde o início. Pelas características da zona de tatuagem encontrada, é possível se dizer que o tiro foi efetuado de uma distância que varia de quinze e trinta centímetros do corpo da vítima. Se você levar em conta o tamanho da arma, ou melhor, a ponta do cano até o gatilho, a mão de quem a disparou teria de estar no mínimo a trinta centímetros do seu alvo. E eu lhe digo que isso seria impossível com uma mão só, ainda mais se ela for pequenina, como era a de Esther.

— Mas você mesmo falou que o tiro poderia ser dado na diagonal, ou de forma perpendicular.

— Sim, mas isso não aconteceu, o laudo demonstra que o tiro foi disparado bem de frente, num ângulo de quase noventa graus.

— E como se sabe disso?

— Também pelos ensinamentos de medicina legal. Veja o laudo. Pelas características do orifício de entrada e pelo caminho que o projétil percorreu até ficar alojado na parte inferior do crânio se pode afirmar isso. Um croquis com o desenho de um corpo humano acompanha o laudo. Note que os peritos marcaram o local de entrada do projétil e a direção do tiro. Não há nenhuma dúvida, pois isto é uma prova pericial.

— A sua explicação foi bastante clara, mas me diga uma coisa, Pinheiro: por que o delegado e o promotor não enxergaram isso?

— Em primeiro lugar, porque estavam convencidos de que se tratava de suicídio e não de homicídio. Em segundo lugar, não fizeram o teste que nós fizemos com a arma.

— Mas tem certeza de que o exame foi feito em ambas as mãos?

— Eu pensei nisso e logo cedo liguei para o Tavares e ele me disse que fez o exame nas duas mãos. Só foi positivo para a mão direita.

— Não poderia ter falhado?

— Há essa possibilidade, porém, neste caso, estou certo de que não houve falhas. Se fosse suicídio, o resquício químico ficaria em ambas as mãos, e não apenas em uma delas. O resultado teria de ser positivo para as duas.

— Mas, se o resultado foi positivo para a mão direita, Esther deve ter disparado a arma.

— Aí é que está a questão. Lembre-se do que eu disse agora há pouco. Dentro do revólver foram encontradas duas cápsulas deflagradas, ou seja, foram dados dois tiros com aquela arma.

— Então você acredita que ela pode ter disparado o revólver e depois alguém lhe tomou a arma e atirou contra ela?

— Esta é uma possibilidade, embora remota. Contudo, para onde a arma foi disparada pela primeira vez? No apartamento não havia nenhum sinal de tiro, além daquele que atingiu a vítima.

— Para mim, tudo parece muito confuso. Se fosse suicídio seria bem mais simples. Agora, com as suas explicações de que isso seria impossível, o caso me parece nebuloso.

— Há outras dúvidas ainda. Por que ninguém ouviu barulho de tiros? Nenhum vizinho e nem o porteiro escutaram nada.

— Isso me parece simples, Pinheiro. A vítima, pelo que soube, morava na Alameda Jaú, próximo da Avenida Paulista. É um lugar movimentado, com muitos automóveis nas ruas. Um tiro poderia ser facilmente confundido com o escapamento de algum carro ou com fogos de artifício.

— Não descarto esta possibilidade. É bem viável, mas há outras dúvidas que precisam ser esclarecidas.

Pinheiro levantou-se, pegou um calhamaço de folhas que estava em cima de sua mesa, aproximou-se do amigo e exibiu as cópias do inquérito policial.

— Observe a foto deste sofá onde a vítima foi encontrada morta. Você vê alguma coisa de errado?

Serafim olhou a foto com atenção. Aproximou os olhos e disse que não havia notado nada de incomum.

— Aí é que está. Tudo se encontra no seu devido lugar e não há sujeira ou manchas, nem mesmo no sofá onde ela foi morta. Seria natural que ali tivesse manchas de sangue.

— É verdade, Pinheiro. Meu Deus, isso está cada vez mais confuso e misterioso! Como é possível?

— A explicação me parece simples. Mais simples do que você imagina. Antes, porém, temos de fazer uma visita ao local. É possível que os pais de Esther tenham deixado as coisas exatamente como elas estavam no dia da morte da filha. Também quero fazer algumas perguntas aos porteiros e aos vizinhos de Esther.

— Apesar de não conseguir entender muitas coisas deste caso, eu tenho uma certeza, Pinheiro: você está certo, não foi suicídio.

— Aí está a grande questão: se não foi suicídio, foi assassinato. E se foi assassinato, certamente há um assassino à solta. Temos de descobrir quem, como e por quê. Esta é a nossa tarefa.

— Será que vamos conseguir?

— Você tem alguma dúvida?

Serafim notou um brilho nos olhos do amigo, era o mesmo brilho que tinha quando terminava sua fala no tribunal do júri. Agora, Pinheiro lhe parecia radiante e com a certeza da vitória. Não ousou discordar, apenas balançou a cabeça. Conhecia bem o amigo, sabia que mais cedo ou mais tarde tudo seria esclarecido, e a família da pobre mulher finalmente poderia enterrar Esther na sepultura certa, ao lado dos seus entes queridos.

VI

Após a saída de Serafim, Heitor Pinheiro voltou ao seu escritório. Enquanto saboreava outra xícara de café espresso, sentado em sua poltrona preferida, imergia em seus pensamentos. Refletia como sua vida havia mudado. De acusador implacável de assassinos se transformara em detetive, cabendo-lhe agora descobrir os verdadeiros criminosos em casos tidos como perdidos pela polícia. Sua tarefa na morte de Esther era provar que houve homicídio frio e brutal, e não mero suicídio.

Em certos momentos da sua vida, sentia-se frágil, mais parecia um garoto em véspera de prova na escola; havia muita expectativa e uma dúvida que o martirizava. Alguns minutos antes, retrucara a pergunta feita por Serafim sobre o sucesso da nova empreitada; agora, refletindo melhor, tinha dúvidas, sentia a vacilação comum a todos que seguem caminhos nunca antes trilhados. É verdade que possuía muita confiança em si, porém sua atividade atual era bem diferente daquela que desenvolvera nos últimos anos. Mesmo no júri, onde havia atuado durante décadas, quantas vezes não sentira aquele friozinho na barriga antes de entrar no tribunal? A dúvida sempre o acompanhava: tudo daria certo ou haveria alguma surpresa? Muitas vezes havia. Algumas, boas; outras, ruins. Em diversas oportunidades, em processos onde a prova estava perfeita, os jurados absolviam o réu ou aceitavam algum quesito que lhe impusesse pena menor. Outras vezes, acontecia o contrário. Sabia perfeitamente que o acusado havia cometido o crime, porém algumas testemunhas tinham vacilado, se deixando levar pela esperteza do advogado de defesa; nestes casos, achava que o resultado seria a absolvição, no entanto os jurados condenavam por unanimidade. Apesar das adversidades, Pinheiro sentia que era exatamente isso que dava graça ao júri. Já ouvira falar que atores experientes, quando vão estrear uma peça nova, antes de subir ao palco, também sentem aquele receio, aquela dúvida, que todos chamam de frio na barriga. Era exatamente isso que estava sentindo agora.

E o que poderia mudar? O que poderia ser diferente? Afinal eram tantas as possibilidades daquele quebra-cabeça, já que suas peças eram infinitas. Conseguira encaixar algumas, pois sabia perfeitamente que se tratava de assassinato e não de suicídio, porém ainda havia muitas dúvidas. Quem teria cometido o crime e por quê? Qual a razão de o assassino ter feito de tudo para que a polícia acreditasse que a pobre mulher tinha se matado?

Sabia que ainda havia um longo caminho a percorrer. Os primeiros passos foram dados, mas, agora precisava descobrir o resto da história, sem se deixar levar pelo temor do desconhecido. Estava certo do que deveria fazer e iria fazê-lo.

~

Na manhã seguinte, ao chegar ao prédio da Alameda Jaú, o que mais chamou a atenção de Pinheiro foi o belo jardim que o rodeava, nada comum naquele bairro, onde o metro quadrado de terreno é extremamente valorizado. Os edifícios aproveitam ao máximo o uso do solo, prejudicando sensivelmente o paisagismo. Aquele prédio, no entanto, era diferente. Seu construtor valorizou a fachada com um belo jardim, rodeado de pingos de ouro. Havia também crisântemos, hibiscos e uma infinidade de plantas e flores que ele sequer sabia identificar. O gramado era bem cuidado. Devidamente aparado, tinha um caminho em sua lateral, por onde moradores e visitantes entravam, passando por dormentes centenários de ipê, entremeados por pérgulas floridas. Na outra lateral, havia a entrada da garagem, cujo portão branco possuía detalhes bem trabalhados. No centro, se localizava a cabine onde ficava o porteiro, que podia ver quem chegava a pé ou de carro. Varandas e sacadas tinham parapeito arqueado, formado por grossos vidros verdes. Era um bonito edifício.

Pinheiro fez um breve comentário sobre o prédio para Serafim, que concordou monossilabicamente. Tinham conseguido a chave do apartamento de Esther. O pai a entregou e foi enfático ao afirmar que não havia mexido em nada, tudo estava da mesma forma como ficara no dia do crime.

Pelo interfone, se identificaram e disseram ao porteiro a razão da visita. Houve alguns minutos de silêncio. Depois, a voz com sotaque nordestino informou que eles poderiam entrar. Disse que desejava acompanhá-los, pois iria trocar de turno com seu colega. Pinheiro não se opôs.

Enquanto aguardavam no *hall* de entrada do prédio, aproximou-se um indivíduo de estatura baixa, cabelos crespos, nariz largo, com olhos pequenos e muito vivos; estendeu-lhes a mão para cumprimentar.

— Olá, sou o porteiro, meu nome é Cícero e...

— Não precisa dizer — atalhou Pinheiro. Você é do interior do Ceará e trabalhou na lavoura muito tempo.

— Sim, mas...

— Também já está em São Paulo há alguns anos.

— Certo, mas como...

— Vejo também que mora na Zona Norte.

— Que tipo de homem é o senhor, uma espécie de adivinho? Mágico, talvez? — disse o porteiro, visivelmente impressionado.

— Não, meu caro. Vou me apresentar: meu nome é Heitor Pinheiro — disse ele tirando um cartão de apresentação. Sou detetive, e este aqui é o meu amigo e colaborador Serafim.

Serafim apenas o cumprimentou e ficou em silêncio. Olhou para o amigo e, depois, novamente, voltou-se ao porteiro. Percebeu que ele os analisava e que seus olhinhos muito vivos ora fitavam um, ora outro. Parecia se indagar o que faziam aqueles dois ali, mais de um mês depois da morte de Esther. Quando ouviu a palavra detetive, chegou a recuar a cabeça, em sinal de surpresa.

— Cícero — prosseguiu Pinheiro —, não sou mágico nem adivinho. Apenas observo detalhes que passam despercebidos da maioria das pessoas. Parece óbvio que alguém que se chame Cícero é por conta da devoção ao Padre Cícero, de Juazeiro do Norte, no Ceará. Além do mais, o seu sotaque confirma sua origem. Posso dizer que está há alguns anos em São Paulo também pelo seu sotaque, que é de nordestino, mas está amenizado, já começa a falar um pouco cantado como os paulistanos. Quanto ao trabalho no campo, posso perceber que sua mão ainda tem calosidades e isso só acontece quando a pessoa trabalha vários anos usando enxada.

— Até aí me parece simples, mas como soube que moro na Zona Norte?

— A resposta é mais simples ainda. Vejo que está de saída, levando para casa uma sacolinha plástica, provavelmente com sua marmita. Nesta sacola está o símbolo e o nome de uma rede de supermercados que só existe na Zona Norte.

Cícero fitou Serafim e depois, novamente, os olhinhos vivos se voltaram para Pinheiro.

— Fantástico o que o senhor diz. Realmente é muito simples, porém poucos têm esta capacidade de observação.

— Como lhe disse há pouco, Cícero, estamos aqui para visitar o apartamento de Esther. Levaram alguma coisa dali, tiraram algum móvel, tapete ou quadro?

— Não, Seu Pinheiro. Tudo está como foi deixado no dia de sua morte. Depois daquilo, apenas o pai dela esteve aqui, ficou quase uma hora no apartamento, mas saiu sem levar nada.

— Você é o único porteiro daqui?

— Não, senhor. São três que trabalham aqui; a gente se reveza. Agora mesmo estou trocando de turno com o colega. Hoje fiquei além do meu horário normal.

— No dia da morte de Esther, você estava trabalhando?

— Quando o corpo foi encontrado, não. Mas, no dia anterior, eu trabalhei normalmente. Entrei às duas horas da tarde e larguei às dez da noite. A polícia disse que ela se suicidou por volta das oito horas. Nesse horário estava na minha guarita.

— Viu alguma coisa diferente?

— Não, ela chegou de carro às sete e quinze da noite e subiu ao apartamento.

— Estava sozinha?

— Pelo que vi da cabine, sim.

— Estou observando que vocês têm câmeras em vários lugares do prédio. Quando ela subiu de elevador, conseguiu ver se estava sozinha?

— De dentro da cabine a gente pode ver todas as câmeras. Ao todo são quatro. Uma no portão menor de entrada, outra no portão grande da garagem, outra no corredor dos elevadores do subsolo e mais uma no corredor do térreo, aquela ali — indicou a que ficava no *hall*, próxima aos elevadores. — Eu posso garantir que ela estava só, não havia mais ninguém com ela.

— E antes, alguém veio visitá-la?

— Só a filha. Veio aqui umas duas horas antes da chegada da mãe. Subiu até o apartamento e voltou rapidinho. Como não encontrou Dona Esther, foi embora logo.

— E depois das oito da noite, alguém subiu ao apartamento?

— Ninguém. Mas eu fiquei trabalhando só até as dez.

A conversa era amistosa; o porteiro respondia as perguntas com humildade e mostrava o desejo de colaborar, mas parecia pouco à vontade. Quando se encontravam no interior do elevador, Pinheiro perguntou:

— Estas imagens são gravadas?

Seria impressão sua ou os olhinhos vivos do porteiro se mostraram vacilantes? Cícero apertou os lábios e respondeu:

— Sim, tudo fica gravado num DVD. É um por dia. As câmeras estão ligadas a um computador e há um programa que faz a gravação ser feita só quando há movimento. Quando tudo está parado, nada é gravado.

Os olhos de Pinheiro brilharam de satisfação. Quando o elevador estava chegando ao andar do apartamento de Esther, perguntou ansioso:

— Então vocês têm o DVD do dia da morte de Esther.

Cícero novamente contraiu os lábios antes de responder:

— Aí é que está a questão. É muita falta de sorte, mas justamente naquele dia o computador deu problema e não gravou nada.

— Você contou isso para a polícia?

— Certamente. Falei isso para o delegado, um homem muito desconfiado, mas não me lembro do seu nome.

— Seria Tavares?

— Sim, era isso. Foi uma das primeiras coisas que ele me perguntou. Mas, afinal, se a mulher se suicidou, qual a razão deste interrogatório?

— Não é nada. Apenas preciso saber de todos os detalhes.

Os três homens saíram do elevador. O apartamento de Esther era logo em frente e tinha o número 81.

Pinheiro colocou a chave e abriu a porta. A fechadura era exatamente como tinha imaginado, de um modelo que pode abrir por dentro sem usar a chave, mas se necessita dela para abrir pelo lado de fora.

Logo na entrada havia uma sala em formato de L. Era bastante espaçosa e a decoração mostrava o bom gosto da moradora. A cor pastel predominava e havia harmonia em tudo. A parede estava repleta de quadros e em cada um deles se via a assinatura de Esther. Pinheiro admirou-se do esmerado dote artístico da vítima. Aproximou-se de algumas gravuras para ver a qualidade do trabalho da pintora. De fato, os quadros eram bonitos e as pinceladas revelavam que partiram de mãos delicadas, que sabiam valorizar as matizes de cores e ressaltar a iluminação. A maioria das pinturas tinha como modelo a escola impressionista, e as molduras dos quadros, bem talhadas, eram igualmente bonitas. Podia-se perceber que Esther era sensível, possuía bom gosto e trazia seu apartamento limpo e arrumado.

No centro da sala, havia uma mesa grande, com seis cadeiras, e na lateral, um sofá de couro branco, de três lugares e outro, de dois. Mais adiante se podia ver um rack com televisor. Pelas fotos, a vítima tinha morrido no sofá menor, de dois lugares.

Pinheiro pôs-se a andar pelo apartamento, olhou com cuidado cada canto, entrou em todos os cômodos, mas pareceu concentrar sua atenção no sofá de couro de dois lugares. Olhou-o de perto, apalpou-o e sentou-se nele. Depois foi a diversos pontos da sala, contudo, sempre voltava para o sofá. Parecia que media com passadas a distância dele à janela, à porta e a outros lugares do apartamento. Cícero o observava com curiosidade e comentou com Serafim:

— Seu amigo sempre age assim?

— O que eu posso dizer é que ele é muito meticuloso.

Cícero não sabia o que queria dizer meticuloso. A ignorância da palavra, tivesse o significado que tivesse, fez o cearense olhar Pinheiro com admiração.

O detetive continuou sua investigação e andou por outros cômodos do apartamento. Entrou no quarto de Esther. Em cima da cama havia um jornal e isso pareceu ter chamado a atenção do detetive que o folheou por longo tempo. Resmungou alguma coisa que os outros homens não conseguiram compreender.

Depois de alguns minutos, voltou-se para os demais e disse:

— Não temos mais nada para fazer aqui. Vamos embora.

Os três desceram pelo elevador em silêncio. Pinheiro parecia mergulhado em seus pensamentos e olhava fixamente os botões com os números dos andares. Quando retornaram ao *hall*, segurou levemente no braço de Cícero e indagou:

— Naquela noite, você ouviu algum barulho parecido com o tiro de um revólver?

— Que eu me lembre, não. Posso ter ouvido, mas esta rua é movimentada e nela passam carros dia e noite. Um tiro qualquer pode ser confundido com um escapamento furado. Aqui existem muitos hotéis, restaurantes e estamos próximos do Conjunto Nacional. Esta é a região da Paulista.

— Quem tinha a chave do apartamento de Esther?

— Ela mesma, a filha e o pai.

— Costumava deixar uma cópia da chave na portaria?

— Não.

— Uma última pergunta, Cícero. Você é o responsável pela gravação das câmeras?

O cearense olhou fixamente para Pinheiro. Os músculos do seu rosto arredondado estavam retesados. Deu um sorriso forçado e respondeu:

— Sim. Sou eu que coloco o DVD no computador e aciono a gravação. Faço isso às dez da noite, pouco antes de sair. Primeiro retiro o DVD que está no computador, coloco uma etiqueta com a data e ponho dentro da caixinha. Todos vão para o arquivo. São DVDs regraváveis e ficam guardados por três meses. Depois, as imagens são apagadas e eles são reutilizados.

— O som também fica gravado?

— Não, somente a imagem.

— É comum o computador dar problemas?

— Já aconteceu algumas vezes.

Pinheiro agradeceu a atenção do porteiro e se despediu.

Antes de voltar para casa, resolveram parar num café. Enquanto saboreava um expresso com chantilly, o detetive indagou ao amigo:

— O que achou dele?

— Do apartamento?

— Não, do porteiro.

— Ele me pareceu humilde e bastante sincero.

— Não percebeu nada de diferente no comportamento dele?

— Nada que me chamasse a atenção. Parecia um pouco preocupado, mas nada que se aproximasse de pânico ou coisa assim. Haveria algum motivo para ele estar preocupado?

— Não sei, achei estranho que tenha nos acompanhado até o apartamento da vítima. Parece que ficou nos observando o tempo todo.

— Isso é normal. Afinal, não é todo dia que morre alguém com um tiro no rosto num prédio como este. Além do mais, qualquer pessoa acha estranho que, depois de mais de um mês apareçam dois detetives para investigar um caso que já foi dado por encerrado pela polícia.

— Não é isso, Serafim, ele nos acompanhou para ver se descobríamos alguma coisa. Parecia preocupado. Não subiu ao apartamento apenas para nos fazer gentileza; eu percebi que seus olhinhos vivos em certos momentos mostraram medo. Além do mais, não lhe parece estranho o fato de o computador não gravar as imagens justamente no dia da morte da vítima?

— É, agora que você chamou atenção para esses detalhes, não deixo de dar-lhe razão. O comportamento dele é estranho.

— Eu diria: muito estranho. Pode ter certeza de que há algo aí que não combina com a atitude de um simples porteiro.

De volta ao apartamento da Praça Buenos Aires, Pinheiro e Serafim conversavam sobre assuntos diversos, quando o interfone tocou. Era Simon que vinha saber as novidades.

— Por favor, Sr. Simon, vamos ao meu escritório. Podemos tomar café e eu lhe direi a que conclusão chegamos.

O judeu recusou o café, porém seu rosto foi iluminado por um sorriso silencioso, que demonstrava seu otimismo em descobrir a verdade sobre a morte de sua filha.

Pinheiro lhe explicou os detalhes do inquérito e as razões pelas quais seria impossível que Esther tivesse se suicidado.

— Eu sempre soube que minha filha jamais se mataria. Ela foi criada com princípios religiosos, seguia as tradições judaicas e guardava os dias sagrados.

— Agora, Sr. Simon, estamos tentando dar um passo à frente e descobrir os motivos que levaram alguém a matar sua filha, pois, se não foi suicídio, estamos diante de um homicídio. O senhor tem ideia de quem teria feito isso?

— Não consigo imaginar — disse o judeu, levantando suas grossas sobrancelhas. Minha filha não tinha inimigos, Sr. Pinheiro. Era uma mulher que trabalhava muito e saía poucas vezes de casa para se divertir.

— E namorado?

— Depois que o marido morreu, ela só teve um. Durou alguns meses. Quando ela morreu, já fazia algum tempo que tinham se separado.

— E a razão para a separação?

— Não sei, ela nunca me contou, pois era muito reservada. Não falava da sua vida pessoal, mas ao que parece foi ele que desistiu do relacionamento.

— O senhor chegou a conhecer o namorado dela?

— Eu o vi uma única vez, quando fui visitá-la em seu apartamento. Ele me pareceu ser muito educado e falava muito bem.

— O que fazia?

— Não sei ao certo, parece que trabalhava com carros usados.

— Sua filha pretendia se casar com ele?

— Não sei, talvez. Ela se sentia muito só e depois da morte do marido ficou deprimida. Conseguiu se recuperar, mas queria companhia.

— O senhor me disse que nos últimos tempos sua filha novamente ficou deprimida e não se sabia a razão. Poderia ter sido pelo fato de ter rompido o namoro?

— Talvez, não posso afirmar com certeza, mas é uma possibilidade.

— E sua neta, por que não morava com a mãe?

— Elas nunca tiveram um relacionamento amistoso. Minha filha tentava colocar regras, fazê-la seguir nossos costumes, mas minha neta é muito rebelde. Quando o pai estava vivo, ele apaziguava os ânimos, tentava aproximar as duas. Ele fazia todas as vontades da filha, e, em minha opinião, acabou por mimá-la demais. Quando morreu, a menina ficou mais alguns meses com a mãe, porém, sem a intervenção do pai, as brigas aumentaram. Ambas acharam que era melhor ela morar conosco.

— E a sua neta, continua dando problemas?

— É doloroso reconhecer, Sr. Pinheiro, mas a resposta é positiva. Sara e eu tentamos de tudo para melhorar seu gênio terrível. Procuramos levá-la à sinagoga e, certa vez, trouxemos o rabino em nossa casa para lhe dar conselhos. De nada adiantou. Ela tem péssimas companhias, e creio que está envolvida com drogas.

Pinheiro interrompeu a conversa, pediu licença e foi à cozinha pedir para Doroti preparar um suco. Estava calor e não seria gentil receber uma visita sem oferecer nada.

De volta ao escritório, depois de servido o refresco, prosseguiu a conversa.

— Simon, eu gosto de estar do lado das vítimas e de seus familiares. Quando trabalhava no júri, era comum me aproximar dos parentes da pessoa assassinada. Elas me viam como uma espécie de paladino que lutava por justiça. A condenação em si não trazia o parente de volta, mas ajudava a amenizar a dor, o sofrimento pela perda. No final do júri, vinham me abraçar e me agradecer. Na maioria das vezes, choravam de emoção, e eu posso lhe assegurar que aqueles foram os melhores momentos da minha carreira como promotor de justiça. O senhor não imagina, mas isso não tem preço. É a recompensa de uma vida, de um trabalho.

Simon escutava emocionado. Em dado momento, parecia que uma lágrima iria lhe escorrer pelo rosto. Em pouco tempo, se recompôs e disse:

— Fico feliz em ouvir essas coisas, Sr. Pinheiro. Eu sempre digo que para ter sucesso profissional é preciso trabalhar com o coração. Não é possível que alguém que não ame o que faz consiga atingir plenamente seus objetivos profissionais. Desculpe, não quero parecer piegas, mas...

— Não se preocupe, Sr. Simon, estou acostumado. Já vi diversas vezes essa situação, onde os pais perdem seus filhos. Não há dor maior. Esther era sua única filha?

— Infelizmente era, Sr. Pinheiro. O senhor tem razão quando diz que não há dor maior do que essa. Agora, só uma coisa me interessa: saber da verdade, do que aconteceu com minha filha. Vai descobrir, não vai?

— Espero que sim e preciso da sua ajuda. Primeiro temos de descobrir o motivo da morte de Esther, para depois chegarmos ao seu assassino. Já conversamos sobre isso, mas devo insistir indagando se a sua filha tinha muitos bens.

— Não, como já falei, ela vivia de uma pequena confecção de roupas para gestantes, na Rua José Paulino. Tinha seu apartamento, a empresa, joias, carro e algum dinheiro no banco.

— Quanto?

— Ao que parece, uns cinquenta mil reais.

— Isso não é muito, mas já é alguma coisa. E a fábrica, vale bastante?

— Vale alguma coisa, mas não é nenhuma fortuna.

— Quem está cuidando da confecção?

— Sou eu mesmo. Há um inventário e tudo ficará para nossa neta.

— E ela pretende continuar o negócio da mãe?

— Ao que parece, não, fala que vai vender tudo. Ela não diz, mas creio que pretende morar com o namorado, pois afirma que assim que terminar o inventário sairá de casa para ter liberdade. Até parece que nós a mantemos presa! Com o gênio forte que ela tem, isso seria impossível.

— A morte de Esther traria benefício a alguém?

— Não que eu saiba.

— Sua neta não seria favorecida?

— Certamente herdará alguma coisa, como já disse, mas não é nenhuma fortuna. O senhor desconfia de Cristina?

— Não disse isso, Sr. Simon, apenas lhe perguntei se ela teria algum benefício com a morte da mãe.

— Cristina tem lá seus defeitos, mas posso lhe garantir que não seria capaz de matar ninguém, muito menos sua própria mãe.

— Depois da morte da sua filha, o senhor voltou ao apartamento?

— Só uma vez, para ver como as coisas estavam. Posso lhe garantir que não mexi em nada, pois a dor ainda é muito grande, Sr. Pinheiro. Ela era minha única filha e eu não consegui ficar muito tempo ali.

— Alguém limpou o lugar, mudou algumas coisas?

— Posso lhe assegurar que nada foi mexido. Não precisei limpar o apartamento, pois tudo estava em ordem.

— E o sofá menor da sala, onde sua filha foi encontrada morta, alguém limpou?

— Não. É curioso que me pergunte isso. De fato, ninguém limpou e quando cheguei ao local, logo depois do telefonema que recebi da portaria do prédio, não havia nenhuma sujeira nele, nem mesmo manchas de sangue. A polícia chegou logo em seguida.

— Quem descobriu que ela estava morta?

— Telefonei várias vezes para Esther e ela não atendeu. Achei estranho e minha esposa e eu entramos em contato com o porteiro do prédio para que ele fosse ao apartamento dela ver se tudo estava bem. Depois de algum tempo, recebi um telefonema dando conta de que ela estava morta. Fui imediatamente. O resto da história o senhor já sabe.

— Sim, sim — disse Pinheiro pensativo.

— O que pretende fazer? Qual o próximo passo?

— Amanhã cedo vou conversar com o delegado Tavares e com o promotor, vou mostrar as nossas descobertas e tentar reabrir o caso.

— Isso me parece ótimo. Boa sorte, Sr. Pinheiro.

Os amigos acompanharam Simon até a porta. De volta ao escritório, Serafim comentou que estava perdido com a situação. Não sabia o que pensar. Afinal, se havia um assassino, responsável pela morte de Esther, quem seria ele? Onde estaria? Por que teria feito tal coisa?

Pinheiro procurou confortá-lo, tocando-lhe as costas. Não disse nada, apenas olhou para o teto e suspirou.

VII

O restante da tarde foi tranquilo, Serafim voltou para casa, e Pinheiro refugiou-se novamente no seu escritório. Isolado de todos, desejava refletir sobre os últimos acontecimentos. Como de costume, procurava fazer as coisas com calma, pois sabia perfeitamente que qualquer precipitação poria tudo a perder. Preferia as coisas daquela maneira, porém, se fosse necessário, conseguiria agir com rapidez. Na atual situação, não havia necessidade de pressa, já havia se passado um mês desde que os fatos tinham acontecido, e todos acreditavam que se tratava de suicídio; contudo, deveria ter cuidado e usar a inteligência para chegar à verdade. Posteriormente, poderia correr atrás de provas, porém o momento atual exigia reflexão e o melhor lugar do mundo para isso era seu escritório.

Já não havia nenhuma dúvida a respeito da morte de Esther. As questões de medicina legal e de balística, que expusera ao amigo eram irrefutáveis, além do mais, conseguira provar que seria impossível que a vítima tivesse utilizado apenas uma mão para segurar o revólver. Tudo era muito nítido, precisava apenas visitar o promotor e o delegado para convencê-los do seu ponto de vista e pedir a reabertura do caso, pois ainda havia muita coisa a ser investigada e faltavam provas que só poderiam ser obtidas com ordem judicial. As ligações telefônicas eram fundamentais. Achava importante ter em mãos a relação de todos os telefonemas feitos e recebidos nos últimos dias de vida de Esther. Não tinha dúvida de que seriam encontrados inúmeros registros de chamadas, pois conhecia bem as mulheres e sabia do gosto delas em manter longas conversas ao telefone.

Ainda tinha na mente as frequentes brigas com Giovana, sua ex-mulher. Diariamente, ela desperdiçava horas ao telefone conversando assuntos banais com as amigas. No final do mês, a conta era gigantesca. Quando a recebia, ficava extremamente irritado, mal-humorado, já que não conseguia compreender como se podia falar tanto tempo ao telefone. Quando ele o utilizava, era rápido e objetivo, pois não gostava de ter o aparelho encostado ao seu ouvido, já que isso o incomodava, e raramente suas ligações passavam de cinco minutos. Quando desejava falar com algum amigo sobre assunto que considerava importante, preferia fazê-lo pessoalmente; além do mais, acostumara-se desde jovem a olhar no fundo dos olhos da pessoa com quem conversava, pois só assim conseguia saber se ela estava sendo sincera. Tinha para si que muitos se portam como verdadeiros atores e conseguem sustentar mentiras, mas a maioria das pessoas não tem esta capacidade, quando elas falam alguma coisa que não é verdadeira, procuram não olhar de frente o interlocutor, viram a cabeça de lado. Pinheiro sempre acreditou que a linguagem verbal era apenas parte da comunicação e por conta disso gostava de apreciar gestos, olhares, maneira de se portar, já que isso tudo lhe dizia muito mais do que simples palavras, daí porque não conseguia entender como alguém podia ficar tanto tempo ao telefone, falando coisas inúteis. No princípio, achava que apenas Giovana tinha esse hábito, depois percebeu que a maioria de suas amigas também ficava longo tempo ao telefone. Em certa oportunidade, ao conversar com seus colegas do Júri, surpreendeu-se ao saber que as esposas deles também tinham esse hábito tão caro. Com o tempo, acostumou-se com a situação e não foi a conta telefônica que causou a separação. Quando foi morar sozinho, muitas coisas mudaram, dentre elas, a conta telefônica, que passou a vir com a tarifa mínima.

Acreditava que a reabertura do inquérito poderia trazer novos elementos à investigação. O levantamento das ligações telefônicas — que a polícia chama de bilhetagem — seria um deles. Havia outros mais que poderiam levar à identificação do criminoso. Sim, porque ali ocorrera um crime e, se houve um crime, teria de ter um autor. Ficava imaginando quem poderia ser. O porteiro? A filha da vítima? Os pais de Esther? O ex-namorado? Ou uma pessoa desconhecida? Havia ainda um longo caminho a percorrer e para isso teria de convencer o promotor e o delegado a reabrirem o caso. Estava pensando nessas coisas, quando os olhos ficaram mais pesados; acabou por fechá-los e, em poucos minutos, adormeceu.

No dia seguinte, Pinheiro acordou disposto. Vestiu-se rapidamente e aguardou a chegada de Serafim. Havia diversas coisas que ele poderia fazer sozinho, porém, em determinadas ocasiões, gostava de ter a companhia do amigo. Se ele não acrescentava muito às investigações, era útil em outros propósitos, pois Pinheiro sentia que precisava ser ouvido por alguém, pois gostava de uma companhia para pensar em voz alta. Esse interlocutor, sempre prestativo e de confiança, invariavelmente era Serafim.

Não tardou para que ele chegasse. Pontual, como sempre, trazia ar de preocupação.

— Pinheiro, quando voltei para casa ontem, não consegui pensar em outra coisa a não ser no porteiro.

— Alguma razão especial para isso?

—Certamente. Além do comportamento estranho dele que fez questão de nos acompanhar, há outro fato que talvez você não tenha se atentado.

— Qual seria? — indagou Pinheiro, um pouco irônico, imaginando que o amigo faria algum comentário despropositado.

— Se foi outra pessoa que entrou no apartamento e matou a moça, ele ou ela teria necessariamente de passar pela portaria do prédio e Cícero teria visto.

Pinheiro ficou surpreso com o raciocínio do amigo, porém aquela ideia já havia lhe ocorrido desde o início das investigações. Permaneceu em silêncio e deixou que Serafim prosseguisse.

— Se ele não disse nada, certamente há alguma razão para esconder a verdade. Você imagina o que poderia ser?

— As possíveis razões são inúmeras, meu caro amigo. É razoável acreditar que estivesse acobertando alguém que conhecia, outra possibilidade perfeitamente aceitável é que ele escondia o fato de que deixou algum estranho entrar no prédio. Se o porteiro permite a entrada de algum ladrão ou de qualquer pessoa que não poderia ser autorizada, perde o emprego.

— Eu sei disso. E não poderia ser ele o assassino?

— Não é uma hipótese a ser descartada, porém ainda há muito a se investigar. A pergunta neste caso é muito simples: por quê?

—Você se refere ao motivo do crime?

— Certamente. Todo crime tem um motivo, uma razão qualquer que leva o assassino a matar a vítima, a não ser que seja cometido por um louco, porém, até mesmo nestes casos, creio que há um motivo que muitas vezes é imaginário. No júri, trabalhei em vários processos de pessoas com problemas mentais que mataram desconhecidos ou membros da sua própria família porque se imaginavam perseguidos, acreditavam que a vítima iria lhes fazer algum mal. Devo admitir, no entanto, que muitas vezes não se descobre o motivo. Veja, não existe crime sem motivo, o que acontece algumas vezes é que a razão que levou o criminoso a cometê-lo é desconhecida.

— E o porteiro não teria motivo para matar Esther?

— Pelo que foi apurado até agora, não. Há muita coisa a ser investigada e somente a reabertura do inquérito vai permitir isso. Aliás, já está ficando tarde e eu não quero adiar a conversa com o promotor e com o delegado.

Quando chegaram ao Fórum, os funcionários os receberam com alegria e não perderam a oportunidade de fazer pilhéria com ambos, dizendo que estavam mais assíduos do que na época que trabalhavam ali.

Pinheiro usou seu habitual tato para convencer o promotor do caso.

— Você está me dizendo que não foi suicídio, mas sim homicídio? Com que base diz isso?

O detetive lhe explicou as questões referentes ao laudo necroscópico, à impossibilidade de se disparar a arma com apenas uma das mãos e outras incongruências existentes no inquérito. Ao final, o promotor lhe disse:

— O que você está dizendo faz sentido, mas são apenas alguns indícios. Não acho que isso seja o suficiente para reabrirmos o caso. Você sabe tão bem quanto eu que precisamos de uma nova prova, de algo que mostre, sem nenhuma dúvida, que foi homicídio. Até agora tudo aponta para o suicídio.

— Mas para que surja uma prova nova há a necessidade de reabrir o inquérito. Não lhe parece um círculo vicioso?

— Sinto muito, Pinheiro, mas só posso pedir a reabertura ao juiz se surgir algo de novo. Traga-me fatos novos, provas novas e terei a maior satisfação em reabrir o caso.

Pinheiro despediu-se um pouco aborrecido. Serafim percebeu que o amigo estava cabisbaixo e procurou animá-lo, colocando o braço em suas costas:

— Não se deixe abater, quem sabe não podemos ter mais sorte com o delegado?

— Vamos tentar, caso contrário teremos de prosseguir sozinhos. Fico chateado, pois há muitas provas que só conseguiremos obter com a reabertura do inquérito.

No Departamento de Homicídios, os dois amigos também foram bem recebidos. Tavares estava bem humorado; levou ambos até o seu gabinete e lhes serviu café.

— Meu amigo Pinheiro, o que o traz aqui desta vez? Seria um novo caso de suicídio? Alguém se atirou no Rio Tietê, e você pensa que foi empurrado?

— Deixe a ironia de lado, Tavares. Preciso da sua ajuda para descobrir o que realmente aconteceu com Esther. Estive estudando o inquérito e gostaria de mostrar alguns detalhes que podem mudar as coisas. Está disposto a me ouvir?

Tavares fez sinal positivo com a mão. No fundo não acreditava em outra coisa senão em suicídio. Porém, em respeito ao passado de Pinheiro, aquiesceu.

Pinheiro repetiu os mesmo argumentos que utilizara com o promotor. Ao final da explicação o delegado não parecia convencido. Falou que suas afirmações eram relativamente verdadeiras e que suas observações sobre o laudo não eram muito exatas, pois a distância do disparo não pode ser medida milimetricamente, além do mais, a vítima poderia ter se movimentado, mudando a trajetória do disparo ou do trajeto que o projétil efetuou quando penetrou-lhe a cabeça. Tudo não passava de meras conjeturas. Não eram fatos. O que existia, na verdade, eram provas muito fortes de que se tratava de suicídio. Afinal, Esther estava deprimida e morreu dentro do seu próprio apartamento sem que nenhuma pessoa tivesse oportunidade de entrar ali.

O detetive contou que foi ao prédio da vítima; o porteiro lhe pareceu muito preocupado com a visita e não se desgrudou dele em momento algum.

— Eu também achei estranho — observou Tavares. Quando perguntei a ele se tinha ouvido o barulho de algum tiro, me disse que não. Até aí, tudo bem, pois a rua é movimentada e o disparo poderia ser confundido com o estouro do escapamento de algum carro. Porém, o que mais estranhei foi que o DVD com a gravação de tudo que aconteceu naquele dia sumiu, ou melhor, o computador falhou e não gravou nada. Como sabe, ele era o responsável por colocar o disco dentro do gravador.

— Você verificou a caixa com os outros DVDs?

— Sim, eu fiz isso e estava tudo lá. Só no dia da morte de Esther é que houve a falha e não tinha DVD nenhum.

— E se ele estiver mentindo?

— Nesse caso, haveria motivo para crer que não foi suicídio e sim homicídio. Se algo estranho aconteceu naquele apartamento, foi registrado pelas câmeras e deveria estar no DVD.

— Na hipótese de existir esse DVD, ele poderia muito bem tê-lo levado para casa ou escondido em algum lugar.

— Com que propósito ele faria isso?

— Talvez para proteger o verdadeiro assassino.

— Para mim não houve assassino. Foi suicídio.

— Mas, apenas como hipótese, digamos que tenha havido um assassinato e o criminoso poderia ser alguém que o porteiro quisesse proteger, ou a ele mesmo. O que iria fazer com o DVD?

— Como hipótese? Certamente iria destruí-lo, para não deixar provas.

Serafim, que até então estava calado, entrou na conversa:

— Ainda que passasse pelo porteiro, a pessoa que quisesse entrar no apartamento de Esther deveria ter a chave ou ser conhecida por ela, certo?

— Sim — responderam Tavares e Pinheiro simultaneamente.

— E quem tinha a chave, Tavares?

— Bem, pelo que as testemunhas disseram, apenas a própria vítima, seus pais e a filha tinham a chave. Lembro-me também que seu ex-namorado possuía uma cópia, mas a devolveu quando terminaram o relacionamento.

— Você chegou a verificar isso?

— Sim, eu vi a chave, estava dentro de uma gaveta da escrivaninha da vítima.

— Ela não deixou nenhuma chave na portaria?

— Cícero me disse que não.

— Você confirmou essa informação com os outros porteiros ou com o síndico?

— Confesso que não. Desde o início me pareceu bem claro que se tratava de suicídio e não havia a necessidade de ir fundo nas investigações. Apenas procurei descobrir se alguém tinha auxiliado a vítima a se matar.

— Por que você não tira essa história a limpo e investiga se havia realmente outra chave na portaria? Cícero pode ter mentido.

— Pinheiro, você é muito teimoso! Tenho certeza de que se trata de suicídio, mas como desejo provar que tudo que me disse é mera ficção, vou hoje mesmo ao prédio da Alameda Jaú. Assim que tiver uma resposta, eu telefono para você.

— Estaremos aguardando — respondeu Pinheiro, apertando-lhe a mão em despedida.

De volta ao apartamento da Praça Buenos Aires, após saboroso almoço preparado por Doroti, Heitor Pinheiro, acomodado em sua poltrona preferida, tomava café. Parecia alheio a tudo, inclusive ao crime da Alameda Jaú. Animadamente, conversava com o amigo.

— Veja, Serafim, quanta história tem uma simples bebida. Conta-se que a sua origem foi na cidade de Kaffa, na região onde atualmente se localiza a Etiópia, no século III. Segundo muitos acreditam, um pastor descobriu a planta ao observar que as cabras após comerem seus grãos ficavam mais dispostas, mais animadas para percorrer longas distâncias. Ele passou a mastigar os grãos e também se sentiu melhor, principalmente para superar o sono nas noites de oração. Contou o fato aos monges de um monastério local e a notícia se espalhou. Porém, não se sabe ao certo quem teria feito a primeira infusão, usando a bebida como ela é tomada nos dias de hoje.

Depois de uma pausa para beber café, prosseguiu:

— O café só chegou ao Brasil em 1727, quando Francisco Mello Palheta foi à Guiana Francesa e trouxe sementes clandestinamente escondidas debaixo de uma planta que ganhou da esposa do governador de lá.

— Não sabia que você era um *expert* em café, pensei que era apenas um apreciador da bebida.

— Adoro café e me interessei pela sua história. É um pequeno capricho meu.

— Mas o café consumido em grande quantidade não é prejudicial à saúde?

— Qualquer coisa em excesso é prejudicial, meu caro Serafim. Duas ou três xícaras de café não fazem mal a ninguém, pelo contrário, dizem os entendidos que melhora a circulação do sangue.

Os dois amigos conversaram sobre as qualidades do café por algum tempo, porém a morte de Esther voltou à tona.

— Você chegou a insinuar ao delegado que suspeitava do porteiro. Há alguma razão especial?

— Não, meu caro Serafim. Quando visitamos o prédio, seu comportamento me pareceu muito esquisito. Não sei se ele é o assassino. Mas certamente está escondendo alguma coisa; algo o assusta muito.

— Suponhamos que ele seja o assassino. Que motivo teria para matar Esther?

— Nunca se sabe. Digamos que ele se insinuou para ela e foi rejeitado ou que tenha tentado violentá-la.

— Nesse último caso, haveria sinais de violência no corpo da vítima e no seu apartamento, porém vimos que estava tudo em ordem.

— De fato, acho a última hipótese pouco provável, mas há outras ainda. Suponhamos que a moça soubesse de algo desfavorável ao porteiro. Digamos que ela o viu furtando alguma coisa do prédio ou o surpreendeu com alguma mulher na cabine. Se contasse ao síndico, certamente seria despedido.

— Mas isso seria motivo suficiente para matar alguém?

— Creio que não, pois nada justifica um assassinato; contudo já fiz muitos júris onde o crime foi cometido por motivo fútil. Você não imagina quantas pessoas morrem assassinadas em São Paulo por brigas no trânsito. Às vezes uma simples batida acaba em morte. Alguns motoristas escondem a arma debaixo do banco e por qualquer atrito insignificante disparam contra a vítima; isso ocorre principalmente quando o autor é impulsivo.

— Mas você está falando de crimes que são cometidos sem planejamento. Este caso parece diferente.

— Concordo com você: tudo indica que a coisa foi bem-feita. O assassino tentou iludir a polícia e montou a cena para que parecesse suicídio. Conseguiu enganar muita gente, até mesmo o nosso amigo, o delegado Tavares.

Pinheiro conversava com Serafim, porém seu olhar parecia distante. Estava imerso em seus pensamentos e ficava se indagando até que ponto o delegado iria se empenhar para descobrir a verdade, afinal, era bem mais fácil acreditar na hipótese de suicídio, pois todos pensavam que Esther tinha se matado, até mesmo o juiz e o promotor.

No entanto, os pais da vítima jamais aceitaram a conclusão da polícia. Ele acreditava que pais e mães têm um sexto sentido que sinaliza quando algo de ruim vai acontecer com os filhos. Pinheiro se lembrava de uma história que ouviu quando ainda era criança, que contava que uma mãe sentiu forte dor no pescoço, como se alguém o estivesse apertando com muita força. Sentiu-se sufocada. Em vez de procurar ajuda, correu até o quarto do filho adolescente e viu o jovem pendurado no teto, com uma corda amarrada no pescoço. Apesar da dor que sentia, conseguiu gritar alto e em pouco tempo vieram outras pessoas, que salvaram o moço. Nunca soube se esta história era verdadeira ou não, porém, desde que a ouviu, passou a acreditar que pais e, principalmente mães, têm poderes extrassensoriais em relação a seus filhos.

Simon e Sara conheciam a personalidade de Esther, sabiam que ela prezava os valores religiosos, porém isso era o suficiente para tanta certeza? Há pessoas que têm fé em Deus, contudo, em momentos de dificuldades, cometem suicídio. Seria necessário estar na pele delas para saber o que sentiam e qual era a intensidade do sofrimento. Desde o início, os pais de Esther tiveram certeza de que a filha não havia se matado, embora todas as provas mostrassem o contrário.

No início, Pinheiro acreditou que se tratasse de suicídio, porém alguns detalhes do crime o levaram a acreditar que a judia havia sido assassinada. Somente depois de estudar a fundo o inquérito e dissecar suas provas foi que teve plena certeza das coisas. Como poderiam os pais dela saber a verdade desde o início? Para ele tudo se resumia a uma só coisa: intuição.

Serafim percebeu que Pinheiro estava mergulhado em seus pensamentos e, quando isso ocorria, não ousava interrompê-lo. Momentos antes, percebeu que ele falava mecanicamente, sem prestar muita atenção ao que dizia; depois de certo tempo resolveu se calar e o deixou livre para meditar.

O silêncio foi interrompido pelo toque do telefone. Doroti atendeu e chamou o patrão. Era o delegado Tavares que estava do outro lado da linha.

— Alô, Pinheiro? Não é que você tinha razão? A moça não se suicidou.

— Alguma novidade?

— Muitas, meu caro. O culpado foi o porteiro. Ele matou Esther.

— Como assim? Surgiram outras provas?

— Fui ao prédio da Alameda Jaú. Quando você conversou comigo não fiquei convencido de que era caso de homicídio; para mim estava claro que se tratava de suicídio, mas, para que não restassem dúvidas, fui ao local e fiz algumas perguntas ao porteiro, quis saber se ele tinha ou não a chave. Quando cheguei, Cícero não havia ainda se apresentado para trabalhar, só estava um colega dele na cabine e eu lhe perguntei se Esther tinha o costume de deixar uma cópia da chave na portaria.

— Continue, a história está ficando interessante.

— Para minha surpresa, o porteiro remexeu na gaveta e mostrou uma chave e afirmou que era do apartamento de Esther. Ainda fiquei em dúvida e nós fomos conferir. Não é que a chave abriu a porta do apartamento?

— Você perguntou a esse porteiro sobre o comportamento de Cícero nos dias seguintes à morte de Esther?

— É óbvio que sim, eu não sou tão idiota quanto você pensa; tenho lá minhas ideias e estou mais acostumado às investigações do que você...

— Não vamos discutir isso, eu quero saber da resposta.

— Ele me disse que Cícero ficou diferente depois da morte de Esther.

— Diferente como?

— Foi exatamente o que eu perguntei a ele. Segundo o porteiro, o cearense parecia muito nervoso e irritado. Antes era alegre e brincalhão, gostava de falar de futebol, agora fica o tempo todo calado.

— Mas eles não trabalhavam em turnos diferentes? Como tinham tempo para conversar?

— É que, antes de ir embora, cada porteiro fica algum tempo conversando com o outro na cabine. Trocam informações, fazem brincadeiras. No caso deste porteiro que conversei, ele tem de esperar meia hora antes de ir embora porque depende da carona de um amigo que sai do trabalho mais tarde. Acredito que o silêncio e o nervosismo de Cícero demonstram que algo aconteceu no dia da morte da judia, já que depois disso ele nunca mais foi o mesmo. No início, seu colega pensou que ele estivesse triste com o que havia acontecido, porém, como não era da família e nem tinha muita amizade com Esther, achou o fato esquisito. Depois que você visitou o prédio, ele ficou ainda mais estranho, parecia apavorado e o outro porteiro contou que agora ele olha para todos os lados, como se tivesse medo de algo e seu nervosismo aumentou muito.

— Você falou com ele hoje?

— Sim, Cícero chegou quando eu ainda estava conversando com seu colega; nos olhou desconfiado, parecia muito assustado, tal qual um animal acuado. Eu lhe mostrei a chave do apartamento e perguntei a razão pela qual ele falou que Esther não a deixava ali e tive a impressão de que Cícero iria ter um ataque de nervos. Depois de muito vacilar, disse que havia se enganado, que eram muitos moradores no prédio e não dava para saber quem deixava a chave e quem não deixava.

— Perguntou sobre o DVD?

— Ele repetiu a história de que o computador não tinha gravado. Mas falou isso de cabeça baixa, sem olhar nos meus olhos. Sinal típico de quem está mentindo.

— E o que você pretende fazer?

— Bem, Pinheiro. Antes não acreditava na hipótese de homicídio, porém muita coisa mudou. Eu tenho novos elementos e, como você sabe, não sou de perder tempo.

— Como assim?

— Depois de conversar com Cícero, tive plena certeza de que ele era o assassino de Esther.

—Tavares, isso me parece um pouco precipitado, temos de aprofundar mais as investigações. Sei que há algo errado com o porteiro, mas não posso dizer que ele é a pessoa que estamos procurando.

— Pensa que me engana, canastrão? Você quis mostrar a todos que se tratava de homicídio e conseguiu; não vai agora me passar para trás fazendo de conta que não tem certeza que Cícero seja realmente o assassino. Você sabe da verdade tanto quanto eu, porém, não pretendo ficar quieto.

— Calma, Tavares, isso não se resolve dessa maneira. Para mim pouco importa quem vai descobrir o assassino e não faço questão que divulguem meu nome. O mérito pode ser todo seu, apenas quero fazer meu trabalho.

— Bem, agora é tarde. Como eu lhe disse, não perco tempo. Procurei o promotor e já pedimos ao juiz a reabertura do caso, também consegui a decretação da prisão temporária do Cícero, pois ele me pareceu muito assustado. Soube que não tem família em São Paulo e que mora numa pensão na Vila Gustavo. Pode fugir a qualquer momento ou destruir alguma prova que ainda não conhecemos.

— Isso é um erro, Tavares. Não faça essa bobagem.

— Bem, não precisa ficar com ciúmes, meu caro detetive. Adeus.

Pinheiro ficou arrasado. Deixou-se espalhar pela poltrona e permaneceu imóvel por vários minutos.

Serafim, que tinha ouvido parte da conversa, procurou consolar o amigo e lhe trouxe um copo d'água. Quis saber o que tinha acontecido.

Com a mão na cabeça, Pinheiro narrou o diálogo que teve com o delegado; para ele, Tavares estava cometendo um grande erro, já que era prematuro acusar alguém. O fato de Cícero estar agindo estranhamente não significava que ele era o culpado e sua prisão naquele momento seria uma grande injustiça. Mas sabia que Tavares era muito vaidoso, pois não se contentara apenas em pedir a reabertura do inquérito, queria mostrar para seus superiores e para a sociedade que era capaz de prender o assassino de Esther.

Serafim tentou argumentar com Pinheiro que talvez, preso, Cícero pudesse confessar o crime, afinal que outro suspeito haveria além dele? O amigo discordou silenciosamente, apenas fez um gesto com a mão e voltou a se espalhar pela poltrona, entristecido.

Em silêncio, Pinheiro permaneceu naquela posição por dez minutos. Acabrunhado, aparentava ter mergulhado em seus pensamentos e não desejava mais voltar à realidade.

Repentinamente, bateu a mão na própria cabeça e levantou-se dando um salto:

— As coisas não podem ficar assim, precisamos agir — afirmou enquanto pegava seu paletó. —Vamos ao Departamento de Homicídios conversar com Tavares, talvez ainda dê tempo.

Quando se encaminhava para a porta, o telefone tocou. Era Tavares novamente.

— Pinheiro, não consigo entender mais nada.

— O que aconteceu?

— Cícero.

—Vocês o prenderam?

— Não deu tempo.

— Ele fugiu? — Pinheiro perguntou arregalando os olhos, assustado.

— Não, aconteceu coisa pior.

— Não entendo. O que poderia ser pior? Fale logo, estou ficando preocupado.

— Ele foi assassinado.

— Como?

— Mataram Cícero com três tiros pelas costas, quando ele estava voltando para casa.

— Foi latrocínio?

— Não. Quem fez o serviço não mexeu em nada; havia dinheiro em sua carteira e o relógio estava no pulso.

— Quando isso aconteceu?

— Agora há pouco, nem deu tempo de cumprir o mandado de prisão. Logo que saiu do prédio da Alameda Jaú, ele disse ao síndico que estava se sentindo mal e foi embora mais cedo. Na volta para casa foi assassinado.

— Que coisa curiosa — exclamou Pinheiro, que mal podia falar de tão surpreso que estava.

— Se você acha tudo isso curioso, vai ficar ainda mais impressionado; parece que o infeliz morreu justamente no dia do próprio aniversário.

— Como você sabe disso?

— É que suas últimas palavras antes de morrer foram: "no dia do meu aniversário". Não é incrível?

Pinheiro desligou o telefone e voltou à sua poltrona. Embora surpreso, não estava arrasado como antes, apenas sentia que precisava refletir sobre o caso. Afinal, qual seria o significado de tudo aquilo?

VIII

Esperava impacientemente pela hora de ir embora. Certamente aquele dia não havia sido um dos melhores desde que começara a trabalhar como porteiro. A noite fora demasiadamente longa e ainda teria de ficar no trabalho além do seu horário normal, pois estava cobrindo a folga de um colega. Era um aborrecimento ficar ali, trancado naquela cabine, sem conforto algum, de olho no portão da garagem e na entrada para pedestres. A hora simplesmente não passava. Se pudesse assistir à TV como antes pelo menos teria alguma coisa para fazer, mas o novo síndico tinha proibido o aparelho na cabine dos porteiros. Dizia que isso distraía a atenção e que muitos condôminos haviam reclamado da demora em abrir o portão porque o porteiro estava muito mais interessado em ver o final do filme exibido na TV do que em atender quem queria entrar. Com ele, isso nunca aconteceu, conseguia prestar atenção ao mesmo tempo no televisor e nas entradas do prédio; se alguém tinha falhado, não era justo que ele também fosse punido. Ficar a noite toda acordado, sem ter o que fazer, era um tédio e as horas se arrastavam a ponto de achar que o dia nunca iria amanhecer. O radinho de pilhas, seu inseparável amigo, não ajudava muito, pois os programas da madrugada eram horríveis, nada ali se aproveitava. Durante o dia, era diferente, podia ouvir o que bem desejasse e o que mais o agradava eram os programas policiais que mostravam casos de assaltos, mortes e outros crimes. Nada como o drama humano real, relatado pelos narradores do rádio para cativar os ouvintes e mantê-los colados aos aparelhos. Gostava especialmente de um radialista que contava as histórias por partes, como se fosse novela; aproveitava o clima de suspense criado e no encerramento de cada capítulo fazia uma pausa para os comerciais. Cícero ficava apreensivo para saber o final da trama e não se afastava do radinho nem por um momento; no entanto, nem mesmo nessas ocasiões, havia deixado de prestar atenção às entradas do prédio.

Quando Dona Esther morreu, ligou o radinho para saber se o caso seria contado pelo radialista, porém ficou aborrecido ao descobrir que nada foi levado ao ar. Talvez o fato de a polícia acreditar que se tratava de mero suicídio não tenha despertado a atenção da equipe de rádio que selecionava as matérias do programa.

Finalmente, Duílio havia chegado e com ele veio a sensação de liberdade. Iria deixar aquela cabine abafada e voltaria para casa, onde poderia relaxar, mas antes disso ainda haveria tempo de tomar cerveja no bar da esquina da Alameda Santos, na parte de trás do Conjunto Nacional. Aquilo já havia se tornado um hábito sagrado e, terminado o expediente, a parada no bar era obrigatória.

Nesse momento o interfone tocou, eram dois homens. Ambos pareciam ter mais de 50 anos, porém ainda não haviam chegado aos 60. Pelo monitor ligado à câmera, observou que um deles era mais alto e estava elegantemente vestido, possuía cabelos castanhos, com algumas entradas laterais, onde a calvície parecia ganhar terreno; tinha os olhos grandes, um pouco saltados, nariz alongado e boca pequena, com lábios carnudos. Seu rosto transparecia serenidade. O segundo homem era bem mais baixo, vestia camisa xadrez, calça bege e tinha os ombros levemente caídos. O visitante mais alto apertou o botão do aparelho e ambos se identificaram dizendo que eram detetives.

A imagem da cerveja gelada que Cícero trazia na cabeça subitamente desapareceu e a alegria da saída do trabalho também. Por alguns segundos não disse palavra alguma; em seguida, perguntou a eles o que desejavam. Foi informado que estavam ali a pedido do pai de Dona Esther e que gostariam de ver o apartamento onde ela morreu. Novamente ficou em silêncio, desta vez por alguns minutos.

Afinal o que desejavam? Seriam detetives particulares iguais àqueles que estava acostumado a ver na televisão? Não usavam sobretudo, chapéu e nem tinham lupas nas mãos, no entanto, se entitulavam detetives. Mais pareciam pessoas comuns e se tivessem falado que iriam visitar algum parente, acreditaria sem maiores indagações, pois, para ele, um detetive tinha de ser estrangeiro, usar roupas especiais e, principalmente, fumar cachimbo. O que iria fazer? Parecessem ou não detetives, eles estavam ali para investigar. Logo agora que tudo estava tão tranquilo, pois já havia passado mais de um mês desde a morte de Dona Esther e todos acreditavam no seu suicídio! Por que eles vieram? Disseram qualquer coisa sobre o pai da mulher morta, que não havia compreendido bem e o melhor a fazer era acompanhá-los ao apartamento para conhecê-los melhor e, principalmente, descobrir o que eles sabiam. Se tudo estava encerrado para a polícia, qual a razão daqueles homens aparecerem ali, de surpresa, querendo ver o apartamento da falecida? Algum tempo se passou e Cícero permaneceu em silêncio, em seguida disse a eles que poderiam entrar e que desejava acompanhá-los, pois havia terminado seu turno de trabalho. O homem mais alto respondeu que não tinha nenhuma objeção, e Cícero respirou aliviado. A cerveja poderia esperar mais um pouco.

Trocou-se rapidamente, pegou sua marmita e a colocou numa sacola plástica. Olhou-se no pequeno espelho com moldura laranja que havia dentro da cabine, ajeitou o cabelo e saiu determinado a extrair tudo que pudesse dos visitantes. Tinha de parecer tranquilo, não poderia demonstrar nenhuma apreensão ou nervosismo. A situação requeria calma, porém o caminho entre a cabine e o *hall* de entrada do prédio lhe pareceu extremamente longo, e o tempo que demorou para percorrê-lo, uma eternidade.

Finalmente chegou; estendeu a mão para cumprimentá-los, disse o seu nome, porém, antes que tivesse oportunidade de continuar, o homem mais alto se antecipou e afirmou que Cícero era do Ceará, que tinha trabalhado muito tempo na lavoura e que fazia já algum tempo que estava em São Paulo. Como se isso não bastasse, ainda disse que ele morava na Zona Norte da cidade.

Cícero quase desabou. Como aquele homem que nunca o tinha visto na vida poderia saber tantas coisas a seu respeito? Ele havia lhe falado que era detetive e que estava investigando a morte de Dona Esther, será que desconfiava de alguma coisa? Não poderia ser, a própria polícia tinha encerrado o caso, e para ele o assunto estava sepultado, mas, agora, aqueles homens ali... O nervosismo que tentava controlar veio à tona, porém, reunindo todas as forças que podia, indagou se ele era mágico ou adivinho.

A resposta que recebeu foi que se tratava de um detetive. Ora, isso ele já sabia. O homem que havia estendido a mão lhe entregou um cartão e disse que se chamava Heitor

Pinheiro, também apresentou o mais baixo, cujo nome era Serafim. Que dupla mais estranha! Em nada se pareciam com os detetives da televisão.

Olhou para um e depois para outro, percebeu que estava inseguro, mas não poderia demonstrar, tinha de ser forte, superar o medo. Estudava os dois homens e sua mente trabalhava rápido, tentando descobrir nas fisionomias deles a verdadeira razão da visita. O que havia além da investigação policial? Eles sabiam de algum fato novo?

Enquanto pensava nessas coisas, Pinheiro lhe contou como conseguira descobrir sua origem e, quando terminou a explicação, Cícero disse que parecia muito simples, porém não imaginava como ele sabia a região onde morava. Quando ouviu a resposta, ficou ainda mais surpreso com a simplicidade do raciocínio. Uma coisa era certa, aquele homem mais alto sabia reparar nos detalhes e sua testa proeminente, aumentada pela calvície, era sinal de inteligência. O cuidado tinha de ser redobrado, qualquer descuido poderia revelar coisas que deveriam permanecer em segredo.

O detetive começou sua inquirição e queria saber se tudo estava no lugar, se nada tinha sido mexido. Mau sinal. Como poderia um simples porteiro que fica apenas um terço do dia no prédio ter conhecimento de todas as coisas? Achou melhor dizer que tudo estava em ordem, se falasse alguma coisa diferente, poderia levantar suspeita. Informou ao detetive que o pai de Dona Esther havia visitado o prédio depois da morte da filha, não tinha ficado muito tempo ali e saíra sem levar nada. As perguntas continuaram, o homem queria saber tudo pormenorizadamente, desde a quantidade de porteiros no prédio até o número de câmeras. Um aborrecimento, afinal, até aonde aquilo iria? O jeito era manter-se submisso, responder cada pergunta e passar a impressão de que desejava colaborar.

Às vezes olhava para o amigo de Pinheiro e percebia que o homem quase não falava, apenas encarava o porteiro com curiosidade, prestando atenção em cada palavra, em cada gesto. O melhor era ter muito cuidado com ele também, pois nunca se sabe, por vezes as pessoas mais caladas são justamente aquelas que têm mais percepção das coisas, e o fato de se manter em silêncio não queria dizer que estava alheio às investigações. Poderia ser mais perigoso do que seu companheiro.

Sentia-se mais tranquilo e se mostrava mais controlado, porém Pinheiro perguntou sobre a gravação das câmeras. Sabia que a indagação seria formulada, pois logo após a morte de Dona Esther, o delegado lhe fez a mesma pergunta, porém, naquela situação, dentro do elevador, aquilo teve o efeito de uma apunhalada no seu espírito. Sentiu o golpe, mas era preciso se recuperar rapidamente. Deu a mesma resposta que foi dada ao policial; quando Pinheiro prosseguiu e perguntou sobre a gravação do dia da morte de Esther, Cícero já tinha recuperado parte de sua calma e respondeu apenas com uma perturbação quase imperceptível.

Chegaram finalmente ao apartamento de Esther, e o fato de Pinheiro observar cada detalhe deixou Cícero inquieto. O detetive começou pelos quadros, deteve-se algum tempo diante de cada um deles e mais parecia crítico de arte do que investigador. Em seguida, concentrou-se no pequeno sofá, onde Dona Esther foi encontrada morta.

Indagou a Serafim sobre a estranha maneira de agir de Pinheiro. Ele respondeu usando palavra complicada, difícil de repetir e mais difícil ainda de saber o significado, mas

Cícero concluiu que o detetive deveria ter qualidade muito rara. Cauteloso, observou o momento em que ele foi ao quarto de Dona Esther e folheou atentamente um jornal que estava em cima da cama.

Pouco depois, saíram do apartamento. Cícero ficou mais tranquilo, pois sentiu que se Pinheiro tivesse descoberto alguma coisa significativa, teria falado imediatamente. Não foi assim que aconteceu quando foram apresentados? O homem mal tinha colocado os olhos sobre ele e já foi destrinchando todo seu passado, certamente, se descobrisse toda verdade sobre a morte de Dona Esther, não a guardaria para si. Mas que conclusão ele poderia tirar da visita ao apartamento? Praticamente nenhuma. Ali não havia nada para Pinheiro descobrir, ao menos por enquanto poderia respirar aliviado.

Porém aquela sensação não durou muito tempo. Quando Pinheiro, despretensiosamente, indagou se uma cópia da chave do apartamento de Dona Esther ficava na portaria, voltou a ficar nervoso e decidiu não falar a verdade. Escondera o fato da polícia e não poderia agora se contradizer perante o detetive. Certamente ele iria conversar com o delegado, trocariam informações e perceberiam a mentira; o melhor era insistir na versão que apresentara ao policial.

O cearense manteve-se mais alerta do que nunca. Quando pensou que a inquisição tinha acabado, Pinheiro indagou se era ele o responsável pelas gravações das imagens captadas pelas câmeras espalhadas pelo prédio. Ainda estava bastante assustado, mas esforçou-se por apresentar um sorriso e respondeu que sim, que no dia da morte de Dona Esther o computador tinha falhado e que tal fato não era novidade, pois já havia acontecido outras vezes.

Quando o detetive e seu amigo foram embora, Cícero imaginou que iria se sentir mais aliviado, porém, ao contrário disso, a preocupação tomou conta de sua alma. Mais do que nunca, tinha motivo para passar pelo bar da Alameda Santos e tomar não uma, como pretendia antes, mas várias cervejas. Elas seriam um alívio para aquela situação que dava sinais evidentes de que iria se tornar cada vez mais complicada.

~

Já era noite, e a dor de cabeça não passava. Cícero não sabia se era a resposta do corpo às cervejas que tinha bebido ou se havia outras causas. Em silêncio, lamentava que a situação que parecia tão tranquila até o aparecimento daqueles dois tinha mudado repentinamente. Por que para ele as coisas sempre davam errado? Por que tudo tinha de ser tão difícil?

Lembrava-se da infância pobre na zona rural do Crato, no Vale do Cariri. Desde muito jovem tivera de pegar no cabo de enxada, afinal, eram doze irmãos e todos tinham de trabalhar bastante para sustentar aquela turma. Mal completara 5 anos e já estava ajudando os pais na lida da roça.

Tentou frequentar escola, mas não conseguiu permanecer na sala de aula por muito tempo, as horas não passavam e achava muito cansativo ficar sentado no banco escolar ouvindo a professora. Só gostava mesmo do recreio, quando podia se soltar à vontade, brincar com a criançada, se aproximar de Mariazinha, a menina mais bonita da classe. Tirando esses raros momentos, tudo o entediava.

Conseguiu aprender a ler, a garatujar a escrita, depois largou tudo e decidiu ficar em casa, afinal, tinha de ajudar seus familiares a sobreviver e isso não era tarefa fácil para quem tinha nascido tão pobre. Se ao menos possuísse algum talento especial, poderia ser artista ou jogador de futebol, enriquecer e ajudar a todos.

Nunca chegou a ler um livro de verdade: achava inútil, dizia que isso não enchia a barriga de ninguém, porém gostava muito de literatura de cordel. Aqueles livretos, pendurados no barbante, sempre lhe exerceram forte atração, eles não eram longos e cansativos como os romances comuns, pelo contrário, eram curtos, tinham versos fáceis de entender e traziam desenhos ilustrando a narração. De todos os cordéis, certamente o que mais gostava de ler e reler era o que falava da peleja entre cego Aderaldo e Zé Pretinho, dois repentistas: um do Crato e o outro do Piauí. Obviamente, o cego da sua cidade vencera a batalha poética. Gostava tanto da história que tinha decorado todos os seus versos. Por vezes se lamentava, pois não entendia como um cego podia possuir talento tão grande e ele, sem defeito físico algum, não ter nenhum.

Quando se tornou adulto, trabalhou na cidade e teve várias profissões: foi garçom, servente de pedreiro, auxiliar de padaria e varredor de rua. O salário era muito baixo, mal dava para sobreviver, e com o pouco que sobrava ajudava a mãe, já que o pai havia partido para o Rio de Janeiro e nunca mais mandara notícias. Todos os irmãos também trabalhavam, mas mesmo assim viviam miseravelmente.

Certo dia, tomou a decisão de tentar a vida em São Paulo. Vários de seus amigos que tinham deixado o Crato se deram bem na capital paulista. O negócio era arriscar a sorte, não poderia ficar encravado no sertão definitivamente, afinal aquilo não era vida, pois só fazia trabalhar, trabalhar e receber como recompensa um mísero salário. Diziam que em São Paulo se pagava bem, havia registro em carteira, vale-transporte, vale-alimentação e uma infinidade de benefícios que compensavam a mudança.

Despediu-se da mãe e dos irmãos e afirmou a todos que um dia voltaria rico, que teria dinheiro suficiente para comprar casa, pedaço de terra e montar comércio. Seriam respeitados em todo o Cariri, eles que esperassem. A espera não seria em vão.

Quando chegou a São Paulo, a vida não foi fácil. Sem dinheiro algum, nos primeiros dias dormiu em albergues de caridade, depois arrumou emprego de balconista de bar, de vigilante e, finalmente, de porteiro no prédio da Alameda Jaú. Sentia saudades do Crato, porém admirava a cidade grande e, de forma especial, a região da Paulista, onde trabalhava, pois muita coisa ali o fascinava: o corre-corre das pessoas, o movimento incessante dos carros, as inúmeras passeatas e as sirenes das viaturas. A vida naquele lugar fluía, pulsava, tinha encanto próprio, e não somente os prédios eram grandiosos, mas a própria atmosfera que envolvia tudo era grandiosa.

Ficou por ali e passaram-se muitos anos sem que conseguisse cumprir a promessa feita à família. Pouco ou quase nada guardava do salário que recebia; e, quando vinha o pagamento, existiam diversos compromissos: a pensão da Vila Gustavo, a dívida no bar da Alameda Santos, inúmeras quinquilharias compradas e prestações de eletrodomésticos; porém, sempre que conseguia um dinheiro extra ou recebia o décimo terceiro salário, dava um jeito de mandar alguma coisa para a mãe.

O tempo passava e ele via cada vez mais distante o sonho de voltar rico para o Crato ou pelo menos com dinheiro suficiente para comprar casa para a mãe. Assim, foi se deixando ficar. Quem sabe algum dia a sorte não bateria à sua porta e ele poderia realizar todos os seus sonhos?

Quando Dona Esther morreu, pensou que esse dia tinha chegado, já que por vezes a sorte está no lugar onde menos esperamos. Quem diria que a morte daquela mulher judia, que mal o cumprimentava, poderia reacender as suas esperanças? Se tudo desse certo, poderia voltar ao Vale do Cariri com o bolso cheio de dinheiro, seria o orgulho de toda a família e ninguém mais iria humilhá-lo, debochar da sua pobreza, torná-lo servil, tal qual cachorro de rua.

Nos primeiros dias que se seguiram à morte de Dona Esther não conseguiu disfarçar sua preocupação. Só pensava nas coisas que tinham acontecido, porém o que mais lhe vinha à mente era a dinheirama que iria mudar sua vida e, se tudo desse certo, que em pouco tempo estaria de volta ao Crato. Certamente sentiria saudades de São Paulo, da região da Paulista, da agitação de sua vida e, principalmente, das mulheres que conhecera; porém não podia imaginar nada melhor do que voltar à terra natal como vencedor. Tudo dependia do rumo que as coisas iriam tomar dali em diante. Até aquele momento, estavam caminhado bem, o delegado lhe fez algumas perguntas, vários policiais e peritos do Instituto de Criminalística visitaram o apartamento. Ouviu, satisfeito, quando eles comentaram que Dona Esther havia se suicidado. Só ficou um pouco triste quando viu seu pai sair desolado do apartamento, pois não devia ser nada fácil perder uma filha; mas, na vida, a tristeza de um é a alegria de outro.

As semanas passaram e, finalmente, soube que o inquérito havia sido arquivado. Sentiu um enorme alívio, agora era só esperar mais um algum tempo e, se o plano não falhasse, em breve voltaria ao Cariri.

A dor de cabeça persistia, mas Cícero não parava de repensar sua vida. Como tudo pode mudar repentinamente! Até outro dia estava tranquilo, tinha separado algumas coisas para colocar na mala de viagem, havia comprado lembranças para todos os familiares, porém, agora, parecia que o mundo iria desabar. Aqueles dois detetives curiosos trouxeram de volta a preocupação dos primeiros dias que se seguiram à morte de Dona Esther. Não sabia ao certo o que iria acontecer daquele momento em diante, mas sua intuição dizia que o melhor era mudar os planos, antecipar as coisas, dar o quanto antes aquele telefonema para receber o que era seu de direito. A situação não poderia se arrastar por mais tempo, era hora de dar um ponto final naquilo tudo.

Saiu da pensão e foi ao telefone público da esquina; passados alguns minutos, voltou animado e ao mesmo tempo apreensivo, pois sabia que tinha feito sua última jogada, dado a última cartada e agora era só esperar o resultado que não tardaria a chegar. Deitou-se, porém só conseguiu pegar no sono muitas horas depois e sonhou que tinha voltado ao Crato e encontrado a mãe morta. Ela estava deitada na cama, muito branca, parecia feita de cera, seus braços estavam duros, esticados para os lados e por conta disso houve muita dificuldade em colocá-la no caixão. Quando olhou para o rosto da mãe, levou um susto: havia a marca de um tiro no meio do seu nariz; chegou mais perto para ver e já não era a face de sua mãe, mas sim a de Dona Esther; em seguida, deu um grito que foi ouvido por todos na pensão.

Acordou assustado e não conseguiu mais dormir pelo resto da noite.

Quando amanheceu, continuava pensando que rumo deveria tomar. O pesadelo, trazendo de volta a imagem da mãe, o havia deixado muito assustado e Cícero virava de um lado para outro na cama. O melhor era se levantar e comer alguma coisa; quem sabe um cafezinho não lhe traria novo ânimo? Pôs a primeira roupa que encontrou no armário e desceu em direção à padaria, onde pediu café puro e pão com manteiga na chapa. Mastigava automaticamente e já não conseguia sentir o gosto das coisas, pois a vida estava ficando muito complicada. As certezas tinham ido embora, restavam apenas dúvidas e uma ansiedade interminável.

As horas se arrastavam naquela manhã, a sonolência e a indisposição tomavam conta do seu corpo. Sem saber exatamente o que fazer, achou melhor telefonar mais uma vez e confirmar os acertos que fizera na véspera. Se tudo desse certo, no dia seguinte partiria em definitivo para sua terra, deixando todos os problemas que o aborreciam em São Paulo. Era só ter um pouco mais de paciência, saber levar as coisas ao longo do dia e não demonstrar nenhum nervosismo quando lhe fizessem alguma pergunta. Não acreditava que aqueles dois homens pudessem voltar ao prédio da Alameda Jaú naquele dia que estava se iniciando. Achava que em menos de vinte e quatro horas pouca coisa se poderia fazer e, principalmente, descobrir... Mas não convinha ficar desatento, pois o sinal amarelo já havia sido dado e não podia esperar pelo vermelho, caso contrário, todos os sonhos e planos arquitetados no último mês iriam se esfacelar, tal qual castelos de areia feitos por crianças na praia.

Enquanto se concentrava nessas coisas, um pensamento repentino tomou-lhe a mente de assalto. E se fosse traído? Se tudo não passasse de mentiras, o que deveria fazer? Jamais havia sequer cogitado esta hipótese, porém agora ela surgia radiante em seus pensamentos, somando-se ao temor que já tinha da polícia e dos detetives particulares. Deveria se atentar contra os dois lados, agir com cautela e inteligência para não pôr tudo a perder.

Terminou o desjejum, mas não queria voltar à pensão, ao mesmo tempo ainda era muito cedo para ir ao trabalho, pois suas atividades no prédio só começariam às duas da tarde. Raciocinava que o melhor a fazer era telefonar o quanto antes, depois poderia ir ao centro da cidade. Na Sé, mataria o tempo, também poderia ver lojas, circular entre as barraquinhas dos camelôs, depois poderia esticar o passeio até o Largo de São Bento, desceria a Ladeira Porto Geral e tentaria descobrir alguma novidade na Rua 25 de Março. Quando seu horário de trabalho estivesse se aproximando, seria fácil ir à Alameda Jaú, pois bastaria pegar o metrô e fazer a baldeação na estação Paraíso. O mais importante naquele momento era ocupar o tempo para afastar a preocupação que tanto o martirizava.

Cícero caminhava tenso, o burburinho do centro não era capaz de lhe chamar a atenção, de desanuviar-lhe a mente. Quando passou pelo Pátio do Colégio, achou que estava sendo seguido, pois viu que dois homens fortes caminhavam pouco atrás dele, quase no mesmo ritmo, fazendo caminho idêntico ao que ele percorria; achou melhor apertar o passo e atravessar a rua, mas apesar deste movimento, para seu desespero, os homens fizeram o mesmo. Olhava insistentemente para trás e podia avistá-los a poucos metros.

Agora tinha certeza, estava sendo seguido. Afinal, quem eram aqueles homens? A mando de quem estavam ali? O que pretendiam? Certamente não estavam bem intencionados e, ainda confuso com a crescente preocupação, voltou-se novamente para trás, observando que ambos eram morenos, altos, um possuía o cabelo liso, o outro, encaracolado. Os dois tinham algumas coisas em comum: vestiam calças jeans, camiseta e, sobre ela, camisa de manga curta, cujos botões ficavam abertos, ambos usavam óculos escuros, de aros pequenos e arredondados. Seria aquela uma maneira de esconder uma arma na cintura? Não dava para apostar, mas possivelmente haveria um revólver coberto pela camisa que estava fora das calças, sobre a camiseta.

O pavor tomou conta da sua alma. A ideia de espairecer, de passear pelo centro, tinha falhado, pois sua caminhada havia se transformado num angustiante tormento; sabia, porém, que precisava fugir rápido, pois a intenção dos dois homens não era boa, poderiam surrá-lo ali mesmo na rua, sequestrá-lo, ou mesmo atirar pelas costas. Ofegante, suas pernas movimentaram-se com agilidade, pôs-se a correr pela extensão que restava da Rua Boa Vista. Sua intenção era entrar na estação do metrô, onde poderia ficar seguro, porém ainda faltavam algumas quadras até a Rua São Bento. Se fosse rápido, conseguiria escapar.

Cícero desceu a rua em desabalada carreira, em bruscos e desesperados movimentos com a cabeça observou que os homens continuavam a segui-lo e corriam no mesmo ritmo, quase o alcançando. Chegou a trombar com algumas pessoas, que, irritadas, reclamavam da falta de educação dos paulistanos; uma mulher deixou cair vários pacotes que foram pisoteados pelos seus perseguidores, ele tornou a atravessar a rua e gritou pedindo socorro. No local, não havia policiais e nem guardas da prefeitura, apenas alguns vigilantes de agências bancárias observavam a cena, sem sair do lugar. Os dois homens só não conseguiam tocá-lo porque o número de pessoas que circulavam por ali era grande. Cícero levava certa vantagem, já que era pequeno e muito ágil. Ao se aproximar da estação do metrô da Rua São Bento, tirou o bilhete do bolso e o deixou pronto para ser utilizado.

Chegou rapidamente à estação, passou pela catraca empurrando as pessoas que estavam na fila, os dois homens vieram logo atrás e saltaram o bloqueio. Cícero desceu a escada rolante correndo e, quando chegou na parte de baixo, apertou o botão para que ela parasse, o que fez seus perseguidores perderem algum tempo, que foi suficiente para que seguranças do metrô se aproximassem deles. Bastante cansado, conseguiu entrar numa composição que ia em direção ao sul da cidade e, logo em seguida, as portas se fecharam. Para seu alívio, viu aqueles homens se engalfinhando com os seguranças. Felizmente, eles haviam ficado para trás.

A respiração continuava ofegante, os passageiros do vagão o observavam com curiosidade. Ainda muito tenso, olhando para todos os lados, permaneceu em pé até a estação Sé. Quando as portas se abriram, desceu rapidamente e se dirigiu ao banheiro mais próximo, onde se trancou no compartimento do vaso sanitário e ali ficou sentado, chorando tal qual uma criança. Precisava pensar em tudo que havia acontecido, tinha de se recompor, colocar em ordem seus pensamentos e traçar os planos dos seus próximos passos. Estava mexendo com pessoas perigosas — agora tinha certeza disso — mas, ainda possuía um trunfo nas mãos, e caso tentassem novamente alguma coisa contra ele, saberia utilizá-lo no momento certo.

Depois de meia hora, levantou-se e abriu a porta do compartimento. Assustado, olhou para todos os lados. Nem sinal dos homens, certamente tinham perdido sua pista ou foram detidos pelos seguranças do metrô. Ficou longo tempo lavando o rosto, pois tinha de se recuperar do susto; tornou a embarcar no metrô, sentido Paraíso, e, para ter certeza de que não estava sendo seguido, desceu na estação São Joaquim, onde esperou a composição seguinte.

O coração ainda estava palpitante. Olhava de todos os lados e, para sua satisfação, percebeu que os homens que o haviam perseguido não estavam por ali, pois certamente o perderam de vista, porém, raciocinava, aquelas pessoas sabiam detalhes da sua vida e poderiam encontrá-lo no momento em que desejassem. Felizmente conseguira escapulir dos seus perseguidores, mas tinha plena consciência de que corria sérios riscos.

O que fazer? A quem reclamar? Um turbilhão de pensamentos atravessou a cabeça de Cícero, pois sabia que estava encurralado e tinha de procurar uma saída, mas esta saída parecia não existir. Poderia fugir para qualquer lugar de São Paulo que seria encontrado, já que esta espécie de pessoa com quem estava lidando não titubearia em fazê-lo calar, nem que para isso tivesse de tirar sua vida.

O coração batia acelerado e as pernas bambeavam, o susto tinha sido enorme e para se recuperar levaria algum tempo. Tudo estava muito confuso, mas alguma coisa fazia Cícero continuar seu caminho em direção ao trabalho, pois tinha a nítida certeza de que não podia abandonar suas últimas esperanças, deixando de lado o sonho de voltar rico para sua terra.

Quando chegou à estação Paraíso, desceu e fez a baldeação sentido Clínicas. Olhava para todos os lados, tentando enxergar seus perseguidores; na escada rolante, um homem loiro, alto e de óculos escuros o encarou, Cícero ficou com mais medo e acelerou o passo, olhou para trás e não havia ninguém. Sentia-se perseguido, achava que todos queriam pegá-lo, bastava que alguém lhe dirigisse um olhar para que ficasse apavorado.

Desceu na estação Trianon-Masp, como estava habituado a fazer, porém, desta vez, a situação era diferente, o lugar, tão familiar, agora lhe parecia assustador, subiu as escadas, caminhou pela Paulista e quando passou na calçada ao lado do museu, diminuiu os passos para olhar o vão livre gigantesco. Muitas pessoas se esparramavam pelo espaço abundante, estudantes, com cadernos nas mãos, conversavam animadamente, pequenos grupos de idosos aguardavam em silêncio a hora de subir as escadarias, jovens, sem nenhum compromisso, circulavam apreciando a arquitetura inovadora. Parecia que as pessoas iam ao seu encontro, o sentimento de angústia o fazia olhar toda hora para trás, para ver se não estava sendo seguido. Apertou o passo, pois sabia que o melhor era chegar logo ao trabalho, onde se sentiria mais seguro. Seus perseguidores não teriam coragem de fazer alguma coisa enquanto estivesse na cabine do prédio, pois lá existia um bom sistema de segurança, com câmeras instaladas em diferentes pontos e um alarme que poderia ser acionado facilmente.

Em pouco tempo, chegou à Alameda Jaú e, mais aliviado, entrou no prédio, dirigindo-se, rapidamente, à cabine para trocar de turno com seu colega, porém nova surpresa o aguardava. O mesmo delegado que o interrogara na época da morte de Dona Esther conversava com o outro porteiro. O desespero voltou, pois mal tivera tempo de se recompor do susto causado pela perseguição de desconhecidos e ali estava aquele homem. Algo bom certamente não era, pois o fato de ter voltado ao prédio significava que ele ainda desconfiava de algo. Mas de que seria? Alguma prova nova, ou, aquele detetive do dia anterior agiu como mágico e mostrou o que realmente acontecera com Dona Esther? Não podia ser, certamente o policial ali se encontrava para bisbilhotar, e, nestas situações, a prudência mandava que deveria mostrar tranquilidade. Mas como isso estava difícil naquele momento!

Cícero entrou cabisbaixo. O policial alto, de cavanhaque, estava acompanhado de outro colega e ambos usavam camisetas e bonés com a inscrição do Departamento de Homicídios. Observava atentamente o cearense, e podia-se perceber que procurava nele sinais de algum segredo, esperava que seu olhar traísse os pensamentos; conseguiu seu objetivo: quando Cícero levantou os olhos, deixou transparecer todo medo que sentira e ainda estava sentido; por mais que tentasse se controlar, não conseguia, pois o pavor era maior do que todas as suas forças, era-lhe impossível escondê-lo, numa última tentativa de dissimulação, procurou forçar um sorriso, mas o que saiu foi uma expressão iníqua, contrária a tudo que precisava parecer. Cícero percebeu que havia fracassado na tentativa de esconder o que se passava em seu interior, mas era preciso prosseguir em sua dissimulação, pois a polícia estava ali e não poderia de forma alguma deixar que notassem o que estava sentindo, caso contrário, tudo estaria perdido, como não era ator, tinha seus limites e naquela situação era difícil esconder seu pavor.

O delegado tinha parado de conversar com seu colega de portaria e o encarava com curiosidade, chegou a pensar em fugir ao seu olhar, mas aquilo seria pior ainda, esforçou-se para manter os olhos dirigidos a ele e esperou que dissesse alguma coisa.

— Cícero, você sabe a quem pertence esta chave? — indagou o delegado, em tom de desafio.

Cícero sentiu as pernas bambearem, naquele momento seu mundo pareceu desabar, sentiu dificuldades em manter-se em pé, mesmo assim conseguiu olhar fixamente para a chave exibida e responder:

— Si... sim... é de Dona Esther.

— Por que não me contou antes que ela deixava a chave na portaria? Na outra vez que estive aqui, eu lhe fiz esta pergunta e você me respondeu que não havia chave alguma.

A tensão aumentara sensivelmente, havia agora uma espécie de ameaça e o tom das palavras era mais ríspido; o olhar do delegado transmitia rigidez, irritação e todos observavam Cícero com curiosidade e desconfiança.

O cearense manteve-se em silêncio por algum tempo, pois precisava se recuperar. A vontade era de sair correndo daquele lugar o mais rápido possível, mas alguma coisa o prendia ali: tinha de dar uma resposta, mesmo que não fosse convincente.

— Bem, é que este prédio tem muitos moradores, não dá para saber com certeza quem deixa e quem não deixa a chave e, às vezes, faço confusão. Creio que me enganei.

Sabia que sua resposta tinha sido dúbia, mas foi a única que conseguiu dar no estado em que se encontrava. Baixou os olhos, pois já não ousava encarar o delegado.

Nova indagação:

— E a gravação do DVD? Por que o disco não está com os demais?

—É... bem, é que naquele dia houve um problema com o computador e ele não gravou nada. Não é a primeira vez que isso acontece.

— E quando foi a última vez que aconteceu?

— Hum... eu não me recordo com precisão, mas creio que foi no ano passado.

—Você não acha estranho que a gravação tenha falhado justamente no dia da morte de Esther? Se não acontecesse esta falha, as imagens poderiam ter revelado o rosto do assassino.

Ao ouvir isso, Cícero teve certeza de que deveria sair dali o mais rápido possível, afinal sua vida estava sendo ameaçada por homens desconhecidos; e, como se isso não bastasse, ainda vinha aquele delegado falar em assassinato...

— Mas não foi suicídio? — perguntou Cícero com o pouco que lhe restava de voz.

O delegado aproximou-se mais dele, ficou alguns minutos olhando fixamente em seus olhos sem nada dizer, depois afirmou que ainda tinha muito trabalho pela frente e foi-se embora.

Mal ele saiu, Cícero despejou o corpo sobre a cadeira e ficou imóvel, sem dizer uma única palavra. Assim permaneceu longo tempo, só voltou à realidade com o barulho repetitivo da buzina do automóvel de um morador do prédio, que, irritado, fazia gestos, querendo entrar.

Levantou-se rapidamente e saiu da cabine levando suas coisas. No *hall* de entrada do prédio encontrou o síndico e lhe disse que estava se sentindo mal, com tonturas, sem condições de trabalhar e que iria para casa se recuperar.

Já na rua, ziguezagueando, olhou insistentemente para trás e para os lados, procurava por pessoas, por rostos desconhecidos que o estivessem seguindo. A cabeça girava, os pensamentos iam e vinham, sem uma sequência lógica, pois tinha perdido a noção de tempo, tudo estava embaralhado e já não sabia mais o que era realidade ou imaginação; nesta angústia contínua, vinham-lhe à mente a imagem da mãe e a infância pobre vivida no Crato. Queria correr para seus braços, ser acarinhado, receber o conforto e a tranquilidade que só ela era capaz de lhe transmitir. Mas onde ela estava agora que não vinha acudi-lo? Só havia aquela multidão apressada que se acotovelava pelas ruas. Ninguém conhecido, ninguém com quem pudesse conversar, nenhum amigo para desabafar, só pessoas insípidas, bípedes errantes, sem rumo certo na vida e no caminhar.

Depois de um tempo que lhe pareceu infinito, Cícero chegou à estação de metrô e embarcou rapidamente, olhando sempre para todos os lados, pois o medo não o havia abandonado. Estava exausto, suava bastante e sua respiração era ofegante. Não conseguiu lugar para sentar e ficou em pé, segurando-se na haste de metal presa à parte superior do vagão, mas, mesmo ali dentro, não se sentia seguro, pois percebia que a qualquer momento aqueles dois desconhecidos poderiam surgir do nada e tentar atacá-lo. Tinha de retornar urgentemente para a pensão da Vila Gustavo, arrumar tudo e voltar para o Crato, onde teria a proteção dos familiares e dos amigos. Já não fazia questão de voltar rico, o importante era retornar ao Ceará com vida, o resto seria resolvido depois.

E se o pegassem antes que tivesse tempo de arrumar as coisas e viajar? Não queria nem pensar nesta hipótese, tinha mesmo de ficar atento a tudo e a todos e, se a sorte o ajudasse, iria embora para nunca mais voltar.

Desceu do metrô ainda muito assustado, teria, de toda forma, de evitar ser alcançado pelas pessoas que o haviam seguido naquela manhã. Imaginava que, além daqueles dois, certamente existiriam outros. Já não havia mais dúvida de que aquela gente era muito perigosa.

Precisava pegar o ônibus nas proximidades para chegar em casa e, por conta disso, deixou a estação com atenção redobrada, olhando cada pessoa que se aproximava. Se percebesse qualquer perigo, poderia correr rapidamente, como fizera naquela manhã. O mais importante era manter a tranquilidade, afinal faltava pouco para se livrar de tudo aquilo.

O ônibus se aproximou, Cícero fez sinal para que parasse. Tornou a olhar para todos os lados e sentiu certo alívio ao constatar que não havia ninguém que tivesse aparência suspeita. Quando o coletivo estacionou, ficou de costas para a estação de metrô e apertou os passos para embarcar. Neste momento, uma motocicleta surgiu à sua retaguarda e desacelerou. Ouviram-se três estampidos secos, e Cícero sentiu um calor muito forte nas costas, como se ferros em brasa o estivessem atravessando; a dor que se seguiu era aguda, de uma intensidade insuportável. Havia várias pessoas no ponto de ônibus, todas elas ficaram paralisadas, surpresas com aquele ataque brusco. Cícero não conseguiu permanecer em pé, sentiu-se fraco e caiu ao lado de uma mulher loira que estava com seu filho pequeno no colo. A cabeça girava sem parar, mas mesmo assim ele compreendeu a situação e percebeu que seu fim estava próximo.

Reuniu o pouco das forças que ainda lhe restavam, respirou fundo e disse de uma só vez:

— No dia do meu aniversário.

Os passageiros que estavam no ponto do ônibus tentaram socorrê-lo, rapidamente formou-se um grupo de pessoas em torno dele, cada um procurava ajudá-lo de alguma forma. A mulher loira, muito assustada, tapou os olhos do seu filho pequeno. Um homem alto, de barba cerrada, que usava casaco de couro, tomou-lhe o pulso e decretou:

— Morreu, o coitado morreu.

Alguns dos presentes se afastaram, outros permaneceram no local e muitos curiosos surgiram de todas as direções. A mulher loira colocou o filho no chão e, com o olhar perdido no horizonte, ficou imóvel: custava a acreditar que tudo aquilo estava realmente acontecendo.

IX

Heitor Pinheiro permaneceu longo tempo esparramado em sua poltrona preferida. Às vezes, angustiado, comprimia os dedos contra os braços do estofado, dando a impressão de que isso o ajudava a se aprofundar em seus pensamentos.

Cícero fora assassinado, e certamente sua morte não era apenas reflexo da triste violência da cidade grande: aquilo havia sido encomendado por alguém que desejava vê-lo fora do caminho das investigações da morte de Esther. Mas quem poderia ser? O caso estava em seu início e era prematuro fazer alguma afirmação sobre o criminoso, mas uma coisa lhe parecia óbvia: a pessoa que matou a judia era a mesma que tinha assassinado Cícero. As duas mortes estavam relacionadas.

Tinha achado o jeito de Cícero muito estranho desde o início; quando visitou o prédio da Alameda Jaú, teve certeza de que havia algo de errado com o porteiro, pois seu comportamento não deixou dúvida de que estava muito preocupado com alguma coisa; além disso, o fato de ele tê-los acompanhado até o apartamento de Esther era sintomático, podia-se perceber com facilidade que queria especular sobre o conhecimento que Pinheiro e Serafim tinham do caso, e, mais: desejava ver se eles descobririam alguma pista no imóvel. Observou também que, no momento em que investigava o interior do apartamento, os olhinhos vivos do cearense o acompanharam o tempo todo.

Pinheiro ficou imóvel, imerso em seus pensamentos por mais de dez minutos, só foi trazido de volta à realidade por Serafim, cuja paciência de monge budista tinha se esgotado.

— Afinal, o que houve com Cícero? — indagou o amigo, que tinha acompanhado a conversa ao telefone, ouvindo apenas a fala de Pinheiro.

— Ele acabou de ser assassinado, com tiros pelas costas.

— Mas como foi isso? Conseguiram prender o criminoso? — tornou a perguntar Serafim, cujas feições haviam se contraído a ponto de parecer que estava fazendo careta.

— Ao que parece, não. Só vamos saber de todos os detalhes quando conversamos com Tavares no Departamento de Homicídios.

Pinheiro fez um breve resumo do que lhe foi narrado pelo delegado.

— Que coisa curiosa! — afirmou Serafim. — Como pode alguém receber tiros pelas costas e em vez de gritar, gemer ou pedir socorro, dizer apenas que é o dia do seu aniversário. Não tem lógica alguma.

— É o que parece, meu caro amigo, porém tudo isso deve ter algum significado que no momento não conseguimos compreender; precisamos aprofundar as investigações e, então, teremos condições de conhecer toda a verdade. De uma coisa eu sei: isso que ele disse não foi gratuito.

— Por que alguém diria tais coisas? Será que ele pretendia receber os parabéns das pessoas que estavam próximas a ele? — disse Serafim, com uma ponta de ironia.

Prosseguiu:

— Pode ser também que ele estivesse querendo dizer que era tão azarado que estava morrendo justamente no dia do seu aniversário. Tem certeza de que foram exatamente estas as palavras que ele usou?

— É essa pergunta que pretendo fazer a Tavares no nosso próximo encontro. Pode ser que alguém tenha ouvido mal ou trocado alguma palavra que foi dita. Daí o significado seria totalmente diferente.

— Mas por que alguém mataria Cícero?

— Não tenho dúvida de que a sua morte está ligada à de Esther. Suponhamos que ele tenha visto o assassino no dia do crime. Certamente isso representava um risco para o criminoso; e quem é capaz de matar uma mulher indefesa pode muito bem atirar numa outra pessoa pelas costas, ou então contratar bandidos para fazê-lo. Para mim, é a hipótese mais acertada.

— Existe outra?

— Certamente. Acho pouco provável, porém suponhamos que Cícero seja o assassino de Esther; alguém que soubesse deste fato poderia matá-lo por vingança.

— Mas por que só agora? O crime já aconteceu há mais de um mês.

— Pode ser que essa pessoa só teve certeza disso recentemente e resolveu fazer o serviço; como hipótese, isso pode ser sustentado, porém não creio nesta possibilidade, pois não consigo imaginar os pais ou até mesmo a filha de Esther matando por vingança.

— E o ex-namorado dela?

— Embora não o conheça, acho pouco provável, pois eles já tinham se separado há algum tempo e não possuíam mais nenhum vínculo.

— E o que você pretende fazer?

— A bem da verdade, a nossa investigação está apenas começando. Não se esqueça de que até bem pouco tempo todos acreditavam que Esther tinha se suicidado. Já demos um passo adiante, e creio que ninguém mais vai pensar na hipótese de suicídio, mas ainda temos muito a investigar, agora com o apoio do delegado e do promotor. Com isso poderemos trocar informações e, certamente, obter documentos que antes eram inacessíveis a detetives particulares.

Foram interrompidos pelo som do interfone, era Tavares que decidira se antecipar e aguardava autorização para subir. Em poucos minutos, estava sentado ao lado do detetive.

— Você desligou o telefone antes que tivesse tempo de lhe contar todos os detalhes. Gostaria de saber sua opinião, pois o caso parece bem mais complicado do que imaginávamos no Departamento de Homicídios.

— Como eu já tinha falado, era mesmo caso de assassinato e não de suicídio. E, mais, que seria um erro prender Cícero pela morte de Esther. Infelizmente não fui ouvido.

— Certamente você tinha razão, Pinheiro. Peço-lhe desculpas se não acreditei em você desde o início, mas quem iria imaginar que a mulher não havia se matado? Tudo indicava que tinha sido suicídio, quanto a Cícero, você mesmo concordou que seu comportamento era muito esquisito.

— Mas em momento algum eu disse que ele era o assassino de Esther, pelo contrário...

— Certo, mas eu não vim aqui para falar das coisas passadas, pois isso não vai nos levar a lugar algum, quero saber a sua opinião sobre alguns pormenores do caso que me parecem confusos.

— Estou à disposição, Tavares, mas antes gostaria de conhecer detalhes da morte de Cícero. Tem certeza de que suas últimas palavras foram: "no dia do meu aniversário"? Alguém pode ter escutado errado ou se confundido.

— Quanto a isso, não há a menor dúvida, uma mulher loira que estava bem ao lado de Cícero, no momento da morte, disse que ouviu perfeitamente suas últimas palavras. Outras testemunhas confirmaram.

— Chegaram a ver quem atirou?

— As pessoas disseram que dois rapazes de motocicleta se aproximaram, e o que estava na garupa efetuou três disparos nas costas de Cícero. Lamentavelmente tudo se passou muito rápido e ninguém teve tempo de anotar a placa; ambos usavam capacete, e por conta disso ninguém viu o rosto deles.

— Eles chegaram a descer da moto?

— Não. Apenas diminuíram a velocidade, sequer pararam. Tudo foi muito rápido, eles desapareceram e não há notícia deles. Mas, voltando às últimas palavras de Cícero, há algo que vocês precisam saber.

— O que é?

— Ainda vamos confirmar as coisas, porém as informações que temos é que, ao contrário do que ele disse, não era o dia do seu aniversário.

— Como assim? — indagaram Pinheiro e Serafim ao mesmo tempo.

— É que Cícero carregava documentos quando foi morto e através deles pudemos constatar que ele não nasceu no dia 3 de outubro, ou seja, na data de hoje.

Pinheiro novamente ficou algum tempo em silêncio. Levantou-se de sua poltrona, deu uma volta pela sala, parou diante da janela e ficou olhando o movimento da Praça Buenos Aires.

— O que acaba de me falar é muito interessante. Se antes as últimas palavras de Cícero já eram muito curiosas, agora elas passam a ter mais importância, embora, à primeira vista, pareçam ridículas.

— O que você pensa sobre o caso? — indagou Tavares.

— Bem, eu nunca tive notícia de que alguém tenha falado algo semelhante antes de morrer. O que normalmente as vítimas fazem é gritar, dizer algo demonstrando surpresa. Você sabe que John Lennon, quando foi baleado à queima-roupa, simplesmente disse: "Fui baleado"? Já vi casos em que as pessoas indicaram o nome do assassino. Jamais na minha carreira ouvi alguém falar que estava morrendo no dia do seu aniversário sem que fosse realmente seu aniversário. Parece uma total falta de lógica, vocês concordam comigo?

— Talvez a explicação seja mais simples — atalhou Serafim. — Conheço muitas pessoas, principalmente nordestinos, como Cícero, que nasceram num dia e foram registradas em outro. Para elas o que vale é o dia do nascimento, e não o que consta na certidão de nascimento.

— Essa é uma possibilidade que não podemos descartar — ressaltou Tavares. E temos como confirmar isso, pois entraremos em contato com a família dele no Ceará para comunicar sua morte e poderemos indagar sobre a verdadeira data de aniversário.

— Mas ainda assim — voltou a falar Pinheiro — não lhes parece estranho que alguém fale as palavras que Cícero falou antes de morrer? Podemos aguardar a confirmação do seu verdadeiro dia de aniversário, mas não posso acreditar que ele estivesse lamentando ter sido alvejado justamente nessa data. Parece que ele percebeu que tinha poucos minutos de vida e tentou de alguma maneira nos transmitir uma mensagem.

— Mas que mensagem será essa?

— No momento não consigo atinar. As coisas ainda estão obscuras. Há muito a ser investigado, mas, quando chegarem mais informações poderemos entender o verdadeiro significado das últimas palavras de Cícero.

Tavares dava sinais evidentes de nervosismo, inicialmente tinha apostado que se tratava de suicídio, chegou mesmo a concluir o inquérito afirmando que Esther tinha se suicidado. Depois pediu a reabertura do inquérito, afirmou que Cícero era o assassino e pediu sua prisão temporária, mas nem chegou a cumpri-la, pois os dois motociclistas chegaram antes. Era óbvio que sua imagem perante os colegas e seus superiores estava desgastada. A visita ao apartamento de Pinheiro tinha claro propósito de descobrir qual era a trilha certa, nem que para isso tivesse de deixar seu orgulho de lado.

— Pinheiro, eu tenho de lhe contar um fato muito importante que aconteceu e eu gostaria de saber a sua opinião — disse Tavares, demonstrando certa gravidade na voz e nos gestos.

O detetive não disse uma única palavra, apenas olhou para o delegado, levantou as sobrancelhas e demonstrou que estava preparado para ouvir o que ele tinha a lhe dizer.

— Antes da morte de Cícero, ladrões invadiram o quarto dele na pensão da Vila Gustavo e reviraram tudo.

— Levaram alguma coisa? — indagou Serafim, que não conseguia esconder sua expressão de surpresa.

— Ainda não sabemos. Alguns dos meus homens estão no local e disseram que os ladrões certamente estavam procurando algo, pois nada ficou no lugar.

— E como eram esses ladrões? — perguntou Pinheiro.

— Pelas primeiras informações, seriam dois homens numa motocicleta, mas, lamentavelmente, ninguém anotou a placa.

— Isso aconteceu quanto tempo antes da morte de Cícero?

— Cerca de trinta minutos.

— Poderiam ter sido os mesmos homens que mataram o porteiro? — tornou Serafim.

— Existe essa possibilidade, já que Cícero foi baleado num local não muito longe da pensão. Como estavam de motocicleta, daria tempo de sair dali e encontrá-lo no ponto de ônibus.

— Roubaram outros hóspedes?

— Não. Segundo a dona da pensão, eles chegaram e já foram direto ao quarto do porteiro.

— Tavares, já que você pediu a minha opinião, posso lhe afirmar que há várias pessoas envolvidas na morte de Cícero; caso contrário, como os dois que estavam na motocicleta saberiam que ele chegaria justamente naquele momento ao ponto de ônibus? Certamente foram avisados por alguém que provavelmente já estava seguindo a vítima. Além do mais, momentos antes, invadiram a pensão e foram direto ao quarto de Cícero procurar alguma coisa. Eles sabiam muito bem o que procuravam e se descobrirmos o que era, creio que teremos a chave para desvendar este mistério.

— Também acredito nessa possibilidade — concordou Tavares, fazendo um movimento com a cabeça. Mas o que será?

—Você pode nos levar até lá? É melhor irmos todos juntos, assim poderemos vasculhar melhor as coisas de Cícero.

— Eu iria mesmo fazer esta sugestão, mas estava na dúvida se você aceitaria. Fico satisfeito que queira nos ajudar.

— Não é ajuda nenhuma — emendou Pinheiro. — Lembre-se de que fui contratado para atuar neste caso e não posso perder nenhum detalhe, venha ele de onde vier.

A pensão ficava num sobrado amarelo, cuja fachada não despertava a menor atenção dos transeuntes, não havia placa e nem sinal algum que indicasse que ali se alugavam quartos. No andar de baixo, existia um pequeno comércio, onde se podia ler "Lourdes Cabeleireira", pintado na parede lateral; outra porta, de pequena dimensão, servia como entrada para os hóspedes, e logo depois havia uma minúscula sala com um conjunto de sofás vermelhos, já castigados pelo tempo; em frente do estofado, havia um televisor empoeirado, onde faltavam diversas teclas. Ainda no andar de baixo havia uma cozinha, pouco maior do que os demais cômodos, em cujo interior se encontravam quatro pequenas mesas de montar; os quartos ficavam no andar de cima. Paredes desbotadas e sinais de mofo permeavam todos os ambientes, trazendo um aspecto triste e malcheiroso ao local.

Quando os três homens chegaram, já havia um carro da polícia estacionado; vizinhos se aglomeravam na calçada e tentavam descobrir o que estava acontecendo.

Um investigador de polícia se antecipou, espalhou as pessoas que dificultavam o acesso e conduziu Tavares e os detetives ao interior do sobrado, passaram pela sala minúscula e foram ao andar de cima, onde ficavam os dormitórios. Pinheiro olhava cada detalhe do imóvel e ficava se indagando se valia a pena alguém deixar sua terra para morar num lugar daqueles, tendo de pegar duas conduções para chegar ao trabalho. A vida de Cícero não era fácil, mas como seriam suas condições no Ceará? Será que a casa da sua família tinha melhores condições do que aquela pensão horrível? Certamente que não, caso contrário já teria voltado há muito tempo. Por um instante sentiu-se entristecido com a história de vida de Cícero, afinal, ele veio de tão longe, tinha vida difícil e acabou morrendo daquela forma. Sua história não era a única com fim trágico, muitos migrantes que vêm a São Paulo com sonhos de prosperidade encontram o mesmo destino do cearense. Quantos Cíceros não haveria na cidade?

No andar superior existia um corredor estreito e mal iluminado que levava a diversos quartos; tudo ali parecia improvisado, a fiação elétrica passava pelo lado de fora das paredes e o piso era composto por um carpete já muito desgastado, com diversos furos. No final do corredor, havia apenas um único banheiro que era utilizado por todos os moradores do local.

Podia-se perceber que originalmente o número de dormitórios era menor, porém, para abrigar mais hóspedes, foram feitas diversas divisões e subdivisões.

O quarto de Cícero era minúsculo, cabiam nele apenas uma cama de solteiro e um pequeno armário. Pinheiro, Serafim e Tavares tiveram dificuldades para se locomover em seu interior, de tão apertado que era o espaço.

Tudo ali estava desarrumado: roupas, papéis e pequenos objetos se encontravam espalhados pelo chão; em cima da cama havia também uma mala, totalmente revirada. Os bandidos não tinham deixado nada no lugar, e a desordem imperava em todo o quarto.

Tavares voltou-se para um policial que estava no corredor e indagou:

— Encontraram algo?

— Por enquanto, não achamos nada que pudesse interessar, mas ainda não terminamos a busca.

— Alguém mais entrou aqui?

— Não, a dona da pensão disse que chamou a polícia assim que os bandidos saíram.

— Eles levaram alguma coisa?

— Ela não conseguiu identificar com certeza, mas parece que tinha um objeto na mão de um deles.

— Ficaram quanto tempo?

— Parece que tudo foi muito rápido. Chegaram armados, renderam a dona da pensão e se dirigiram ao quarto do Cícero; ficaram cerca de dez minutos e depois foram embora.

— Eram quantos?

— Ela nos falou que eram dois rapazes e estavam numa motocicleta.

— Chegou a anotar a placa?

— Não, ela ficou trancada no banheiro. Soube que eles saíram pelo barulho da porta, em seguida os viu passando pelo corredor e logo depois ouviu o barulho da motocicleta.

— Se ela ficou trancada, como poderia vê-los atravessar o corredor? Como saberia que estavam carregando algo?

— O banheiro está logo ali no final do corredor e ela ficou o tempo todo olhando pelo buraco da fechadura.

— A que horas eles foram embora?

— Ela falou que foi por volta de quatro e vinte da tarde.

— Depois iremos conversar com a mulher, agora vamos ver se descobrimos alguma coisa interessante aqui.

Ficava difícil saber o que procurar no meio daquela bagunça. Não parecia haver nada de valor, e os documentos espalhados não tinham nenhuma importância. Pinheiro apanhou o Título de Eleitor que estava jogado sobre a cama e exibiu ao delegado.

— Como pode ver, ao menos neste documento Cícero não faria aniversário hoje, ele nasceu no dia 15 de agosto e hoje é 3 de outubro; também acho muito difícil que tenha sido registrado em data diferente daquela em que nasceu, pois isso acontece quando há uma diferença de apenas alguns dias. Sou capaz de apostar que ele realmente nasceu no dia que consta no seu documento, o que torna a última frase que disse na vida muito mais curiosa.

— Ainda vamos confirmar isso com a família — replicou Tavares —, mas creio que você tem razão.

Os três homens continuaram a remexer nas coisas de Cícero. Nenhum documento deixou de ser analisado e todas as roupas foram vasculhadas. Procuravam algum bilhete ou alguma coisa nos bolsos, mas não havia nada, apenas em cima da cama havia um calhamaço de cartas recebidas pelo cearense, que certamente estavam no interior da mala e foram jogadas ali pelos ladrões.

Eram cartas comuns, vinham de sua mãe e de seus irmãos. A letra e a gramática mostravam que os remetentes tinham pouco estudo e era difícil entender o significado dos garranchos alinhavados com dificuldade. Contudo, ficou evidente que não havia nada que pudesse interessar ao caso. Davam notícias da família e das saudades da separação.

Em várias delas, a mãe insistia muito para que o filho voltasse à terra natal. A carta mais antiga datava de cinco anos e, no início, havia mais missivas, porém com o tempo elas foram se tornando mais escassas. A última delas fora escrita há oito meses, falava de dificuldades econômicas, da seca que assolava o Vale do Cariri e da esperança de que a partir do dia de São José voltaria a chover. A mãe insistia muito no retorno do filho e, no final, pedia ajuda financeira.

Todas as cartas estavam bem conservadas; Cícero usou um elástico para envolvê-las e as guardou numa sacola plástica de supermercado.

O quartinho foi novamente remexido, cada canto foi vasculhado e chegaram mesmo a abrir o colchão para ver se havia alguma coisa em seu interior. Nada foi encontrado.

Quando já estavam praticamente encerrando as buscas, Pinheiro, que se dedicava a remexer as peças de roupa de Cícero, soltou um grito de satisfação:

— Aqui está — disse com euforia, exibindo um anel dourado, com uma bela pedra preciosa incrustada.

— O que é isso? — indagou Tavares muito surpreso.

— Diamante, meu caro, eu me arriscaria a dizer que tem um valor considerável, um dinheiro que Cícero jamais poderia conseguir trabalhando.

Onde o encontrou? — perguntou Serafim, mal conseguindo disfarçar a curiosidade.

— Dentro de uma meia que estava enrolada. Vocês não conhecem este velho truque? Quer me dizer que nunca fizeram isso em hotel?

Os dois homens sorriram.

— Mas como Cícero conseguiu a joia?

— Trabalhando é que não foi — afirmou gravemente Pinheiro, sacudindo a cabeça. Posso estar enganado, mas acho que pertencia a Esther.

— Será mesmo? Se for isso mesmo, Cícero não passava de um ladrãozinho vulgar.

— Não creio — ressaltou Pinheiro movimentando levemente os lábios. — Acredito que surgiu a oportunidade e ele a aproveitou.

— Cícero poderia ter matado Esther para pegar essa coisa? — perguntou Serafim.

— Parece-me que não. Ainda é cedo para dizer isso, mas acredito que ele apanhou o anel depois da morte dela. Como vocês sabem, a chave ficava na portaria, o que facilitava sua ação. Além disso, ele inicialmente negou sua posse.

— E se Cícero usou esta chave antes, quando Esther ainda estava viva e furtou o anel? — indagou Tavares. — Ela pode ter dado pela falta da joia e culpou Cícero por isso, e ele, se vendo ameaçado, deu fim na mulher para não ser incriminado. Desde o princípio desconfiei daquele cearense e já estava com mandado de prisão para prendê-lo. Este anel só prova que eu estava certo.

— Calma, Tavares — advertiu Pinheiro. — Não vá cometer o mesmo erro novamente; se fosse Cícero o assassino, como explicar sua morte daquela forma? Lembre-se de que ele foi executado em plena luz do dia, em lugar movimentado e, ainda, por duas pessoas que provavelmente estiveram no seu quarto pouco antes de ele morrer.

— Exatamente por isso, Pinheiro, eles estiveram aqui, não encontraram nada, embora soubessem exatamente o que estavam procurando; depois foram atrás de Cícero e o mataram por vingança.

— Não me parece que isso tenha acontecido, posso afirmar que Cícero foi morto porque sabia de muita coisa e estava se tornando uma ameaça a alguém. Precisamos descobrir quem é essa pessoa, certamente foi ela quem mandou os motociclistas fazerem esta bagunça na pensão e depois matá-lo.

— Mas por que vieram aqui e reviraram tudo? Será que estavam procurando o anel e não encontraram?

— Lembre-se de que a dona da pensão disse tê-los visto carregando algo que não soube identificar, talvez não tenham vindo atrás do anel.

— Mas o que poderia ser mais valioso do que esta joia?

Pinheiro sorriu, colocou o anel contra a luz fraca do quarto, observou-o por alguns minutos, soltou um assobio e depois o entregou a Tavares. Disse apenas:

— Guarde-o com cuidado, meu amigo. É um bem valioso e deverá ser restituído aos parentes da vítima, porém não servirá para esclarecer este caso. Vamos, Tavares, não temos mais nada para fazer neste lugar.

Os detetives deixaram a triste pensão da Vila Gustavo; quando chegou à rua, Pinheiro respirou aliviado: já não aguentava mais o cheiro de mofo que aquele lugar exalava.

X

No dia seguinte da visita à pensão de Cícero, logo pela manhã, os dois amigos já estavam reunidos no apartamento de Pinheiro. Era dia de folga de Doroti e nestas ocasiões o detetive costumava descer até o café localizado na Avenida Angélica, se servir de sua bebida preferida e comer pão de queijo feito na hora.

— É uma satisfação ter sua companhia logo cedo — disse Pinheiro, esboçando largo sorriso, que demonstrava seu bom humor.

—Vejo que está alegre, meu amigo! — comentou Serafim, admirado. — Ao que parece, você teve uma boa noite de sono, mas há alguma coisa a mais neste sorriso.

— Você tem razão, dormi como um anjo. Mas quem não estaria satisfeito numa manhã como esta? — afirmou o detetive, apontando para a janela que dava frente para a Praça Buenos Aires. —Veja que dia maravilhoso: céu azul, nenhuma nuvem e temperatura agradável; preciso de mais alguma coisa?

— Não sei, parece que tem algo mais. Já descobriu o assassino de Esther?

— Certamente que não, meu bom amigo. O que o faz pensar assim? Será que um homem não pode acordar bem-humorado que todos já imaginam coisas? Não descobri ainda, mas uma luz se acendeu para indicar um caminho que antes se encontrava totalmente escuro.Você viu esta luz?

Serafim apenas fez um sinal negativo com a cabeça, não conseguia imaginar o que seria. Rapidamente repassou pela mente tudo que acontecera no dia anterior, e, ao contrário do que dizia Pinheiro, as coisas tinham ficado ainda mais confusas com a morte de Cícero e o roubo na sua pensão; não conseguia ligar os fatos e não tinha sentido algum o bom humor de Pinheiro.

— Mas, meu caro, o dia está muito bonito para ficarmos aqui conversando como dois velhos desocupados. Vamos descer e tomar café na esquina, tenho certeza de que você vai adorar o pão de queijo de lá.

Serafim conhecia bem Pinheiro e sabia que ele só demonstrava tanto entusiasmo e bom humor quando algo inesperado — e bom — acontecia. Por várias vezes vira o amigo atuando no júri, em casos considerados perdidos, onde o réu era sabidamente culpado, porém as provas eram demasiadamente fracas; nestes processos presenciou, em certas oportunidades, que algumas testemunhas acabavam revelando coisas em plenário que não tinham falado antes. A mudança na qualidade da prova colhida tinha o poder de deixar Pinheiro muito feliz, a ponto de não conseguir esconder seu bom humor; e nos intervalos do julgamento, voltava à promotoria satisfeito, sorridente, brincando com todos. Quando isso acontecia, a condenação do réu era certa.

Ao passar pela Praça Buenos Aires, descendo a Avenida Angélica, Pinheiro continuou a papagaiar. Sorria a todo momento e mais parecia uma criança que tinha acabado de ganhar um brinquedo novo no Natal.

— Veja só que bela praça, meu estimado amigo. Falam que agora é um parque, porém, para mim, será sempre uma praça. Tenho recordações maravilhosas deste lugar, mas creio que era mais bonito quando não havia estas cercas horríveis o rodeando. Já leu *Éramos seis*, de Maria José Dupré? Não? Como não? Você não teve infância? Pois eu li quando tinha meus 10 anos, fiquei encantado com a história e chorei muito no final. Lembro-me de que, ao terminar de ler o livro, em lágrimas, procurei meu pai e lhe pedi que me trouxesse até esta praça; ele relutou, pois morávamos num bairro distante, porém insisti e ele, vendo que eu chorava bastante, me trouxe até aqui: foi paixão à primeira vista. De tempos em tempos pedia para voltar e ele, muito compreensivo, me trazia. Depois, já adolescente, estudei Inglês numa escola próxima daqui e propositalmente deixava de fazer minhas lições em casa, pois adorava chegar com bastante antecedência e me sentar num destes bancos para fazê-las aqui.

— Quando você se mudou para cá?

— Logo depois que me separei da minha esposa. Devo lhe dizer que este lugar tem história. Você sabia que antes destes prédios existirem, as pessoas vinham até aqui para ver o Vale do Anhangabaú? Havia uma espécie de mirante de onde se podia avistar boa parte da cidade. Por aqui existem muitas árvores antigas e até mesmo um jequitibá-rosa de quarenta metros de altura. Esta praça lembra muito uma cidade do interior, contudo, fica no coração de São Paulo. Para mim, é uma espécie de refúgio, onde encontro a tranquilidade de que preciso para descansar e para refletir, já que uma reflexão profunda exige calma e sossego.

Os amigos atravessaram a Avenida Angélica e entraram no café. Enquanto comiam pão de queijo, Serafim, um pouco acabrunhado, comentou:

— Você não acha estranho o fato de os ladrões entrarem na pensão e não levarem um anel tão valioso?

Pinheiro terminou de mastigar o pão de queijo, bebericou mais um pouco do café expresso e respondeu sorrindo:

— Absolutamente. Seria estranho se o levassem, não lhe parece lógico?

— De forma alguma! — retrucou Serafim. — Aliás, se o tivessem levado, sequer saberíamos de sua existência.

— É bem provável, mas isso não faria nenhuma diferença.

— Como não? Um anel tão valioso?

— E por que você acha que eles não levaram?

— Só pode ser porque estava bem escondido. Você não viu que eles reviraram quase tudo?

Pinheiro voltou a sorrir e deu um tapinha indulgente nas costas de Serafim:

— Como você é ingênuo, meu bom amigo! Você acha que colocar algo valioso dentro de uma meia enrolada é uma boa forma de esconder alguma coisa? É óbvio que não, pois este truque é muito conhecido; que o digam as camareiras de hotel. Não, meu caro, o que eu afirmo é que eles não estavam procurando o anel.

Serafim baixou a cabeça, sentindo-se humilhado; não gostava que o amigo falasse daquela forma. Sabia que não o fazia por mal, mas detestava quando Pinheiro comentava alguma coisa que para ele era óbvia, mas que para a maioria das pessoas era absolutamente obscura. Não disse nada, apenas ficou carrancudo.

— Oh, meu bom amigo, desculpe se o ofendi, posso lhe assegurar que não foi esta a minha intenção, apenas não compreendo como não pode ver coisas que são tão evidentes! Você bem sabe que sua companhia é inestimável, afinal, por que acha que o chamei para trabalhar comigo? Você muitas vezes — até sem querer — faz comentários que me levam a refletir e eu acabo indo à direção certa por conta das suas palavras. Além do mais, em discrição e fidelidade você é inigualável!

Serafim sentiu-se lisonjeado com os elogios, pois gostava muito de Pinheiro e tinha grande admiração por ele; aquilo foi o suficiente para que se recuperasse e se sentisse satisfeito; levantou a cabeça, esboçou um fraco sorriso e indagou:

— Mas por que eles não reviraram tudo? Se fizessem um serviço completo, teriam mexido nas meias de Cícero.

— Como já lhe disse, eles pararam a busca porque encontraram o que estavam procurando, e posso lhe garantir que não era o anel. Tenho certeza de que aquilo que foi retirado dali, para o assassino de Esther, era mais valioso do que o brilhante.

Serafim arregalou os olhos, ainda incrédulo. Pinheiro prosseguiu:

— Sei que não acredita no que estou lhe dizendo, meu amigo, mas, digamos que você esteja procurando um livro em sua casa e se lembre de que ele é grande e tem capa azul. Procura-o em todos os lugares, porém não o encontra; revira estantes, pastas e tudo o mais e não o acha; já desanimado, bate o olho numa prateleira e, para sua sorte, lê o título de um livro que está bem à sua frente; descobre que era exatamente aquele que estava procurando, mas ao contrário das suas lembranças, ele é pequeno e tem capa amarela. Você não se conformará de ter passado diversas vezes por aquela estante e nada ter visto; não se lamente, pois isso é normal e aconteceu porque o que procurava era diferente daquilo que realmente existia. Você concentrou sua busca num livro com algumas características que na verdade não havia e, não fosse um golpe de sorte, jamais o teria achado. Este tipo de coisa pode acontecer não somente com um livro, mas com qualquer objeto. Você nunca passou por esta situação?

Serafim apenas concordou com um breve sorriso.

— Agora, veja, isso que aconteceu na pensão de Cícero pode ser usado na nossa investigação; não da forma como você está pensando, mas de outra maneira. Só podemos achar o assassino quando soubermos exatamente o que estamos procurando, e há muitos acontecimentos que apenas embaralham nosso pensamento. Se pudermos organizá-los e descobrir o motivo do crime, certamente chegaremos ao seu autor.

— Mas se não buscavam o anel, estavam atrás de quê?

— A dona da pensão disse que os ladrões saíram com alguma coisa na mão. Creio que encontraram aquilo que estavam procurando, tanto que interromperam a busca e saíram da pensão para matar Cícero.

— Por que você não quis conversar com a dona da pensão? Ela poderia nos dar mais detalhes do roubo.

— Não acredito. Tudo que tínhamos para fazer ali foi feito; além do mais, achamos algo que para a investigação é muito mais importante do que o anel, você não acha?

Mais uma vez Serafim demonstrou que não entendia o que Pinheiro estava falando. Além do anel, não se lembrava de nada que pudesse ter importância.

— Por favor, Pinheiro, não me faça mais uma vez de bobo. Será que você poderia ser mais direto e dizer o que foi que achamos e que é tão importante assim?

— Está bem, mas acho que nem precisaria fazê-lo. É óbvio que foram as cartas.

— Que cartas? Aquelas que Cícero recebeu da família? — indagou o amigo, incrédulo.

— Sim, você não vê a importância delas, principalmente da última?

Serafim refletiu. Não parecia ter nenhuma importância a carta de uma mãe saudosa, pedindo que o filho voltasse para casa.

— Vou lhe explicar direito para que não me acuse de ser debochado. Você se lembra de que, além de pedir a volta do filho — que é natural para qualquer mãe amorosa — ela também disse que estava com dificuldades financeiras e que precisava de ajuda? Cícero estava procurando uma oportunidade para ganhar dinheiro e voltar para casa. Se não conseguisse ficar rico, ao menos desejava ter dinheiro suficiente para ajudar a mãe. Pois eu lhe digo: a oportunidade apareceu.

— Você acha que foi por esta razão que ele pegou o anel?

— Talvez. Mas quando digo que ele precisava arrumar um jeito de conseguir dinheiro rápido não estou me referindo ao anel.

— Não? — desta vez Serafim escancarou mais ainda sua surpresa. — Mas que jeito seria esse?

— Bem, eu não posso afirmar nada ainda, mas tenho lá as minhas ideias. Tudo vai depender do rumo que a investigação vai tomar a partir daqui. O importante é que já temos alguns elementos deste quebra-cabeça, os outros virão em seguida.

— E o objeto que a dona da pensão disse que viu nas mãos dos ladrões? Não consigo imaginar o que pode ser, você tem alguma ideia?

— Não só tenho uma ideia como sei exatamente o que é. Não me conformo que você até agora não consiga descobrir, pois isto é tão claro como o sol que brilha tanto no dia de hoje.

Serafim perdeu a paciência, parou de comer e atirou o pedaço de pão de queijo no chão. Muito irritado, fechou de vez a cara e não disse mais nenhuma palavra.

Os pais de Esther moravam há muitos anos num prédio da Rua Joaquim Floriano, no Itaim Bibi. Tinham passado boa parte da vida no Bom Retiro; porém, como o bairro havia se transformado com a chegada de coreanos e de imigrantes nordestinos, a exemplo da maioria dos judeus que ali residiam, buscaram outro lugar para morar. No novo endereço, pouco a pouco, foram se acostumando e terminaram de criar Esther, a única filha; mas como ela ainda guardava boas recordações da infância passada no bairro próximo à Estação da Luz, tão logo conseguiu sua independência financeira, montou sua loja de confecções na Rua José Paulino no Bom Retiro.

Pinheiro e Serafim — este ainda bastante irritado com o amigo — foram visitar Simon e Sara. O detetive tinha boas razões para reencontrar os pais de Esther e alegrava-se em ser portador da notícia da reabertura do inquérito e da constatação pela polícia de que a filha deles não havia se suicidado. Sabia que isso iria trazer um pouco de alegria àquele lar tão entristecido. Ao mesmo tempo, acreditava que havia muita coisa a ser investigada e que o casal ainda guardava informações valiosas.

— Que bom reencontrá-lo, Sr. Pinheiro! — disse Simon, com um sorriso discreto no rosto. — Espero que tenha boas notícias para minha família.

— Certamente que sim — adiantou-se o detetive. — Conseguimos a reabertura do inquérito e o próprio delegado disse que não acredita mais em suicídio.

— Mas isso é maravilhoso! — comemorou Sara, abraçando o marido. — Vamos sentar na sala, pois gostaríamos de saber exatamente como o senhor conseguiu um milagre em tão pouco tempo.

A sala do apartamento estava ricamente decorada; era composta de dois ambientes: no primeiro havia uma mesa grande de madeira, cuja lateral e pés eram entalhados com esmero; as cadeiras que a acompanhavam também traziam em suas laterais o mesmo desenho da mesa; no segundo ambiente, uma lareira com placas de bronze ocupava o centro e em volta dela havia sofás de couro marrom e outros móveis que davam ar acolhedor à sala.

Quando já estavam devidamente acomodados, Sara prosseguiu:

— Me digam, senhores, isso é mágica?

Foi a vez de Serafim entrar na conversa:

— Não foi mágica e nem milagre, apenas a própria evidência dos fatos fez o delegado enxergar a verdade do que ocorreu.

Pinheiro sorriu para o amigo, tocou-lhe levemente a mão e assumiu o comando da situação. Explicou em detalhes tudo que tinha acontecido desde a última conversa que tiveram.

— Sr. Pinheiro, essa notícia é maravilhosa! Finalmente poderemos sepultar Esther com dignidade. O senhor não imagina o duplo sofrimento que tivemos. Perdemos a nossa única filha e ainda tivemos de enterrá-la sem nenhuma honra, junto dos suicidas, no cemitério judaico.

— Sei bem disso, Simon, mas acredito que tudo o que fizemos é pouco. Ainda há muita coisa para ser descoberta neste caso — atalhou Pinheiro.

— O senhor se refere ao assassino? — indagou Sara.

— Obviamente. Sabemos que não foi suicídio, portanto, há um homicida que já matou duas pessoas. Ele pode praticar novos crimes.

— Eu achei muito curioso o que o senhor nos contou sobre o porteiro. Seria ele o assassino de nossa filha?

— Creio que não. A sua morte mostra que é pouco provável que seja ele o autor do crime contra Esther.

— E o anel, era dela mesmo? — atalhou Serafim.

— Logo pela manhã recebemos um telefonema do delegado Tavares pedindo para comparecermos hoje à tarde na delegacia, porém ele não adiantou a razão do convite. Nem sabíamos desse anel, possivelmente era de Esther, pois ela gostava de comprar joias e seu falecido marido em algumas oportunidades a presenteou com brilhantes. Não tinha muitas joias, é verdade, porém as que possuía eram verdadeiras e custavam caro. Nossa filha era uma mulher vaidosa, detestava bijuterias e só usava coisas verdadeiras.

— Vocês retiraram os objetos mais valiosos do apartamento de Esther?

— Ainda não. Entenda que ficamos chocados com a morte da nossa filha e tudo ficou exatamente como ela deixou; demos início ao seu inventário, porém nada podemos dizer sobre suas joias, principalmente quantas ela possuía. Mas certamente saberemos reconhecer o anel se ele for de Esther.

— Quer dizer que os bens dela ficaram guardados dentro do apartamento e havia uma chave que ficava na portaria; nunca lhe ocorreu que alguém pudesse pegar esta chave, entrar no apartamento e tirar alguma coisa dali?

— Nem chegamos a pensar nisso; como eu disse, por mais de um mês ficamos passados com a notícia, principalmente porque a polícia concluiu que ela poderia ter se suicidado. Só agora que o senhor nos trouxe esta notícia da reabertura do inquérito é que vamos ter tranquilidade.

— Mas o senhor foi ao apartamento de Esther após a sua morte.

— Sim, eu fui lá no dia em que a encontraram morta, depois voltei mais uma vez e fiquei pouco tempo. Confesso que não me senti bem naquele lugar, estava sofrendo muito e procurei me poupar; mas agora a situação é diferente, vou hoje mesmo ao apartamento de Esther para fazer o levantamento de tudo. Pretendo mudar o segredo da fechadura para evitar qualquer problema futuro.

— O senhor faz bem, mas poderia ter providenciado isso antes.

— Sr. Pinheiro, me diga uma coisa — interveio Sara —; o senhor acredita que Cícero tirou o anel depois que nossa filha foi morta ou teria sido antes?

— Essa é uma boa pergunta que já me fiz algumas vezes, porém é mais provável que tenha levado as coisas depois da morte de Esther. Lembre-se de que a chave ficou na portaria por mais de um mês e ele teve várias oportunidades para entrar no apartamento de Esther e furtar o anel.

— Será que ele levou mais coisas?

— Acredito que não, pois fomos à sua pensão e encontramos apenas o anel escondido dentro da meia. Não tinha mais nada de valor.

— Se ele teve a oportunidade de levar mais joias, por que não o fez?

— É bem possível que tivesse vasculhado o apartamento de Esther procurando alguma coisa; porém, só retirou um anel porque pensou que uma joia, isoladamente, não seria notada. Mas é importante que alguém da família volte ao local e verifique se mais alguma coisa foi furtada. Aí teremos condições de saber com mais precisão o que de fato aconteceu.

— Pode ter certeza, Sr. Pinheiro, de que vou fazer o que o senhor sugeriu e gostaria que minha querida esposa Sara me acompanhasse, pois sei que uma mulher consegue lembrar com mais facilidade das joias que outra mulher usa, já os homens não se atentam muito para estas coisas. Se algo tiver desaparecido, comunicaremos imediatamente ao senhor.

Pinheiro agradeceu a atenção do judeu, que dava sinais de que desejava encerrar a conversa por ali; porém o detetive tinha mais coisas para falar. Com a voz baixa e sinal respeitoso disse ao casal:

— Sei que este assunto causa muita tristeza, porém vocês me procuraram para chegar à solução do mistério que ronda a morte de Esther. Eu não costumo deixar as coisas feitas pela metade, pretendo ir até o fim dessa história e descobrir toda a verdade.

O casal de judeus trocou olhares que demonstravam ao mesmo tempo tristeza e preocupação. Simon adiantou-se:

— Sabe, Sr. Pinheiro, nós o procuramos para tentar mostrar que nossa filha não se suicidou, o senhor cumpriu sua tarefa, e para nós já atingiu seu objetivo. Talvez seja melhor deixar o resto por conta da polícia.

— Em hipótese alguma faria isso, é fundamental descobrirmos quem praticou este crime bárbaro: lembre-se de que, além de Esther, houve outra vítima.

— O senhor acha mesmo que Cícero foi assassinado pela mesma pessoa que matou nossa filha? — indagou Sara, preocupada.

— Só consigo ver essa possibilidade. É possível que seja a mesma pessoa e também é provável que tenha contratado outros para matar Cícero. Isso pode levar a novas vítimas e temos a obrigação de descobrir quem foi. Afinal, vocês não querem que o assassino pague pelos crimes cometidos?

— Certamente que sim, mas a nossa fé nos ensina que o criminoso irá pagar pelos seus pecados de qualquer forma. Já que o senhor deseja prosseguir nas investigações, pode ter certeza de que faremos de tudo para ajudá-lo; começaremos hoje à tarde, vasculhando o apartamento da nossa filha.

— Acredito que vocês podem nos ajudar antes mesmo disso — assegurou Pinheiro. — A bem da verdade, nós estamos aqui não só para lhes dar as notícias sobre o caso, mas também para investigar. Gostaríamos de saber mais sobre a morte de Esther.

— Mas, Sr. Pinheiro — adiantou-se Sara —, já dissemos tudo que sabíamos, o que mais poderemos lhe contar?

— Ainda há muito a investigar. Agora que temos certeza de que Esther não se matou, vocês conseguem imaginar o motivo pelo qual o assassino fez de tudo para que pensássemos que fosse suicídio?

O casal voltou a trocar olhares. Pareciam em dúvida se diziam alguma coisa. Foi Sara quem respondeu:

— Sr. Pinheiro, tudo realmente parece estranho, mas não conseguimos imaginar quem poderia ter feito isso. Esther não tinha nenhum inimigo.

— Se algum desconhecido tivesse matado Esther, certamente não teria motivo algum para simular um suicídio — acrescentou Pinheiro. — Porém, tudo naquele apartamento foi preparado para enganar a polícia e quem quer que tenha feito isso desejava que todos pensassem que a filha de vocês se matou. Por que alguém se daria ao trabalho de forjar provas para que todos acreditassem em suicídio? Se alguém desejasse simplesmente matá-la, não havia necessidade de que os fatos se dessem no seu apartamento, poderia ser em qualquer lugar de São Paulo e facilmente se pensaria que ela foi mais uma vítima da violência da cidade grande. Por que alguém a mataria no seu apartamento e ainda faria de tudo para que a polícia pensasse na hipótese de suicídio? Aí está uma das chaves de todo o problema; se descobrirmos isso, saberemos quem é o assassino.

O casal permaneceu em silêncio por algum tempo. Foi Serafim quem voltou a falar:

— Quem sabe eles não podem nos ajudar a entender as últimas palavras de Cícero?

— Bem lembrado, meu bom amigo — disse Pinheiro, passando a mão na cabeça de Serafim, que voltou a sorrir pela primeira vez desde a sua irritação daquela manhã.

Pinheiro relatou ao casal as palavras que Cícero dissera antes de morrer; eles ficaram surpresos e falaram que nada podiam informar, pois mal conheciam o porteiro, apenas o tinham visto algumas vezes na cabine do prédio de Esther. Ambos acharam curioso que uma pessoa dissesse tais palavras antes de morrer, ainda mais se aquele não era o dia do seu aniversário. Sara perguntou:

— Cícero matou Esther para roubar sua joia?

— Certamente que não, pois tudo indica que até a morte dela Cícero nem sequer sabia da existência do anel; além disso, foi morto em circunstâncias muito suspeitas... A bem da verdade, ele foi executado, como se diz na gíria policial. A mesma pessoa que tinha razões para matar Esther também tinha motivos para assassinar Cícero, e certamente uma morte está ligada à outra. A grande pergunta a ser feita é: que motivos seriam estes? O que levou alguém a matar uma mulher que não tinha inimigos e nem representava risco a ninguém? Quem mataria um pobre porteiro que, aparentemente, também não tinha inimigos e cuja única falha foi furtar o anel de uma pessoa já falecida? É importante lembrar que até ontem este crime era desconhecido até mesmo pela polícia, pois todos pensavam que se tratava de suicídio. Como vocês veem, há muitas perguntas sem respostas neste caso, e apenas uma investigação bem feita pode levar a alguma conclusão.

— Como dissemos, estamos dispostos a ajudar em tudo o que for preciso — salientou Simon. — Sentimos muito a morte da nossa única filha, e agora que o senhor nos fez ver essas coisas, faremos de tudo para descobrir o assassino.

— Eu gostaria de trocar algumas palavras com a neta de vocês. Vocês poderiam chamá-la?

Os dois judeus novamente trocaram olhares. Pareciam envergonhados, pois ambos baixaram a cabeça e Simon falou com voz fraca:

— Esse é um outro problema da nossa vida, Sr. Pinheiro. Cristina não aparece em casa há dois dias e não sabemos do seu paradeiro.

Pinheiro olhou para Serafim e depois voltou a se dirigir ao casal.

— Não se aflijam. Estamos aqui como amigos e queremos apenas ajudá-los. Como não somos policiais, vocês podem nos contar tudo o que desejarem, até mesmo algo que esteja relacionado a algum tipo de crime. Tenham certeza de que seremos muito discretos. Há alguma coisa ilícita neste meio, não há?

Apesar da idade de ambos, podia-se perceber certo rubor na face do casal. Nunca tinham passado antes por uma situação semelhante e estavam envergonhados tal qual uma criança que faz travessura e tem dificuldade em contar as coisas para os pais.

— Sabe o que acontece, Sr. Pinheiro — adiantou-se Simon, com a voz cada vez mais fraca —, nossa neta não quis seguir a nossa orientação religiosa, sempre foi muito rebelde e, para piorar, conheceu um rapaz de péssima reputação. Desde então, nossa vida se transformou num inferno, com o perdão da palavra. Ela não nos obedece, debocha do nosso jeito de ser, de nossas convicções e fica dias desaparecida, sem mandar notícias. Quando volta, está um bagaço de pessoa, vem cada vez mais magra, olhos nos fundo, cheirando a bebida. E pior, como já lhe disse, temos certeza de que está envolvida com drogas.

Pinheiro sentiu pena do pobre homem, que parecia carregar um peso enorme nas costas. Suas palavras foram ditas com muita dor, como se aquilo tudo o fizesse sofrer até mais do que a perda da filha. Podia imaginar as coisas: para um casal criado com severidade, numa cultura diferente, que respeita as tradições e lutas de seu povo, era difícil aceitar que a única neta não seguisse as mesmas convicções e faltasse com o respeito aos mais velhos: pior, ainda, estava envolvida com o submundo das drogas. Procurou prosseguir a conversa com jeito, evitando causar maiores constrangimentos ao casal:

— Ela ficou muito triste com a morte da mãe?

— Aí é que está o problema, meu senhor — respondeu Sara, igualmente envergonhada. — Ela não derramou uma única lágrima pela morte de Esther. Parecia indiferente, como se aquilo nada tivesse a ver com ela.

— Como era o relacionamento das duas?

— Péssimo. Esther sempre foi uma mulher metódica, tinha regras, porém nossa neta desde criança se mostrou rebelde, não obedecia ao pai e tratava a mãe com desprezo. Havia muita discussão naquela casa e, quando nossa filha ficou viúva, as coisas pioraram, as brigas se tornaram constantes e Esther muitas vezes veio nos procurar; nessas ocasiões chorava muito e tinha vários machucados. Fazíamos de tudo para ajudar, chamamos até mesmo um rabino para aconselhar Cristina, de nada adiantou, até que nossa neta se mudou para o nosso apartamento.

— Aí as brigas cessaram?

— Como as duas quase não se encontravam, pois ambas se evitavam, o atrito diminuiu, mas bastava um encontro que nossa neta já ofendia a mãe. O relacionamento delas era muito difícil e aqui em casa a coisa não foi muito diferente, pois não conseguimos impor limites à nossa neta, que sempre fez o que quis. Se a coisa já era ruim, ficou pior quando ela conheceu Fernando, seu namorado.

— Quando foi isso?

— Faz cerca de um ano. Foi a partir daí que ela começou a usar drogas. Por diversas vezes apareceu aqui fora de si, não falava coisa com coisa, ficava agressiva, ameaçava a todos, quebrava objetos e pedia dinheiro.

— Ela recebeu alguma herança do pai?

— Ele deixou alguma coisa para ela, aproximadamente cinquenta mil reais em dinheiro e parte do apartamento de Esther. Quando veio morar conosco, ela usou o dinheiro para comprar um carro e não sabemos o que fez com o restante. Depois que começou a namorar este rapaz, vendeu o automóvel e agora só anda de ônibus, de metrô e na garupa da motocicleta dele. Constantemente ela nos pede dinheiro e chegou a nos agredir para conseguir algum trocado; sempre negamos, mas não podemos esconder do senhor que sumiram diversos objetos de casa desde que ela começou a usar drogas.

— Cristina esteve no apartamento de Esther no dia do crime. O que ela foi fazer ali, já que não gostava de ver a mãe?

— É triste dizer isso, mas é bem possível que tenha ido até lá para pedir dinheiro. Como Esther ocupava o apartamento e tinha o usufruto dele, Cristina achava que a mãe deveria lhe pagar uma espécie de aluguel. De vez em quando, ia até lá para exigir pagamento. Talvez tenha sido esta a razão de sua visita.

— E vocês não sabem onde posso encontrá-la?

— Não sabemos, mas certamente ela está com o namorado. Infelizmente desconhecemos onde o rapaz mora, já que o vimos poucas vezes. Ele evita qualquer contato conosco, pois sabe que não aprovamos o relacionamento.

— Com a morte da mãe, ela terá algum benefício?

— Certamente que sim. Todos os bens passarão para a filha. Não é muita coisa, apenas o apartamento, o carro, a pequena fábrica, alguns móveis, um dinheiro que ela guardava no banco e as joias.

— Não me parece pouca coisa — observou Pinheiro, com olhar preocupado —, principalmente quando se está com problemas financeiros.

— O que o senhor quer dizer com isso?

— Nada. Apenas observei que pelas informações que temos até agora, a única beneficiada com a morte de Esther é a sua filha, que estava precisando de dinheiro.

— O senhor não está imaginando que ela poderia ser a assassina? — indagou Sara, com lágrimas nos olhos. — Nossa neta jamais faria isso, ela é desobediente, anda em más companhias, porém jamais seria capaz de matar a própria mãe. Ela não é uma assassina.

— Acalme-se, Dona Sara, eu não falei que Cristina matou a mãe, mas, se a morte de Esther beneficiou alguém, esta pessoa foi a sua neta, isto é incontestável e deve ser considerado. Agora que a polícia vai investigar o caso como homicídio, a suspeita poderá recair sobre a moça, daí a razão pela qual preciso falar com ela urgentemente. Caso ela apareça, prometa que entrará em contato comigo imediatamente... Bom, eu só posso agradecer a atenção e me despedir, pois sei que já tomei muito tempo de vocês. Vamos, Serafim, devemos deixar em paz este casal simpático que tem nos tratado com tanta educação e paciência. Desejo que fiquem em paz, Shalom!

— Shalom para o senhor também — respondeu Simon estendendo a mão.

Os dois amigos desceram de elevador sem trocar uma única palavra. Era evidente a preocupação de ambos. As coisas começavam a ficar mais complicadas e mais perigosas.

XI

Depois de almoçarem numa cantina do Bexiga, os detetives voltaram ao apartamento da Praça Buenos Aires. Se ainda havia alguma mágoa por parte de Serafim no período da manhã, a farta refeição no restaurante italiano foi suficiente para fazê-la desaparecer. Estavam conversando animadamente na sala quando o telefone tocou e Doroti atendeu; em seguida, trouxe o aparelho até Pinheiro e lhe disse que um homem desejava falar com ele urgentemente. Era Simon.

O detetive atendeu um pouco espantado, pois não esperava receber a ligação combinada tão cedo.

— Não encontrou nada? Elas estavam no cofre? Então, como foram desaparecer? Mas sumiram todas? Tem certeza disso? A combinação só ela e o senhor sabiam. Não? A sua senha do cofre estava escrita num pedaço de papel? Certo, estou entendendo. E onde ficava essa anotação? Dentro de sua pasta, no escritório? Isso é muito interessante! E o anel? Era mesmo de Esther? Algum sinal de arrombamento no cofre? Não? Muito bem. Obrigado, Simon. Se tiver alguma novidade, por favor, entre em contato comigo.

Ao desligar o telefone, Pinheiro suspirou, levantou-se preocupado, colocou as mãos para trás, olhou para o teto e disse:

— Por esta eu não esperava.

— Mas o que aconteceu?

— Logo depois que saímos, Simon foi à delegacia com sua mulher e ambos reconheceram o anel: era mesmo de Esther.

— Até aí, nenhuma novidade. Que história é essa de cofre?

— É que as demais joias de Esther estavam guardadas dentro de um cofre que só ela e o pai sabiam da combinação. Como Simon já está um pouco velho e esquecido, a filha anotou os números num pedaço de papel que foi colocado dentro de uma pasta no escritório do apartamento dele. Ao abrirem o cofre de Esther, descobriram que estava vazio. Complemente vazio, meu caro amigo, sabe o que isso significa?

— Quer dizer que alguém entrou lá após a morte de Esther e levou as joias. Teria sido Cícero?

— Não acredito nisso. Ele não sabia a combinação e não há sinais de arrombamento no cofre. Além do mais, só havia um anel na pensão.

— Ele não poderia ter vendido o restante das joias?

— Se tivesse feito isso, certamente já teria partido para o Ceará há muito tempo. Não, meu querido amigo, há alguma coisa que ainda teremos de investigar com cuidado, mas tudo indica que alguém teve acesso aos números da combinação.

— É verdade — disse Serafim colocando a mão na testa. — Certamente foi Cristina, afinal, ela morava na casa dos velhos e estava com problemas financeiros.

— Concordo com você, essa possibilidade é bastante plausível; além disso, ela também esteve no apartamento da mãe momentos antes do crime. Será que teve tempo de levar tudo? Cícero poderia nos dar a resposta, mas está morto. Teremos de descobrir de outra maneira.

Heitor Pinheiro estava claramente irritado. Não gostava de receber notícias inesperadas, jamais havia imaginado que as joias de Esther tinham sumido com tanta facilidade. Sua percepção se recusava a aceitar, porém os fatos mostravam que a pessoa que tinha obtido os números da combinação do cofre certamente era a mesma que havia retirado as joias do seu interior e, mais, também era a mesma que iria se beneficiar com a morte da judia.

Muitos fatos apontavam numa só direção: Cristina. Mas uma filha seria capaz de matar a própria mãe para se apoderar de todos seus bens? Parecia ser algo pouco natural, mas a prática mostrava o contrário. Como promotor, tinha visto casos em que familiares se matavam por coisas insignificantes. Também havia outra possibilidade: Cristina poderia apenas ter se apoderado dos bens da mãe e se retirado dali, mas era muita coincidência que tudo isso tivesse acontecido justamente no dia da morte de Esther. Embora todos os fatos apontassem numa só direção, a intuição de Pinheiro dizia que alguma coisa estava errada. Só precisava descobrir o que era.

Pinheiro se espantava porque conhecia bem o curso de uma investigação criminal e, naquele caso, muitas coisas se encaixavam, enquanto outras ficavam perdidas, sem nenhum elo com os fatos principais. Não sabia dizer exatamente o que era, porém sua experiência mostrava que, enquanto todas as peças não se encaixassem com perfeição, não poderia apontar o nome do assassino ou da assassina de Esther.

Serafim já estava acostumado com as pausas prolongadas que Pinheiro dava às conversas entre ambos. Sabia perfeitamente que seu companheiro estava profundamente mergulhado nos seus pensamentos e jamais ousaria interrompê-lo. Tinha consciência de que mesmo que o fizesse, certamente não seria ouvido. Às vezes se perguntava em que exatamente o amigo estaria pensando, tentava, através do seu olhar, dos seus gestos, descobrir o condão que lhe conduzia os pensamentos, porém, ao contrário dos personagens de Alan Poe e Conan Doyle, não chegava à conclusão alguma. Tinha Pinheiro na conta de um homem inteligente, com grande rapidez mental e sabia que seu raciocínio corria em alta velocidade: seria impossível acompanhá-lo. Quantas vezes, no júri, não vira o advogado de defesa fazer alguma provocação para Pinheiro e ele dar, de imediato, resposta tão avassaladora que deixava o opositor calado, sem ação? Só lhe restava mesmo ter paciência, muita paciência.

Quando Pinheiro voltou da imersão em seus pensamentos, juntou as mãos e as esfregou. Em seguida, olhou firmemente para Serafim e disse:

— O sumiço das joias de Esther merece uma investigação à parte, não lhe parece?

Serafim ergueu a cabeça, ajeitou o corpo na poltrona e respondeu um pouco vacilante:

— Eu só vejo uma pessoa que poderia ter feito isso: Cristina. Só ela poderia ter acesso aos números da combinação do cofre, já que Simon os guardava dentro de uma pasta no seu apartamento. A neta morava com eles e poderia ter mexido nas coisas do avô e encontrado o papel com os números; se descartarmos Cícero, só resta ela. Lembre-se também de que Simon nos disse que a neta estava endividada e provavelmente tinha ido ao apartamento da mãe para pedir dinheiro.

— Cícero não teria condições de saber da combinação do cofre, isso o exclui definitivamente do furto. Mas você não acha que é muita coincidência tudo ter acontecido justamente no dia em que a mãe foi assassinada?

— Não acho. Pelo contrário, se ela furtou as joias, isso a torna a maior suspeita pela morte da mãe. Talvez tenha voltado ao apartamento para matá-la, já que não desejava ser denunciada à polícia. Um crime para encobrir o outro. Você não falou ainda ontem que o assassino teria motivos para fazer com que todos acreditassem em suicídio? Pois bem, aí está a explicação.

— Mas pelo Código Penal brasileiro não há pena alguma quando filhos furtam coisas dos pais e vice-versa. Cristina não poderia ser punida por isso.

— Pinheiro, você fala como se todos fossem profundos conhecedores das leis penais. Certamente Cristina não sabia de nada disso e matou a mãe para se proteger, ou ainda, para ficar com a herança. Você mesmo disse que ela era a única beneficiada com a morte de Esther.

— Concordo com você que a partir de agora ela passa a ser a maior suspeita, porém muita coisa não se encaixa.

— O que, por exemplo?

— Ninguém viu Cristina voltar ao apartamento da mãe. Lembre-se de que ela foi até lá quando Esther não estava e não voltou mais. Como poderia ter cometido o assassinato?

— Isso eu não sei — respondeu Serafim. Cícero poderia ter mentido, não era ele o porteiro naquele dia? Ele não mentiu sobre várias coisas? Além do mais, estava com o anel e quem me garante que não foi Cristina que deu a ele para que se calasse? Lembre-se também de que Cristina poderia ter feito tudo com o namorado, que certamente está ligado ao submundo das drogas. A arma que foi usada no crime tinha a numeração raspada, ou seja, de origem ilícita. Quem mais além do namorado poderia ter feito isso? Para mim, ela foi auxiliada por ele. Ao contrário do que você diz, Pinheiro, creio que as coisas se encaixam perfeitamente bem e tudo aponta para Cristina.

Serafim sorriu satisfeito, pela primeira vez havia achado um caminho na investigação antes de Pinheiro. Acreditava que tinha passado a perna nele, que, por orgulho, jamais iria admitir que seu auxiliar havia descoberto a verdade antes dele. Achou que desta vez não haveria erro e mais cedo ou mais tarde Pinheiro teria de deixar de lado a vaidade e admitir o erro. Sua hora finalmente chegara e todos iriam reconhecer o seu valor, inclusive Pinheiro.

— Não posso deixar de concordar que a sua teoria é perfeitamente plausível, mas ainda há muita coisa a ser investigada e nem sempre a verdade é o que parece ser. Precisamos ter todos os dados deste caso para não tirarmos conclusões precipitadas, você não acha?

Serafim apenas deu um leve sorriso. Conhecia bem o amigo e sabia que ele não iria admitir a derrota tão facilmente.

— O que eu posso lhe garantir — prosseguiu Pinheiro — é que somente conheceremos o assassino quando tivermos respostas para as seguintes perguntas: Por que Cícero disse aquelas palavras antes de morrer? Quem retirou as joias do cofre de Esther? A quem interessava a sua morte? Por que simular suicídio? O que fazia aquele jornal em cima da cama? A sua teoria só responde a algumas destas perguntas, muitas ficam sem resposta. Há outras indagações que me parecem ser de fundamental importância para se chegar ao verdadeiro assassino: Por que havia duas cápsulas deflagradas no revólver que matou a vítima, se foi encontrado apenas um projétil no corpo? Onde foi parar o outro? No apartamento de Esther não havia nenhum sinal do segundo disparo. Para mim, o caso não está solucionado.

Novamente Serafim sorriu. Sabia que estava certo e que seu amigo mais cedo ou mais tarde teria de aceitar os fatos. Tudo era questão de tempo.

~

Depois que Serafim se despediu, Pinheiro achou que o melhor era sair do seu apartamento e dar uma volta. Precisava pensar melhor sobre tudo que estava acontecendo. Um lugar fechado e sem vida pode ser usado em certas oportunidades para reflexão, porém ele se conhecia bem e sabia perfeitamente que precisava caminhar, ver gente nova, respirar a brisa da tarde para que pudesse enxergar as coisas de uma perspectiva diferente. Não necessitava ir muito longe, logo ali, a Praça Buenos Aires parecia ser o lugar perfeito.

Como sempre, a praça estava movimentada. O vaivém das pessoas com seus animais de estimação, as crianças brincando numa escolinha ali perto e o chilrear dos pássaros traziam uma atmosfera de tranquilidade e de perfeita harmonia: coisa rara numa cidade grande como São Paulo.

Pinheiro sorveu o ar ainda úmido da chuva que acabara de cair. A relva que emoldurava os canteiros parecia ainda mais fresca, fruto da estação do ano onde a vegetação dá maiores mostras de sua exuberância. Parou para admirar o enorme pé de jequitibá-rosa. Quantas histórias não guardaria aquela árvore? Quantas São Paulo ela não vira aos seus pés? Que mudanças não teria testemunhado ao longo de toda sua existência?

Sentou-se num banco e continuou olhando para a árvore. Muitas pessoas passavam por ali apressadas, vinham de diferentes partes da cidade e iam ao trabalho ou às compras e não tinham tempo para reparar na grandiosidade da árvore. Como poderiam não apreciá-la? Como não percebê-la num lugar onde se destacavam prédios tristes e construções amorfas? Para muitos ela era transparente e vivia camuflada no meio de outras árvores. Em quantos lugares de São Paulo não havia também monumentos enormes que sequer eram notados pela população? Certa vez, viu uma reportagem na TV sobre a estátua de Duque de Caxias, localizada ao lado da avenida de mesmo nome no centro da cidade; bem próximo dela, uma repórter perguntava aos transeuntes onde ficava o monumento a Duque de Caxias e quase ninguém sabia, muito embora estivesse ao lado dele. O que explicaria isso? Como as pessoas podem deixar de ver coisas gigantescas que estão ao seu lado e que são muito diferentes de tudo aquilo que as rodeiam? Se fosse algo comum, igual a diversas casas parecidas que existem em certos conjuntos habitacionais, não haveria nada de errado, afinal de contas, as formas arquitetônicas semelhantes fazem com que se deixe de reparar em eventuais diferenças, porém como uma árvore enorme ou uma estátua gigantesca podem passar despercebidas para a maioria da população?

Olhou novamente para a árvore e voltou a divagar. Para Pinheiro, era possível fazer analogia de tudo aquilo que tinha acabado de pensar com a investigação criminal. Muitas vezes policiais e detetives particulares não se atentam para fatos importantíssimos, cuja observação certamente levaria ao criminoso. Ficam muito tempo olhando detalhes que, obviamente, devem ser verificados, porém deixam escapar fatos que são tão perceptíveis quanto a árvore à sua frente ou então o monumento a Duque de Caxias. Mas o que cega as pessoas? No caso dos transeuntes, certamente é a pressa ou o fato de estarem vertidos para si próprios, afundados em pensamentos, de tal modo que sequer observam o mundo que os rodeia. Preocupam-se tanto com o trânsito, com as pessoas que estão passando pelo local, com seus próprios problemas que não conseguem enxergar algo gigantesco que está logo ali.

O que pode atrapalhar a investigação criminal a ponto de não se enxergar o largo caminho que leva ao verdadeiro criminoso? Para ele só poderia ser a segurança e a vaidade do investigador, que está certo de que o rumo é um, enquanto que, na verdade, é outro. Muitas vezes se pensa que determinada pessoa cometeu um crime e, como se tem a certeza disso, não se buscam novas provas. Se surgem fatos inexplicáveis, tenta-se, de toda forma, encaixá-los nos demais e a partir daí não se enxerga mais a realidade, que é tão grande quanto uma árvore de quarenta metros. Quando se tem a certeza absoluta de um fato, mesmo que ele não seja verdadeiro, o detetive é levado a ficar cego para coisas importantes e deixa de ver a realidade como ela é. Não tinha acontecido isso há pouco tempo no caso de Esther? O competente delegado Tavares não se enganou por duas vezes? Primeiro foi por acreditar que se tratava de suicídio e não de homicídio. Logo depois, cego por pensar que tinha sido Cícero o assassino, conseguiu um mandado de prisão contra ele. Novo engano. Foi o próprio destino que se encarregou de despertar o delegado para a realidade. Que outros erros ainda poderiam ser cometidos pelos policiais? Acreditariam eles, a exemplo de Serafim, que Cristina era a culpada?

Sabia que havia algo importante, gigantesco aos olhos de todos, tal como a árvore de quarenta metros, porém ninguém estava conseguindo enxergar. Sua intuição, alimentada pela experiência de promotor, sinalizava que as últimas palavras de Cícero tinham algo a ver com tudo isso. Estava quase tão cego como Tavares e Serafim, porém, diferente deles, via uma luz, uma pequena luz que apontava para algo grandioso. Tudo se resumia a cinco palavras, pequenas no tamanho, mas grandes na extensão. Afinal, que segredo guardava tudo aquilo? Qual o verdadeiro significado de "no dia do meu aniversário"? Sabia perfeitamente que aquilo não se encaixava na hipótese levantada por Serafim, porém ainda não conseguia descobrir o caminho que deveria tomar. Tinha perfeito conhecimento de que aquilo era a chave de tudo, mas que porta ela abriria? A que caminhos conduziria? Sem dúvida, era uma árvore enorme ou um monumento gigantesco que estava bem ao seu lado, porém, não conseguia enxergá-lo. Sabia da sua presença, mas não podia vê-lo, e, no dia que conseguisse, certamente chegaria ao assassino de Esther: tudo era questão de tempo e de raciocínio. Só aí poderia sair definitivamente da escuridão na qual se encontrava.

Levantou-se do banco, mais uma vez aspirou profundamente o ar da praça, pois o cheiro agradável da relva ainda era forte, mas o tempo tinha se passado e começava a escurecer. Já era hora de voltar ao apartamento.

— Tavares, preciso pedir-lhe um favor — disse Pinheiro ao telefone. — Sim, certamente que você poderá me atender, não é nenhum absurdo, apenas acho que isso pode ser útil na investigação. Preciso que façam um levantamento de todas as ligações telefônicas feitas e recebidas por Esther no mês que antecedeu sua morte, ao mesmo tempo quero que consigam o extrato de suas contas bancárias nos últimos tempos. Pois isso me parece fundamental para as investigações. Não sei ao certo, mas acredito que alguma coisa diferente vai aparecer, por enquanto é apenas um palpite, mas creio que vai dar certo. Acha que é bobagem? Eu não penso assim; e lembre-se de que aceitou que eu participasse das investigações. É difícil conseguir isso? Não? Isso é ótimo, o quanto antes me arrumar estas informações, melhor. Se desconfio de alguém? Creio que não, ainda falta muita coisa para investigar e é arriscado apontar um culpado. Você acha que pode ter sido a filha? Serafim também pensa o mesmo, mas ainda é cedo para qualquer acusação. Adeus.

Pinheiro desligou o telefone e ficou pensativo. Precisava apressar as investigações, era bem possível que novamente a polícia se precipitasse e acabasse por incriminar pessoas que não tinham nenhum envolvimento no crime. A bola da vez agora era a filha da vítima, e todas as desconfianças se voltavam para ela, pois aparentemente tinha motivos para matar a própria mãe, era a única beneficiada com sua morte e, no dia do crime, fora ao apartamento dela. Todas essas coisas a transformavam na principal suspeita, mas isso era possível? Uma filha matar a própria mãe? Infelizmente, sabia que sim, porém sabia também que precisa investigar mais, investigar melhor, ter mais detalhes a respeito de todas as coisas, era importante conversar com a moça, mas como encontrá-la se não parava no apartamento dos avós, se vivia na rua e na casa do namorado? Como arrancar alguma coisa dela sem vê-la? Se desse sorte, também poderia fazer algumas perguntas ao rapaz. Seria ele um desses moços de calças largas que andam gingando? Era bem possível, porém não desejava especular, pois sabia que só poderia encontrar Cristina quando Simon lhe telefonasse avisando que ela havia voltado para casa.

A apreensão de Pinheiro não demorou muito tempo; quando ainda estava pensativo, sentado na poltrona do escritório, o telefone tocou. Desta vez foi ele mesmo quem atendeu. Era Simon e dizia que a neta se encontrava no apartamento; estava pior do que nunca, chegou com os olhos muito vermelhos, parecia que não tomava banho há dias. Nem quis comer nada, entrou, falou pouco e logo em seguida foi ao seu quarto, onde caiu em sono profundo. Pinheiro disse que desejava conversar urgentemente com a moça, e Simon pediu que ele fosse depois do almoço, pois certamente Cristina não acordaria antes desse horário.

Já se passava de uma hora da tarde quando Pinheiro apertou o botão do porteiro eletrônico do apartamento de Simon. Estava novamente na companhia de Serafim, que ainda trazia no rosto o mesmo sorriso debochado da véspera. Certamente pensava que tudo aquilo não passava de mero capricho e vaidade do detetive para não reconhecer sua derrota. Talvez uma tentativa desesperada de arrancar da moça algum detalhe importante que pudesse pôr abaixo sua teoria. De qualquer forma, pensava Serafim, o melhor mesmo era ouvir Cristina, observar seus olhos e seus movimentos quando tentasse se explicar. Nada melhor do que ouvir o culpado falar do crime que cometeu, negando os fatos, tentando dissuadir as pessoas de sua inocência.

Ambos foram recebidos pelo casal de judeus. Simon e a esposa estavam apreensivos, pois sabiam que a neta seguia um caminho com o qual não concordavam, porém seus princípios e formação exigiam que buscassem a verdade, por mais dolorosa que ela pudesse ser.

Cristina caminhou lentamente até a sala do apartamento. A moça dava sinais de inquietação, toda hora virava o rosto de um lado para outro como se estivesse procurando alguma coisa. Tinha olheiras profundas, raras de se encontrar em alguém tão jovem; a expressão do seu rosto e seus cabelos despenteados faziam-na parecer uma pessoa doente. Apesar de ter apenas 19 anos, aparentava ser bem mais velha.

— Se os senhores acham que matei minha mãe, estão enganados. Eu não fiz isso — adiantou-se a dizer a jovem em tom de desafio.

Parecia bem diferente da primeira vez em que a tinham visto; apenas alguns dias haviam se passado e uma grande transformação se operara, a garota não dava a impressão de timidez que tinha transmitido na oportunidade anterior e mais parecia um animal acuado, que mostrava suas garras para se defender.

— Calma, mocinha — respondeu Pinheiro, com um leve sorriso. — Aqui, ninguém a está acusando de nada. Não somos policiais e só estamos procurando saber o que de verdade aconteceu com Esther. Você é filha dela e esteve em seu apartamento no dia do crime, não?

— Sim, estive, mas isso não me transforma em assassina, não é? — disse Cristina num tom mais ameno.

— Certamente que não, afinal você é filha, que motivo teria para matá-la?

— Fico mais tranquila por pensar assim, Sr. Pinheiro. Será que a polícia desconfia de mim?

— A polícia, não sei ao certo, porém muita gente pensa dessa forma — respondeu Pinheiro, voltando os olhos para Serafim.

— Em que posso ajudá-lo?

A moça havia se acalmado e o rosto desanuviou-se. Tinha voltado a ser aquela jovem tímida que viram pela primeira vez.

— Talvez estranhe a minha pergunta, porém acho que é muito importante para chegarmos à verdade — disse Pinheiro, adquirindo ar paternal.

A jovem aquiesceu com um leve movimento de cabeça.

— Preciso saber se você gostava da sua mãe.

Cristina não demonstrou surpresa com a pergunta. Levantou a cabeça, voltou-se para Pinheiro e respondeu:

— O senhor pode não acreditar, mas eu amava minha mãe. É verdade que tinha muita raiva dela, brigamos muitas vezes e não conseguíamos viver juntas, mas eu a amava do meu jeito. Tudo que eu queria era que ela me desse mais atenção, mais carinho, essas coisas que todas as mães devem ter em relação aos filhos. Se isso acontecesse, tudo seria muito diferente. Ela só se preocupava com os negócios, com a própria vida, não tinha tempo para mim, o senhor entende? Isso me magoava muito.

Cristina interrompeu a fala com soluços entremeados por um choro baixo e curto, que foi aos poucos aumentando; dali a alguns minutos a jovem estava em prantos. Seus avós a abraçaram, acariciaram seus cabelos e Simon trouxe um copo d'água para a neta. Após beber a goles lentos, ela foi se recompondo aos poucos. Pinheiro, bastante constrangido, esperou que a moça recobrasse o seu estado normal para continuar a conversa.

— Pode ter certeza de que acredito em tudo que está dizendo. Isso que me contou não acontece só com você, milhões de jovens sentem e passam pelas mesmas coisas que você está passando, mas, entenda, sua mãe foi assassinada e há um criminoso à solta. Precisamos descobrir quem é e prendê-lo.

Em silêncio, apenas movimentando os olhos, Cristina deu sinais de que concordava com Pinheiro.

— Primeiro precisamos saber da razão da visita à sua mãe naquele dia.

— Sabe, Sr. Pinheiro, eu não sou de esconder as coisas. Estava com muitas dívidas. Andei fazendo besteira e tinha de honrar meus compromissos, caso contrário coisas graves poderiam acontecer para mim e para minha família. Eu não poderia deixar isso ocorrer, por esta razão fui procurar minha mãe para pedir dinheiro.

—Você chegou a falar com ela?

— Não. Ela não estava, esperei algum tempo no apartamento e depois saí, pensando em voltar mais tarde.

— Seu namorado foi com você?

— Foi, mas não chegou a entrar no prédio, ele ficou esperando do lado de fora.

— Quanto tempo ficou ali?

— Uns cinco ou dez minutos. Pensei que ela voltaria logo, mas sequer sabia onde estava, decidi ir embora e telefonar mais tarde. Se ela estivesse em casa, iria vê-la.

—Voltou mais tarde?

— Não, algum tempo depois eu telefonei, mas ninguém atendeu. No dia seguinte fiquei sabendo da sua morte.

—Você chegou a mexer no cofre?

— Que cofre? — indagou Cristina, visivelmente surpresa. Por acaso era aquele do quarto dela, onde guardava suas joias e outros documentos? Por que me pergunta isso, Sr. Pinheiro?

— Você ainda não sabe, seus avós não lhe contaram?

Simon se adiantou e disse que não falaram nada para Cristina, pois ela tinha acabado de acordar. Em seguida, contou para a neta que as joias tinham desaparecido.

Cristina ficou surpresa. Demorou algum tempo para que voltasse a conversar com Pinheiro:

— Mas então foi essa a razão da morte? Quem quer que a tenha matado, certamente também retirou as joias do cofre, o senhor disse que havia documentos e outras coisas, só sumiram as joias?

— Minha querida neta — adiantou-se Simon —, só desapareceram as joias; os demais documentos, como escrituras e contratos permaneceram dentro do cofre. O mais curioso é que havia aproximadamente mil dólares ali que não foram tocados, ou seja, o ladrão só levou as joias.

Desta vez foi Pinheiro quem se mostrou surpreso:

— Simon, você não me falou nada sobre os dólares. Isso é de fundamental importância. Por qual razão um ladrão levaria joias, cujo comércio é mais restrito e deixaria dólares que podem ser trocados em qualquer esquina?

— Eu não posso responder a essa pergunta, só sei que os dólares estavam lá.

Pinheiro voltou-se para Cristina:

— Você sabia a combinação para abrir o cofre?

A jovem não demorou em responder:

— Eu nunca soube, somente meu pai, já falecido, e minha mãe é que sabiam. Talvez meus avós também soubessem.

— A respeito das anotações dos números da combinação num pedaço de papel que estava guardado neste apartamento, você sabe de alguma coisa a respeito?

— Meus avós nunca me falaram sobre isso. Onde estavam essas anotações?

— No quarto de Simon, dentro de uma pasta.

Cristina cruzou os braços, levantou novamente a cabeça e, olhando nos olhos de Pinheiro disse:

— Sei o que estão pensando, mas posso lhes garantir que não toquei naquele cofre, não sabia o segredo e muito menos que os números estavam anotados num pedaço de papel. Aliás, eu nunca entrei no quarto dos meus avós, isso eles podem confirmar.

Simon e a esposa fizeram sinal com a cabeça, confirmando as palavras da neta.

— Sabe, Sr. Pinheiro. Eu já fiz muita besteira nesta vida, cheguei mesmo a tirar coisas de dentro de casa para vender, mas eu não sou assassina, muito menos da minha própria mãe, isso eu lhe garanto.

Pinheiro passou a mão no cabelo de Cristina, num ato paternal e disse apenas:

— Eu acredito em você. Pode ficar tranquila, pois estamos investigando e o verdadeiro culpado irá aparecer mais cedo ou mais tarde, quero que saiba que precisamos apurar todos os fatos e conversar com as pessoas envolvidas, por esta razão preciso fazer algumas perguntas ao seu namorado, é difícil de encontrá-lo?

Cristina pareceu um pouco contrariada com a menção ao namorado, porém disse com firmeza:

— O senhor verá que Fernando nada tem a ver com tudo isso. Se quiser conversar com ele é muito fácil, meu namorado trabalha aqui perto, numa lanchonete, eu lhes darei o endereço, certamente o encontrarão lá. Só peço que sejam discretos, o patrão dele pode não gostar da visita.

O namorado de Cristina lavava alguns copos quando foi abordado pelos detetives. Era alto, de cabelos encaracolados, rosto largo, com nariz afinado; os olhos escuros pareciam frios e distantes, usava piercing e tinha tatuagem de escorpião no braço direito; vestia uma camiseta cavada e calças largas. Quando eles se apresentaram, mostrou ar de surpresa e certa preocupação, porém, algum tempo depois, já descontraído, conversava em tom amistoso.

— Vocês verão que nem eu nem minha namorada nada temos a ver com este crime que foi cometido. Eu errei bastante e, não faz muito tempo, fui preso e já paguei por tudo o que fiz. Agora estou trabalhando e quero levar uma vida digna.

— Ninguém o está acusando, nós apenas investigamos o caso e nem sequer somos da polícia. Você foi com Cristina até a casa da mãe dela no dia do crime?

— É, estivemos lá, mas nem cheguei a entrar. Os familiares da minha namorada não gostam de mim, por isso evito qualquer contato; eu fiquei esperando do lado de fora, junto da minha moto. Ela saiu de lá algum tempo depois e disse que a mãe não estava.

— Quanto tempo demorou?

— A visita de Cristina? Creio que uns dez minutos.

— Ela trouxe alguma coisa da casa da mãe?

— Que eu tenha visto, nada. Por quê?

— É que desapareceram algumas joias do cofre e pensamos que talvez você pudesse nos dar algumas informações.

Fernando ficou irritado e disse num tom agressivo.

— Eu já disse que fiz coisas erradas no passado, porém estou mudando a minha vida; ainda uso droga, é verdade, mas estou tentando abandonar o vício. Posso lhes assegurar que Cristina não fez nada de errado com sua mãe, minha namorada é um doce, uma pessoa que a própria família não compreende e jamais seria capaz de fazer este tipo de coisa. Roubo? Assassinato? Isso não combina com ela. Se desconfiam de Cristina, estão errados, precisam conhecê-la melhor antes de fazer qualquer acusação.

O rapaz deu sinal de que não desejava mais continuar a conversa e seu patrão já o olhava com ar de impaciência; os dois amigos se despediram de Fernando. Serafim não estampava mais em seu rosto o ar de deboche que tinha no início da tarde. Voltaram, em silêncio, ao apartamento da Praça Buenos Aires.

XII

O dia não parecia dos melhores para Cristina. A noite passada tinha sido exaustiva, a reunião com os amigos havia varado a madrugada e sequer conseguira voltar ao apartamento dos avós; acabou dormindo na casa do namorado. Pela manhã, mal tivera tempo de tomar banho, ainda se sentia sonolenta, confusa, inebriada pela bebida e drogas que tinha consumido. O mundo ao seu redor era demasiadamente artificial, o cinza da cidade grande, os prédios — todos eles muito assemelhados — faziam sentir-se uma estrangeira em sua própria terra. Tudo aquilo não parecia natural, era como se existisse uma maquete gigante na qual tinha sido involuntariamente colocada. Atordoada, pensava que as pessoas que via não era seres humanos de verdade, mais se assemelhavam a bonecos, a autômatos que perambulavam pelas calçadas. Os carros se movimentavam graças a um desconhecido que tinha o controle remoto de todos eles nas mãos; o mundo era apenas um grande brinquedo, cuja finalidade desconhecia. Estava na garupa da motocicleta do seu namorado e se dirigia à Alameda Jaú, onde morava sua mãe e nem mesmo a brisa soprada em seu rosto lhe parecia natural, pois sentia na face as impurezas do ar e sabia que sempre que andava de moto, mesmo usando capacete, ao chegar em casa tinha de lavar bem o rosto e usar algum creme de limpeza. Quando passava algodão, o chumaço ficava escuro, retendo a sujeira trazida pelo ar da cidade grande. Porém, ultimamente estava muito distante de tudo, alheia ao mundo e nem mais se dava ao trabalho de limpar o rosto depois que voltava dos passeios com Fernando.

Sentiu um solavanco inesperado e quase caiu da moto; abraçou fortemente o namorado, enquanto ele passava entre as filas de carro, em alta velocidade. Gostava muito de Fernando, finalmente tinha encontrado alguém que a compreendia perfeitamente e era nele que se apegava em momentos difíceis. Sabia do seu passado, pois, quando se conheceram, ele tinha saído da prisão há apenas um mês e trabalhava na lanchonete próxima do apartamento dos avós. Lembrava-se do dia em que conversaram pela primeira vez. Estava triste, tinha brigado com a mãe e depois com os avós; saíra de casa em prantos e, sem direção definida, caminhou pelo bairro. O calor sufocante do verão paulistano a fez cansar logo e o primeiro lugar em que parou foi justamente naquela lanchonete. Estava sentada, cabisbaixa, numa banqueta defronte ao balcão quando Fernando foi atendê-la. Fez o pedido sem olhar para seu rosto, e, quando ele voltou com o refrigerante, perguntou se tudo estava bem com ela. Não respondeu, apenas deu um leve resmungo, mas ele não desistiu, com muito jeito e paciência, começou a falar de sua própria vida, do tempo que tinha passado na cadeia, das dificuldades de garoto pobre da Zona Leste da cidade; só quando terminou de tomar o refrigerante é que levantou a cabeça e olhou para seu rosto. Desde o início simpatizou com o rapaz, pois percebeu que seus problemas eram bem menores do que os dele e, para continuar a conversa, pediu um suco, em seguida disse seu nome e onde morava; passados poucos minutos se falavam como velhos amigos e dali para o namoro tudo foi muito rápido. Em pouco tempo, estavam saindo juntos, frequentando festas, partilhando amizades; ao cabo de poucos meses, já não conseguia fazer coisa alguma sem a presença do rapaz, e o namoro foi se tornando mais intenso, mais profundo, mais exigente.

A moto prosseguia costurando o trânsito pelas avenidas largas da região. Pouco antes, tivera a primeira discussão com o namorado, ele a procurou e disse que a situação estava ficando insustentável, pois ambos tinham dívidas, muitas dívidas, acumuladas ao longo de alguns meses de festas e consumo exagerado de drogas. O rapaz ganhava pouco na lanchonete e não queria mais se meter em encrencas com a polícia, por conta disso não podia mais cometer crimes para comprar drogas. Porém, como manter o vício com aquela mixaria que ganhava? Como ficar noites acordado, partilhando drogas e bebidas com os amigos se o dinheiro era insuficiente para tanta loucura? Cristina, contudo, tinha de onde tirar, pois havia herdado parte do apartamento que a mãe ocupava e ela deveria lhe pagar ao menos um pequeno aluguel; além do mais, Esther era dona de uma confecção no Bom Retiro que lhe rendia boa renda mensal. Cristina não era a única filha, a única herdeira? Qualquer coisa que a mãe lhe desse não seria favor, mas um direito dela, cabendo-lhe exigir sua parte, só assim conseguiriam sair do buraco em que se encontravam e afastariam os traficantes que os ameaçavam o tempo todo, pois se demorassem muito para conseguir o dinheiro, talvez não ficassem vivos. Quantos outros companheiros de madrugada não tiveram fins trágicos por dívidas com traficantes? Era pior ainda quando a violência não se voltava contra o devedor, mas contra alguém da família, e ela podia imaginar o que eles fariam com seus avós, já velhos e indefesos, caso a dívida não fosse paga.

Fernando contara que tinham lhes dado ultimato: teriam de pagar as dívidas em vinte e quatro horas, caso contrário coisas terríveis iriam acontecer. Não chegaram a dizer que coisas terríveis seriam estas, mas era fácil de imaginar, já que aquelas pessoas não costumavam brincar,cumpriam com crueldade cada ameaça feita, e era impossível fugir deles, pois poderiam estar em qualquer lugar e atacar a qualquer momento. Fernando pensou em vender a moto, mas o modelo era muito antigo, havia um financiamento e o total apurado seria insuficiente para pagar todas as dívidas. A única forma de sair da enrascada era através da mãe, só ela poderia ajudá-los e isso não era favor algum.

A moto entrou na Avenida Paulista, pelo lado da Consolação, prosseguiu ainda por algumas quadras e virou à direita até o cruzamento com a Alameda Jaú, andaram mais um pouco e estacionaram em frente ao prédio onde morava Esther. Cristina ainda parecia um pouco vacilante, porém o namorado a incentivou, era melhor resolver logo o problema, pois o prazo dado pelos traficantes já estava se esgotando e, em breve, voltariam para receber o dinheiro.

Fernando não quis acompanhar a namorada, não desejava nenhum contato com parentes dela, pois sabia que não seria bem recebido. Não era judeu, morava na Zona Leste e, pior, era ex-presidiário. Ficou do lado de fora, Cristina lhe deu um abraço e foi em direção à portaria do prédio.

O porteiro Cícero já a conhecia bem e quando a avistou nem esperou que apertasse o botão, deu o comando para abrir o portão de entrada. Pelo interfone adiantou que sua mãe tinha saído há pouco e que não sabia a que horas voltaria, também lhe disse que havia uma chave ali na portaria e que, se ela desejasse, poderia esperar no apartamento.

Cristina aceitou a oferta, subiu e, quando entrou no apartamento, observou que tudo estava bem arrumado, com cada coisa no seu lugar. Como tudo ali parecia tranquilo quando Esther não estava! Não havia brigas, implicância nem descaso, seria tão bom se a vida fosse tão simples assim! Na verdade, gostaria de morar ali com Fernando, pois seria maravilhoso ter um lugar só para eles. Sabia que seu namorado era bom, muito embora já tivesse sido preso, estava trabalhando honestamente, tudo que ele precisava era de uma oportunidade na vida, se a tivesse, certamente iria se recuperar. Era forte, alegre, esperto e tinha tudo para vencer, se ficassem apenas os dois, ela o incentivaria, daria um jeito de lhe pagar a faculdade de engenharia que sempre quis fazer. Naquele momento, no entanto, isso parecia impossível, mas se as coisas mudassem, o que era apenas um sonho poderia se transformar em realidade.

Ainda um pouco atordoada, sentou-se no sofá de couro da sala e ficou observando os quadros pintados por Esther. A noite anterior deixara lembranças ruins, porém, no apartamento da mãe, as coisas não pareciam tão artificiais como na rua. Passara boa parte da vida naquele lugar e sentia que ali era verdadeiramente seu lar, sua lembrança era de que tudo tinha sido mais fácil e tranquilo quando seu pai ainda estava vivo. Saudosa, recordava-se que ele a cercava de atenção e de carinho, pois sabia que era uma espécie de xodó, um bibelô que ele gostava de agradar e ter sempre consigo. A mãe costumeiramente lhe parecia indiferente, voltada para si mesma, para seus negócios. Quando viviam os três juntos, formavam verdadeiramente uma família, porém, após a morte do pai, as coisas tomaram rumo diferente, sua mãe ficou abalada por longo tempo e como ainda era uma adolescente, sentiu-se perdida no mundo. Tudo aquilo poderia servir de motivo para que as duas se aproximassem, contudo se transformou em causa de muita discórdia e as brigas eram diárias, muitas vezes, com agressões físicas por parte de ambas. Lamentavelmente, o tempo não volta; se pudesse, gostaria de estar nos braços do pai, daquele homem sempre afetuoso, alegre, que lhe trazia bonecas e outros presentes cada vez que voltava do trabalho. Sabia que, infelizmente, não somos donos do tempo, pois as coisas passam e deixam para trás lembranças que muitas vezes machucam.

Estava impaciente com a situação, pois precisava resolver tudo o mais rápido possível. Levantou-se e caminhou pelo apartamento, após alguns minutos foi ao quarto que ocupava quando morava com a mãe. Ele estava do mesmo jeito, nada havia mudado: os brinquedos, as bonecas, tudo ainda estava ali. Por alguns instantes pareceu-lhe que o tempo tinha parado, depois, preocupada, percebeu que sua vida não mais guardava nenhuma ligação com aquilo tudo, do passado só restaram lembranças, bonecas e brinquedos.

Aproximou-se da sacada do apartamento, dali podia ver o movimento da rua. Como de costume, tudo estava muito agitado e os automóveis passavam rapidamente, enquanto pessoas subiam apressadas em direção à Avenida Paulista. Quando garotinha tinha o hábito de olhar o movimento, pois aquilo a fascinava. Certa vez resolveu contar quantos carros passavam por ali. Ao cabo de alguns minutos, perdeu a conta. Teimosa, reiniciou o trabalho e, da mesma forma, se perdeu após alguns minutos. Tentou ainda mais uma vez, mas acabou desistindo. Quando contou ao pai o que fizera, ele riu muito, com aquela risada gostosa, que só ele tinha, pegou-a no colo, abraçou, beijou e disse: “Minha garotinha". Era assim, sempre que fazia uma coisa idiota ou uma travessura qualquer, ele a chamada daquela forma. Sentiu o gosto amargo na garganta deixado pelas saudades, que não admitem volta.

Foi ao quarto onde seus pais dormiam, tudo ainda estava do mesmo jeito: a cama, o guarda-roupa embutido, uma pequena mesa com computador e vários quadros. Sabia que por trás de um deles, o que mostrava pescadores saindo para o mar, havia um cofre escondido, aproximou-se, levantou o quadro e sorriu com satisfação ao constatar que o cofre ainda estava lá. Novamente a saudade voltou e se recordou de sua infância, dos momentos em que girava o círculo da sua combinação, virava de um lado e de outro e ele não abria, mas jamais se aborreceu com isso, pois aqueles números e seus pequenos riscos mais lhe pareciam um relógio de brinquedo, gostoso de mexer. Lembrou-se, com lágrimas nos olhos, que também adorava brincar de caça ao tesouro com o pai, uma brincadeira em que ele escrevia a combinação do cofre num papel e escondia em algum lugar da casa. Cristina tinha de procurá-lo e, quando o encontrava, ia direto ao cofre para abri-lo. Ao concluir sua façanha, no meio de documentos e joias, retirava de seu interior uma boneca ou outro presente qualquer trazido pelo pai. Só agora percebia que a brincadeira de caça ao tesouro era muito mais divertida do que o próprio brinquedo recebido. Olhava com tristeza para aquele cofre, recordando-se de todas as coisas boas que tinham acontecido e que não mais voltariam a acontecer. Depois de algum tempo, despertou para a realidade e ficou curiosa para saber o que sua mãe guardava ali. Achava que deveriam ser joias, algum dinheiro e documentos importantes. Por um momento pensou que, se pudesse abrir o cofre, seus problemas desapareceriam, tudo voltaria ao normal e poderia ser feliz ao lado de Fernando.

Voltou à sala e continuou esperando, impaciente. Aonde teria ido sua mãe? Com quem estaria? Iria demorar? Já não suportava mais aquilo tudo, tanto ela poderia aparecer dali a alguns minutos como poderia voltar horas depois. Após ficar algum tempo em dúvida, decidiu que o melhor seria retornar mais tarde, pois o assunto que teria de tratar era urgente e não poderia esperar mais tempo, tudo teria de ser resolvido naquele mesmo dia. O prazo estava se esgotando e ela era capaz de fazer qualquer coisa para impedir que os traficantes cumprissem sua promessa. Com um olhar triste, fechou a porta do apartamento e desceu pelo elevador.

XIII

Na manhã seguinte, no apartamento da Praça Buenos Aires, Heitor Pinheiro conversava animadamente com Serafim e tomava, com muita calma, uma xícara de café expresso. Mais uma vez estava bem disposto e tagarela. Adorava conversar sobre livros e falava com orgulho de aquisições feitas em sebos; comentava que, desde a época em que estudara Direito na Faculdade do Largo São Francisco, tinha o hábito de frequentar lojas que vendem livros usados. Depois que se formou e foi aprovado no concurso para promotor de justiça, continuou a visitá-las ao menos uma vez por semana. Antigamente, na região da Praça da Sé, já existiam várias lojas especializadas em livros usados, porém o número delas havia aumentado muito nos últimos anos, e, sempre que tinha algum tempo de folga, aproveitava para visitar sebos, revirar suas estantes, abrir livros e folheá-los. Quando conversava com amigos sobre o assunto, usava o verbo garimpar para se referir à busca de boas obras, já que nestes lugares havia uma infinidade de livros, porém somente alguns deles eram especiais e precisavam de maior atenção. Como todos ficavam misturados na mesma prateleira, era preciso um olhar cuidadoso para descobrir o que realmente interessava. Para um leitor menos atento, todos poderiam parecer iguais, mas, para especialistas como Heitor Pinheiro, um livro mais raro ou uma edição diferenciada faziam muita diferença.

— Você não vai acreditar, Serafim, mas este livro que encontrei no Sebo do Messias é de uma edição esgotada que eu procurava há muito tempo. Estava lá largado, com outros, lhe deram pouca importância, e agora está aqui, na minha coleção — disse exibindo o exemplar com orgulho.

— Pinheiro, não sei como você consegue achar essas coisas, já fui a muitos sebos e só encontrei velharias, sem nenhum valor.

— Meu caro Serafim — disse dirigindo aquele olhar misto de piedade e condescendência paternal — em tudo na vida é preciso ter técnica, paciência e disciplina. Você não pode chegar lá, passar os olhos nas estantes e simplesmente ir embora, pois a coisa não funciona desta maneira. É necessária uma análise apurada, e o primeiro passo é determinar o assunto de seu interesse, depois é preciso folhear os livros, abrir cada um e observar o estado, o ano da edição e verificar qual é a diferença entre aqueles que têm o mesmo título. Cada detalhe é importante, e, se não tiver muita paciência, não vai conseguir aquilo que realmente deseja.

— Eu não consigo fazer essas coisas. Logo que chego e abro um livro empoeirado, já começo a espirrar e quero ir embora. Não sei como você tem paciência para isso. Eu prefiro ir a uma livraria moderna, dessas que existem em shoppings, e escolher um livro novinho em folha, dá menos trabalho.

— Concordo com você, eu mesmo faço isso várias vezes, pois gosto muito de ir a livrarias e conhecer as novidades, porém, você há de reconhecer que há um charme especial em sebos. Além de conseguir obras que estão esgotadas — algumas delas, raras —, há também uma história por trás de cada livro. Não lhe desperta a curiosidade, além de ter certo ar de mistério saber que ele já pertenceu a alguém? Por vezes fico imaginando quem seria esta pessoa, que coisas ela fez, o que teria para contar. Tenho livros comprados em sebo onde há dedicatórias por aniversário ou por outros fatos e muitas vezes está escrito o nome da pessoa a quem eles pertenceram; mas creio que não gostaria de conhecer estas pessoas, isso quebraria um pouco do encanto. O melhor mesmo é deixar tudo por conta da imaginação.

— Muitos livros de sebo pertenceram a pessoas que já morreram, isto não o preocupa?

— Nem um pouco, aliás, é muito comum que bibliotecas sejam vendidas para sebos após a morte dos seus proprietários. Às vezes, por razões financeiras, às vezes, porque a presença dos livros traz uma lembrança triste para os herdeiros; enfim, há uma infinidade de motivos. Isso pouco me interessa, o importante é que o livro está lá disponível para venda.

— É verdade. E, ao que parece, você é mesmo um grande cliente dos sebos — afirmou Serafim, enquanto olhava para as diversas estantes do escritório de Heitor Pinheiro, todas elas forradas de livros.

— Mas vamos mudar de assunto, meu querido amigo. Afinal, você ainda está convencido de que foi Cristina e o namorado que mataram Esther?

Serafim ficou em silêncio por alguns minutos. A mudança repentina de assunto o pegou desprevenido, não desejava concordar tão facilmente com Pinheiro; finalmente, voltou-se de lado e respondeu:

— Confesso que cheguei a ter certeza absoluta, mas depois que a visitamos, fiquei em dúvida, creio que ela não tem cara de assassina.

— E você acha que assassino tem cara? Eu já levei muitos ao júri que mais pareciam padres e freiras do que criminosos contumazes. Não, meu caro, a última coisa que você deve ver é a aparência; posso lhe assegurar que a teoria lombrosiana já está superada há muito tempo.

— É verdade, mas ainda acho que Cristina e o namorado são os maiores suspeitos, afinal, eles são os únicos que tinham motivos para matá-la.

— Nós só vamos saber o que realmente aconteceu depois que tivermos todos os fatos em mãos. Tavares ficou de ver certas coisas para mim e nesse meio tempo vamos visitar alguém que nos ajudará a esclarecer algumas dúvidas.

Serafim ficou pensativo, não conseguia imaginar quem poderia ser, já que tinham conversado com as principais testemunhas. Não disse nada, apenas olhou Pinheiro admirado.

—Vejo que você não faz a menor ideia de quem é essa pessoa. Devo dizer que ainda não ouvimos o que tem a dizer o ex-namorado de Esther.

Serafim não conseguia entender que relação ele teria com os fatos, já que estava separado da vítima há algum tempo. O que ele poderia saber sobre o assassinato?

—Você acha isso importante?

— Sem dúvida, ele poderá nos dizer algumas coisas que eu imagino que possam ter acontecido, mas primeiro preciso ouvi-lo para depois ter certeza de tudo.

Serafim concordou com um movimento da cabeça, embora não estivesse muito convencido da utilidade de ouvir alguém que já estava afastado de Esther há tempos.

Pinheiro não teve dificuldade em conseguir o endereço do ex-namorado da vítima, seus contatos com a polícia facilitaram as coisas. Ele morava num pequeno sobrado da Vila Clementino, numa rua isolada, afastada das grandes avenidas. Defronte a casa havia uma paineira enorme, cuja copa ocupava metade do quarteirão, abraçando os imóveis com sua sombra acolhedora.

Quando chegaram, ao contrário do que Serafim havia imaginado, Pinheiro não foi diretamente à casa do rapaz, antes se dirigiu à residência vizinha e pediu ao amigo que ficasse do lado de fora, pois gostaria de falar a sós com o morador, já que acreditava que sozinho teria mais facilidade para obter informações. Serafim estranhou o fato, mas como já estava acostumado às suas esquisitices, concordou e ficou aguardando na calçada. Pinheiro bateu na porta e dali saiu uma velha senhora, usando um xale preto. Após dez minutos, o detetive voltou com ar de satisfação e disse:

— Agora, podemos conversar com ele. Estou pronto para ouvi-lo.

Serafim não entendeu o que o amigo quis dizer com estar pronto. Pronto para quê? Tinha certeza de que a conversa seria de todo improdutiva, pois não havia nada que pudesse dizer, exceto pouca coisa a respeito do relacionamento dos dois, que não tinha durado muito tempo.

Depois do segundo toque na campainha, surgiu um homem na porta e se aproximou dos dois amigos. Aparentava ter aproximadamente 30 anos, era alto, de cabelos pretos, curtos e lisos, tinha a barba bem aparada, rosto estreito e longo, com fronte bastante larga. Seus olhos eram grandes e verdes, as faces rubras ladeavam uma boca fina e pequena que destoava do tamanho do restante do rosto. O nariz aquilino completava a face, que, apesar de suas desproporções, acabava por transmitir grande simpatia a quem a observasse.

Sem sequer conhecer os dois amigos, sorriu, mostrando dentes alvos e bem distribuídos pela boca. Pinheiro explicou a razão da visita. Por alguns segundos pareceu ao detetive que ele tentava esconder sua preocupação; seria apenas impressão ou de fato o homem havia ficado tenso quando Pinheiro lhe disse o motivo da visita? Contudo, em pouco tempo, o sorriso voltou e os dois amigos foram convidados a entrar.

A casa era extremamente simples, a decoração mostrava que não havia ali nenhum toque feminino, tudo parecia ser meramente funcional. Não havia enfeites, flores, cortinas ou tapetes escolhidos com esmero. Não se podia dizer que o lugar era feio, apenas se apresentava insípido e sem graça. Faltava o que Pinheiro costumava chamar de tempero feminino, aquele toque que apenas as mulheres sabem colocar quando decoram uma casa.

Foram convidados a sentar. Mostrando bastante elegância em seus modos, o homem trouxe licor e serviu aos detetives. Enquanto apreciavam lentamente a bebida, o anfitrião pôs-se a sorrir e não parou de falar da ex-namorada. Elogiava muito Esther, afirmava que era ativa, tinha bastante personalidade e administrava bem a confecção.

— Só não consigo entender como uma mulher com tamanha obstinação e cheia de vida acabou se suicidando.

— Mas ela não se suicidou — afirmou Pinheiro, olhando firmemente nos olhos do rapaz.

— Pelo que ouvi na época da sua morte, ela teria se suicidado, ao menos foi o que o delegado Tavares me garantiu. Descobriram mais alguma coisa que fez a polícia mudar de ideia?

Pinheiro, em breves palavras, resumiu as investigações e disse que agora a polícia tinha certeza de que se tratava de assassinato. Aparentemente a novidade causou surpresa ao rapaz, pois ele virou o rosto para o lado e coçou repetidas vezes o nariz, quis saber mais detalhes dos fatos.

— O que eu posso lhe dizer é que alguns sinais no corpo da vítima não combinaram com a tese de suicídio. Parece que o verdadeiro assassino fez de tudo para que a polícia acreditasse que Esther se matou, mas não conseguiu o seu intento, já que não existe crime perfeito. O senhor sabe dizer quem poderia ter feito isso?

— Não faço a mínima ideia. Quem mataria Esther? Ela não tinha inimigos, era uma boa mulher, muito trabalhadora. Ainda custo a acreditar que tenha sido assassinada. Tem certeza de que a tese de suicídio está descartada?

— Certamente que sim. Além do mais, temos a morte de Cícero.

— Mas quem é Cícero, e o que ele tem a ver com tudo isso?

— Era o porteiro. O senhor não o conhecia?

— Sei que havia vários porteiros no prédio, e cada um deles trabalhava num horário diferente. Eu apenas os conhecia de vista, jamais soube o nome deles. Mas por que a morte de Cícero estaria relacionada à de Esther?

Pinheiro explicou detalhadamente como as coisas tinham acontecido. Novamente o homem coçou seu nariz e ficou em silêncio.

—Vocês namoraram por quanto tempo?

— Creio que foi por uns três meses, talvez um pouco mais. Esther era uma mulher muito ocupada e estava sempre envolvida com os negócios; por conta disso visitava clientes, contratava empregados, constantemente comprava novos maquinários para a confecção e participava de exposições em diversas partes do Brasil. Sobrava pouco tempo para namorar. Costumávamos nos encontrar apenas duas ou três vezes por semana, mas, conversávamos diariamente pelo telefone.

— Alguma vez ela se mostrou preocupada, falou de alguém que quisesse prejudicar seus negócios?

— Que eu me lembre, não. Sei que havia muitos concorrentes, mas é difícil imaginar que algum deles a tenha matado. Custo a crer em tudo isso que está me dizendo, pois ainda acredito na hipótese de suicídio.

— Percebo que está obstinado com essa ideia. Há alguma coisa que ainda não tenha contado à polícia para acreditar tanto nesta hipótese?

O ex-namorado de Esther se levantou, foi até a janela do sobrado, mexeu na cortina, pôs as mãos para trás e depois voltou, permanecendo parado em frente do detetive. Novamente coçou o nariz e disse, com voz macia:

— Sabe, Sr. Pinheiro, achei que isso não tinha a menor importância, mas agora que me contou essas coisas, me sinto na obrigação de falar tudo que sei.

Fez uma pequena pausa e depois prosseguiu:

— No dia do crime, Esther me procurou. Tínhamos nos separado e ela não se conformava com aquela situação. Pela manhã já tinha ligado pedindo para que voltássemos, porém eu não queria mais, e ela não aceitava, continuava a insistir muito. Alguns dias antes, ela me telefonou repetidas vezes, falou que não podia viver sem mim e que estava disposta a tudo para reatarmos nosso relacionamento.

— Onde vocês se encontraram naquele dia? — indagou Serafim, participando da conversa pela primeira vez.

— Foi aqui em casa. Ela veio me procurar, estava muito nervosa, dizia que não poderia ficar sem a minha companhia, que estava desesperada, pois desde a morte do marido sentia-se muito só, e em mim encontrou o amor e o companheirismo de que necessitava. Estava transtornada e chorava muito. Procurei acalmá-la, lhe servi um chá de camomila, depois conversamos bastante, mas ela continuava muito nervosa, dizia repetidamente que não se conformava com a separação e que deveríamos nos casar.

— Afinal, por que vocês se separaram?

— Eu não vou negar, senhor Pinheiro, que conheci outra mulher. É Tereza Sofia, uma mulher muito refinada pela qual me apaixonei perdidamente. Desde então resolvi acabar tudo com Esther. Não poderia começar um novo relacionamento sem acabar o antigo.

— Chegou a contar a Esther sobre Tereza?

— No começo, não. Eu não queria magoá-la mais e disse que tinha dúvidas, que queria dar um tempo para repensar minha vida, mas ela jamais aceitou a separação e insistiu muito, até que lhe falei sobre Tereza Sofia.

— Sua nova namorada não é aquela *socialite* que preside uma entidade protetora dos animais? — indagou Serafim, interrompendo o rapaz.

— É ela mesma, somos noivos. Pretendemos nos casar no próximo mês, uma vez que meus sentimentos são retribuídos. Não há razão alguma para ficarmos solteiros se nos amamos muito.

— Quanto tempo Esther permaneceu em sua casa?

— Ficamos conversando por aproximadamente duas horas. Eu fiz de tudo para convencê-la de que nosso relacionamento tinha acabado, que uma volta não era mais possível, mas de nada adiantou, ela queria que eu me separasse de Tereza e eu me recusei. Eu lhe disse que estava disposto a ser um amigo, mas ela estava muito nervosa e irritada, falava a todo o momento que aquilo não iria ficar assim, que ela daria um jeito. Por essa razão, sempre acreditei que ela havia se suicidado, pois estava fora de si e seria capaz de fazer qualquer coisa.

— Quando ela foi embora ainda estava muito nervosa?

— Irritadíssima. Saiu gritando que eu era um safado, que tinha sido iludida e que tudo teria um fim, acho que a vizinhança ouviu tudo isso, porém o que eu poderia fazer? Amor a gente não escolhe, as coisas simplesmente acontecem e não há como evitar.

— Depois da morte de Esther, a polícia o procurou?

— Conversei com o delegado Tavares, ele perguntou sobre o meu relacionamento com Esther e eu lhe disse que tudo tinha acabado um mês antes do crime, que ela não se conformava com isso e insistia para que voltássemos.

— Porém, nada disse do último encontro? — interrompeu Pinheiro.

— Certamente que não, pois ele sequer me perguntou. Não havia necessidade, já que me afirmou que estava me procurando apenas por mera formalidade, pois acreditava que Esther tinha se suicidado.

— Depois disso teve mais algum contato com a família dela?

— Não. Mesmo quando estávamos namorando, eu nunca visitei seus pais; procurava manter certa distância, já que não sabia ao certo se nosso relacionamento iria durar. Depois, se a coisa ficasse mais séria, certamente eu me aproximaria deles. Porém, com o passar do tempo, tudo tomou um rumo diferente. O fato é que namoramos apenas por uns três meses, e Esther se apegou muito a mim. Não sei dizer se ela se apaixonou de verdade, mas creio que vim preencher uma lacuna deixada pela morte do seu marido, talvez por isso ela não aceitasse a separação.

Heitor Pinheiro se levantou, ajeitou a roupa e se dirigiu até a porta; os outros dois homens o acompanharam.

Antes de se despedir do ex-namorado de Esther, apertou-lhe a mão e perguntou:

— Em que o senhor trabalha?

O homem não conseguiu esconder a surpresa com a pergunta. Estava claro que já tinha falado tudo que sabia e até então as perguntas foram feitas sobre o relacionamento com Esther. Por que aquele homem alto, de olhar meigo, mas astuto, lhe perguntava aquilo?

Com certo embaraço, respondeu:

— Trabalho com carros, senhor Pinheiro. Eu vendo e compro carros usados, participo de leilões de veículos, conserto e recupero alguns deles e depois os coloco à venda. Este é o meu ganha-pão há muitos anos.

Já na rua, após o homem ter fechado a porta do sobrado, Pinheiro perguntou ao companheiro:

— Quem é essa Tereza Sofia?

—Você nunca ouviu falar dela? É a preferida dos colunistas sociais: toda semana suas fotos saem nos jornais.

— Meu caro Serafim, você sabe muito bem que tenho verdadeira aversão a esse tipo de vida e de reportagem. Detesto festas da alta sociedade.

— Todos a conhecem, até os mais pobres, pois ela é tida como benemérita e ajuda muitas pessoas, além de presidir uma entidade de proteção aos animais. É uma mulher muito rica, filha única e herdou do pai uma grande indústria de papel, além de vários outros bens. Como é solteira, não tem família, já que seus pais são falecidos, Tereza se dedica aos animais e preside um instituto que ajuda crianças pobres. Também gosta de aparecer em festas ao lado de artistas famosos.

— Que idade ela tem?

— Pelo que vejo nas fotos dos jornais, aparenta ter uns 45 anos, ou seja, a mesma idade de Esther.

— Isso é interessante, então o nosso amigo aí gosta de mulheres mais velhas. Você reparou no rosto dele? Não lhe pareceu familiar?

— Não notei nada de diferente, parece ser uma pessoa comum.

— Tenho certeza de que já vi aquele rosto antes. Talvez esteja um pouco diferente, porém posso lhe assegurar que já vi aquele homem em algum lugar, só não consigo me lembrar onde foi.

— Pinheiro, você está indo longe demais. Esta cidade tem mais de dez milhões de habitantes, e você cisma que já conhece um homem que estamos vendo pela primeira vez? Acho que todos estes fatos o deixaram abalado, e está começando a imaginar coisas.

— Talvez tenha razão, meu caro amigo. Posso estar enganado, porém algo me diz que conheço aquele homem de algum lugar, só preciso me lembrar de onde.

Serafim deu um sorriso, abraçou o amigo e o convidou para um lanche rápido, acompanhado de chope, num bar da Vila Madalena.

Quando voltaram ao apartamento da Praça Buenos Aires, os detetives foram recebidos por Doroti, que, bastante agitada, esfregava as mãos no avental. Mal abriram a porta, a empregada aproximou-se deles, como se fosse confidenciar um segredo. Disse baixinho no ouvido de Heitor Pinheiro:

— Aquele homem está aí.

Pinheiro olhou para Serafim e, sem entender nada, voltou-se novamente à empregada e indagou, num misto de surpresa e curiosidade:

— Mas que homem? Eu não estou esperando ninguém, ao menos não recebi nenhum aviso de que alguém viria ao meu apartamento.

— É aquele homem, alto, careca, de cavanhaque, que parece olhar para a gente como se estivéssemos escondendo alguma coisa. Ele me dá medo.

Como nenhum dos dois parecia saber de quem se tratava, a empregada prosseguiu:

— Aquele delegado amigo do senhor, que telefonou outro dia.

— Certamente é o delegado Tavares, estava esperando notícias a respeito de algumas perguntas que lhe fiz, mas jamais imaginei que viesse ao meu apartamento para trazê-las. Espero que tenha boas novidades, onde ele está?

— No escritório, senhor. Já faz algum tempo que está esperando.

Quando cumprimentou Tavares, Pinheiro percebeu que ele estava bastante ansioso; conhecia o delegado há muitos anos e sabia que, sempre que tinha alguma novidade ou esperava para fazer uma diligência importante não parava sentado; costumava andar de um lado para outro, gesticular e sorrir sem nenhuma razão. O detetive foi direto ao assunto:

— Muito bem, meu dedicado delegado, o que o traz aqui?

—Você me pediu que visse algumas coisas e lhe trouxe o resultado, achei que era melhor trazer em mãos tudo que consegui. Estou começando a ficar preocupado: cada caminho que sigo não dá em nada, as pistas parecem conduzir para uma estrada larga e segura, porém, quando chego bem perto e me convenço de que estou no caminho certo, algo dá errado e volto à estaca zero. A imprensa voltou a falar do caso, e o meu chefe — o Diretor do Departamento de Homicídios — está me pressionando muito, quer ver resultados concretos. Eu não entendi direito por que me pediu essas coisas, mas quem sabe vendo os documentos não consegue me colocar na pista certa?

— Muito bem, e o que você tem aí? — indagou Pinheiro, com bastante tranquilidade.

Tavares exibiu cópias de contas de telefone e extratos bancários.

—Trouxe o que me pediu e também andei investigando algumas coisas. Como você pode ver no extrato bancário, Esther sacou cinquenta mil reais da sua conta bancária. Perguntei ao gerente do banco e ele me disse que ela retirou essa quantia em dinheiro vivo. Não é curioso?

— Eu diria mais, é revelador — observou Pinheiro, bastante interessado nos documentos.

—Vocês também podem ver as últimas chamadas telefônicas feitas e recebidas por Esther. O que mais me interessou foram as ligações do dia da sua morte. Ela telefonou e recebeu ligações da sua confecção, de alguns clientes, de fornecedores e de algumas amigas; há também um número que ela ligou que ainda estamos investigando. Parece que é o telefone da atual noiva do seu ex-namorado, uma *socialite* chamada Tereza Sofia.Vocês já ouviram falar dela?

Os dois amigos trocaram olhares e um ligeiro sorriso.

— Hoje mesmo pela manhã ouvimos seu nome diversas vezes — respondeu Serafim. — É uma mulher refinada, muito rica, e sua indústria de papéis é uma das maiores do mundo.

— O que Esther queria com essa mulher? — indagou Tavares.

— Nunca se sabe, afinal o namorado a abandonou para ficar com esta grã-fina. Ao que parece, Esther não aceitou a separação.

Pinheiro contou a Tavares o encontro que tiveram naquela manhã com o ex-namorado de Esther. Tudo indicava que a judia não se conformava com o fato de ter sido trocada por uma milionária e estava disposta a fazer qualquer coisa para ter o namorado de volta.

— Talvez a vítima tenha procurado a rival para tentar dissuadi-la da ideia de manter o namoro. Quem sabe o que é capaz de fazer uma mulher desesperada? — argumentou Serafim.

— Você chegou a entrar em contato com Tereza? — indagou Pinheiro, bastante sério.

— Não tive tempo para isso, pela manhã trabalhei nos documentos que lhe entreguei e depois falei com Simon e ele me informou que Cristina está de volta. Preciso conversar com esta menina o quanto antes.

— Então não sabe se Esther chegou a encontrar Tereza? — tornou a perguntar Pinheiro.

— Não, mas isso faz alguma diferença?

— Veja bem, Tavares, uma mulher apaixonada telefona para a atual noiva do seu ex-namorado no dia da sua morte. Depois sai, ninguém sabe para onde foi, e no dia seguinte é encontrada morta em seu apartamento. Isto não é sugestivo?

—Você está querendo insinuar que a milionária é suspeita?

— Eu não estou fazendo afirmação alguma, apenas estou dizendo que isso precisa ser mais bem explicado. Por qual razão ela iria telefonar para uma rival depois de quase um mês da separação? Ela chegou a conhecer a mulher ou não? O que as duas tinham para se falar? Tudo isso não está claro, o melhor a fazer é visitar essa grã-fina e saber dela exatamente o que aconteceu naquele dia.

— Bem, Pinheiro, eu não posso fazer isso agora, talvez um outro dia. Eu combinei com Simon e Cristina que iria visitá-los no começo da tarde. A bem da verdade, estou atrasado, fiquei esperando-o mais tempo que havia imaginado.

— Desculpe tê-lo feito esperar tanto, delegado, mas não sabíamos que estava aqui. — argumentou Pinheiro. Se soubéssemos, teríamos ficado menos tempo no bar da Vila Madalena. Afinal, o que quer da moça?

— Quero saber tudo. O que fez, com quem estava naquele dia, por que foi procurar sua mãe, já que não tinham bom relacionamento. Ela me parece a principal suspeita, pois esteve no lugar do crime e tinha motivos para querer a morte de Esther. Tenho muitas coisas para perguntar a ela e ao namorado, se puder encontrá-lo.

—Apenas uma última pergunta: nessas ligações recebidas pela vítima no dia da morte, consta alguma feita pela filha?

— Não, Pinheiro. Checamos cada uma delas e Cristina não telefonou para a mãe naquele dia.

— Muito bem, Tavares, não iremos atrasá-lo mais, pode ir ao seu compromisso. E me conte se tiver alguma novidade.

— Eu também lhe peço que me mantenha informado, caso consiga alguma coisa com a grã-fina.

Após a saída de Tavares, Pinheiro voltou-se para Serafim e indagou:

— Não lhe parece que as coisas estão tomando o seu rumo, meu caro amigo?

— Não sei o que quer dizer; confesso que fiquei curioso com esse telefonema de Esther.

— Realmente, essa é mais uma das muitas coisas curiosas deste caso, mas quando eu lhe fiz a pergunta quis saber se você não acha que o caminho que leva à chave desse enigma em que se transformou a morte de Esther está se alargando. No começo havia um denso matagal coberto por uma neblina muito espessa, a tentativa de forjar um suicídio dificultou as coisas. Superada esta fase, afastado o mato, chegamos a uma trilha pequena, onde só passava uma pessoa; agora parece que estamos caminhando por uma estrada pavimentada; você não vê isso?

— Confesso que não consigo ter a mesma visão que você tem — respondeu Serafim, um pouco incomodado. — Porém, já que você gosta de usar metáforas, acho que nosso caminho está um pouco mais iluminado. Não chega a ser uma claridade que permite ver tudo, mas já não estamos no escuro. Há algumas luzes, fracas, é verdade, mas há luzes.

— Muito bem, meu prezado companheiro. Pouco importa se é luz ou pavimentação que está no nosso caminho, o que sei é que precisamos agir, e agir rapidamente, pois há riscos.

— O que você está querendo dizer?

— O que é evidente, meu caro amigo. Quem já matou duas pessoas pode matar outras mais, pois estamos lidando com alguém perigoso e sem escrúpulos, que não se importa em matar quem fica no seu caminho. Chega de conversa, pegue seu paletó e vamos voltar para a rua, quero conversar com essa grã-fina. Tavares me passou o endereço dela antes de sair. Não podemos ficar parados, a vida de alguém está em nossas mãos.

Era dia de ir ao supermercado, e Doroti foi ao escritório perguntar ao patrão se desejava mais alguma coisa de lá, mas quando chegou já não o encontrou mais. Com as mãos na cintura, como se tivesse alguém para ouvi-la, reclamou que nos últimos dias aquele apartamento estava muito movimentado.

A mansão do Jardim Europa era imensa e ocupava quase que todo o quarteirão. Na entrada, um enorme portão preto, de ferro fundido, dava acesso a um caminho ladeado de primaveras, ficus e hibiscos. Havia um jardim muito bem cuidado, cujo gramado extenso e bem verde assemelhava-se ao de um campo de golfe. Ao chegar à entrada principal da exuberante mansão, o caminho se bifurcava e, no centro, como se fosse uma pequena praça, havia um chafariz alto, com uma estátua de mármore no centro que segurava jarros nas mãos, de onde jorrava água em abundância. Tudo era muito bonito, de extremo bom gosto.

Quando os detetives chegaram próximos ao portão, imediatamente apareceu um segurança que indagou a razão da presença deles. Pinheiro caminhou mais um pouco e disse, quase sussurrando, algumas palavras que sequer foram ouvidas por Serafim. Depois de certa relutância, o segurança voltou à cabine localizada próxima à parte de dentro do portão e dali se comunicou com a residência pelo interfone. Passados alguns minutos voltou e disse que a entrada estava liberada.

Os dois detetives caminharam através da alameda formada por árvores e arbustos que ladeavam o caminho até a casa. Quando chegaram próximos da entrada, um homem que parecia ser o mordomo veio recebê-los. Ele estava vestido a caráter, tinha o rosto escovado e os cabelos com gel; seus modos demonstravam muita arrogância.

— A senhorita Tereza os espera na sala principal — disse, com a cabeça erguida, dando a impressão de que estava fazendo um grande favor aos detetives. — Por favor, queiram me acompanhar.

Em silêncio, foram atrás do homem, que caminhava com o corpo totalmente ereto. Pinheiro pensou nas lições de etiqueta que já tinha visto em alguns filmes. Lembrou-se principalmente de uma em que a pessoa precisa caminhar com um livro sobre a cabeça e não pode deixá-lo cair; aquele homem andava daquela forma, duro, sem movimentar o corpo, apenas as pernas. Olhou para Serafim e sorriu, o amigo pareceu não compreender o pensamento de Pinheiro e devolveu o olhar com uma espécie de censura.

Passaram o *hall* de entrada da casa e ingressaram numa sala enorme, ricamente decorada, com vários ambientes. Havia estátuas e muitos quadros, dentre eles, Pinheiro reconheceu logo um Portinari e, mais próximo dos estofados, um Kandinsky. Não sabia muito sobre a moradora da casa, porém a decoração, no estilo clássico, deixava ver que tinha extremo bom gosto e, certamente, muito dinheiro.

Quando se aproximaram, uma mulher magra, loira, cuja idade era difícil de definir, levantou-se. Usava um *tailleur* bem cortado e, além da roupa, tinha também modos elegantes. Pinheiro olhou novamente a sala e ficou imaginando como uma pessoa tão rica e refinada tivera contato com o ex-namorado de Esther. A casa simples da Vila Clementino visivelmente contrastava com aquele lugar de muito luxo. Eram mundos absolutamente diferentes; muito embora ambos vivessem na mesma cidade, era como se morassem em países distantes, em continentes distintos. A classe social de Tereza e os meios que ela frequentava não tinham nenhuma ligação com a vida simples do homem que haviam conhecido naquele mesmo dia. Estava curioso, porém sabia perfeitamente que aquela era a melhor oportunidade para esclarecer tudo.

Partiu de Tereza a iniciativa da conversa. Com voz suave, aproximou-se e disse:

— Queiram sentar-se, senhores. É uma satisfação recebê-los. Como devem imaginar, não costumo receber estranhos em minha casa, porém, quando o segurança disse que se tratava de Heitor Pinheiro que me visitaria, não tive dúvida em mandar entrar.

— A senhorita me conhece de algum lugar? — indagou o detetive, visivelmente surpreso.

— Certamente o senhor não se lembrará de mim, porém eu o vi atuando no júri e jamais me esquecerei disso. O senhor se recorda do caso da fábrica de relógios, onde um sócio mandou matar o outro?

Pinheiro acenou afirmativamente. Certamente se lembrava do assassinato do empresário. A imprensa deu muita repercussão ao caso e a briga em plenário tinha sido difícil, pois o assassino havia contratado um homem para que atirasse na vítima quando ela estava dirigindo seu automóvel, por isso se imaginava que tudo não teria passado de uma tentativa frustrada de assalto. Quando chegaram próximos de um semáforo, o bandido, que estava de moto, desferiu um tiro certeiro no infeliz, que morreu no local. Quanto a quem disparou a arma, portanto, a condenação foi fácil;

porém em relação ao mandante, foi muito difícil. A votação favorável de quatro jurados decidiu o destino do assassino; três votaram pela absolvição. Pinheiro pensou rapidamente em tudo isso, porém não conseguia ver que relação aquele júri poderia ter com a grã-fina.

— Creio que está imaginando como eu entro nessa história, não é Sr. Pinheiro? Pois bem, a filha do homem assassinado é minha melhor amiga. Somos quase irmãs, e sofri muito quando ela perdeu o pai. No júri, torci bastante pelo senhor; havia também um assistente de acusação que foi contratado pela minha amiga, porém sua atuação, Sr. Pinheiro, foi fantástica, e creio que o senhor conseguiu a condenação sozinho. Não sei o que seria da minha pobre amiga se o miserável que mandou matar o seu pai fosse absolvido. Desde então lhe sou muito grata. Contudo, estou muito curiosa, afinal, a que devo a honra da sua visita? E quem é este senhor que o acompanha?

Pinheiro agradeceu os elogios e apresentou Serafim. Disse que tinha se aposentado da promotoria, que agora era investigador particular e estava atuando no caso da morte de Esther.

Tereza o olhou firmemente nos olhos. Pinheiro observou, pelo seu jeito e seu olhar, que ela era uma mulher decidida, que sabia muito bem o que queria e como queria. Não vacilava em nenhum momento. Sua postura, sua voz, seu jeito de falar demonstravam claramente que era uma pessoa acostumada a tomar decisões e dar ordens.

— A senhorita atualmente tem um relacionamento amoroso com o ex-namorado de Esther, não é?

A face serena da mulher deu lugar a uma irritação muito grande, que, inesperadamente, desapareceu em poucos segundos. Em seguida, retomou o seu modo de soberana, de controladora da situação e afirmou:

— Sabe, Sr. Pinheiro. Marcelo eu somos mais do que simples namorados. Estamos noivos e pretendemos nos casar no próximo mês. Eu não sei o que o senhor veio fazer aqui, mas devo lhe dizer que nada e nem ninguém vai conseguir me afastar dele. Nós nos amamos muito e vamos nos unir ainda mais, em breve.

— Creio que a senhorita soube da morte de Esther há pouco mais de um mês? Ele não lhe falou?

— Sim, certamente me falou. Disse que teve um relacionamento com esta mulher, mas depois que me conheceu, acabou se apaixonando e a abandonou por minha causa. Mas ele também me falou que ela tinha se suicidado...

— Isso era o que todos pensaram no início — atalhou Pinheiro. Depois que começamos a investigar o caso, descobrimos que ela fora assassinada. Estamos tentando descobrir quem cometeu o crime.

— Não acreditam por acaso que tenha sido eu ou o meu namorado? — indagou bastante irônica. Que motivos teríamos para matá-la. Ela, sim, poderia desejar a minha morte, pois acreditava que eu tinha lhe roubado o namorado. Ou, então, teria motivos para matar Marcelo, pois era uma mulher abandonada pelo homem que amava. O senhor sabe muito bem o que é capaz de fazer uma mulher desprezada.

Pinheiro assentiu com um movimento de cabeça. De fato, sabia muito bem o que poderia fazer uma mulher ou um homem por causa de ciúmes. Quantos júris fizera em que o motivo tinha sido este? Pensou que naquele caso, em determinado tempo, houve um triângulo amoroso, e Esther poderia ter motivos para matá-la. Mas, será que Tereza não podia imaginar que ela também teria motivos para matar Esther, já que rivalizava com ela? Afinal, ambas estavam disputando o amor do mesmo homem.

— Veja bem, Tereza, não estamos acusando ninguém, nem esta é a nossa tarefa. Estamos investigando a morte de Esther e precisamos saber de todos os fatos ligados a ela, principalmente aos seus últimos dias de vida, por isso achamos que a senhorita poderia nos ajudar.

— Não vejo em que eu poderia ajudá-los, já que nada sei sobre a ex-namorada de Marcelo. Ele chegou a me falar dela, disse que Esther não se conformava com a separação e que desejava reatar o relacionamento. Quando morreu, ele ficou triste, me disse que se sentia culpado.

— Culpado de quê?

— Culpado porque pensava que ela havia se suicidado, pois ficou evidente que Esther não se conformava com a separação e por causa disso tinha se matado. Mas o que ele poderia fazer?

— Ele lhe contou que ela o procurou pouco antes de morrer?

— Certamente que sim, Sr. Pinheiro. Marcelo e eu não temos segredo um para o outro. Ele me disse que ela o procurou tentando reatar o relacionamento e ele foi um pouco duro com ela. Esther saiu de sua casa arrasada, mas não falou em suicídio.

— O que ela falou quando lhe telefonou naquele dia?

Tereza pareceu um pouco assustada com a pergunta, porém, em pouco tempo conseguiu restabelecer a sua pose de alteza. Respondeu sem nenhuma vacilação:

— Ela estava muito, mas muito nervosa e queria conversar comigo pessoalmente. Não se identificou, apenas disse que tinha sido abandonada pelo meu namorado e que precisava me contar quem realmente ele era, falou que estava me enganando, como havia enganado outras mulheres. Eu lhe disse que amava meu noivo e que pretendia me casar com ele, em seguida ela deu um grito histérico e desligou o telefone.

— Se ela não se identificou, como sabia que se tratava de Esther?

— Bem, ela apenas disse que teve um relacionamento com meu namorado. Eu não sabia de quem se tratava, mas imaginei que fosse Esther, se bem que no começo achei que fosse um engano.

— Por quê?

— Ela falou que eu estava namorando o Alcântara, e o meu namorado é conhecido por todos como Marcelo. De qualquer forma, não dei muita importância, fosse engano ou não, pouco me importava. Sabia que era uma mulher desprezada pelo homem que amava e eu não tinha nada a falar com ela. Contei a Marcelo sobre o telefonema e depois ele me disse que ela foi visitá-lo e implorar para que voltassem a namorar. A que ponto pode chegar uma mulher desprezada! Certamente perdeu todo seu orgulho, não acha, Sr. Pinheiro?

O detetive permaneceu em silêncio. Parecia muito pensativo. Tereza prosseguiu:

— Nada poderá me afastar de Marcelo, ele é o homem da minha vida, nos amamos muito e só queremos nos casar o quanto antes. Não vejo a hora de tê-lo comigo aqui, nesta casa.

— A senhorita não tem parentes? — indagou Serafim, participando pela primeira vez da conversa.

— Infelizmente não, quero dizer, não tenho parentes próximos. Tenho apenas alguns primos distantes; meus pais já faleceram há algum tempo e sou filha única. Vivo nesta casa enorme, cercada de empregados, administro uma grande indústria, porém me sinto só. Marcelo preencheu um vazio que havia dentro de mim, e é com ele que quero passar todos os dias da minha vida.

— Como o conheceu? — interveio Pinheiro.

— Conhecemo-nos em uma festa. Era o aniversário de uma amiga e ele estava lá. Não me lembro quem nos apresentou, só sei que me encantei com os seus modos desde o primeiro momento em que o vi. Em pouco tempo nos encontramos novamente e começamos a namorar; hoje, não sei viver sem Marcelo. Nós nos amamos, e a única coisa que desejamos é nos casar o mais rápido possível. Ninguém irá impedir a nossa felicidade.

Pinheiro levantou-se e agradeceu a atenção de Tereza. Pediu desculpas por tê-la incomodado e se preparou para sair.

Os detetives foram acompanhados pelo mordomo de andar ereto até o portão de entrada da mansão. Ele parecia mais cortês, porém não perdia o seu ar superior e nem a forma estranha de caminhar.

No caminho de volta à Praça Buenos Aires, Pinheiro indagou:

— O que achou da nossa visita?

— Bem, creio que ela está muito apaixonada pelo namorado e seria capaz de fazer qualquer coisa por ele. Parece que tudo está indo muito rápido: conheceram-se outro dia e já vão se casar!

— Eu não quis dizer isso, porém o que me disse parece ser verdade. Quando lhe fiz a pergunta, quis saber se ela ajudou na investigação.

— Quanto a isso eu não sei dizer, só posso lhe garantir que eles estão dispostos a ficar juntos a todo custo. Você acha que nossa visita ajudou em alguma coisa?

— Certamente que sim, meu caro amigo. Usando a sua linguagem, eu diria que serviu para iluminar melhor o nosso caminho, que está ficando cada vez mais largo e claro.

— Não consigo entender o que diz, Pinheiro, as coisas estão cada vez mais confusas; a toda hora surge um fato novo que não se liga a nenhum outro. Para mim, ao contrário, há vários caminhos e não vejo para onde eles podem nos levar, se é que levam a algum lugar.

— Meu querido, certamente eles levam, e eu posso lhe garantir que eles levam à pessoa que matou Esther. Você não acha?

Serafim abaixou a cabeça e não respondeu; sabia perfeitamente que de nada adiantaria falar. Conhecia o amigo há muitos anos, e, quando ele ficava assim, qualquer argumento que usasse seria mera perda de tempo.

XIV

Já era noite quando Heitor Pinheiro atendeu o telefone. Era Cristina que falava tão alto que o detetive teve de afastar o aparelho para não prejudicar o ouvido. Após algum tempo, a voz foi baixando até ficar na altura normal, porém, ainda se percebia que ela estava muito agitada, dizendo que precisava se encontrar com ele ainda naquela noite. O dia já tinha sido cheio, com visita ao ex-namorado de Esther, à sua noiva, e Pinheiro não se mostrava muito animado em ouvir o que a moça tinha para lhe falar. Porém, ela insistiu bastante, e o detetive marcou um encontro no apartamento da Praça Buenos Aires, na manhã do dia seguinte. Outra razão para desejar marcar a reunião para o dia seguinte é que Serafim já tinha ido para casa, e Pinheiro desejava que ele também acompanhasse a conversa, pois acreditava que a presença do amigo sempre facilitava as coisas; e, mesmo que não concordasse com nada do que ele falava, gostava de tê-lo ao seu lado, já que sabia como ninguém ouvir o que as pessoas tinham a dizer. Ele era muito discreto, raramente se intrometia nas conversas e, quando chegava a hora certa, fazia seus comentários. Pinheiro achava interessante ver que de um mesmo fato havia pontos de vista tão diferentes; isso ajudava a refletir, pois muitas vezes, mesmo sem querer, Serafim era capaz de fazer comentários que o levavam a enxergar coisas que tinham passado despercebidas. Nessas situações, o amigo não imaginava a verdadeira dimensão daquilo que estava dizendo, apenas observava algo e comentava com ele. Serafim bem sabia ver as coisas, porém, ao contrário de Pinheiro, não conseguia entender o real significado daquilo que via. Por esta razão, quando tinha de ouvir alguma testemunha, Pinheiro gostava de ter o amigo ao lado, para que depois de sua saída, ele o ajudasse, narrando exatamente o que tinha visto. A interpretação dos fatos, no entanto, cabia sempre ao promotor aposentado.

Antes de marcarem a reunião em seu apartamento, Pinheiro insistiu em saber o que Cristina tinha para lhe contar, porém ela se recusou, apenas disse que era muito importante e queria conversar com ele pessoalmente.

No dia seguinte, logo cedo, os dois amigos tomavam café da manhã e conversavam animadamente. Além dos quitutes costumeiros, Doroti havia feito uma canjica especial que seu patrão adorava comer no desjejum. Pinheiro gostava de acordar e degustar pães de queijo, frios, frutas, sucos e outras coisas que somente uma empregada dedicada e talentosa sabe preparar; seguia à risca o ditado de que devemos ter um café da manhã de rei, almoço de príncipe e jantar de mendigo. Para arrematar a comilança matinal, não dispensava o café expresso, com uma leve espuma por cima. Costuma afirmar que levantava disposto, com todas as baterias carregadas e, para completar de vez a animação que tomava conta de si logo que acordava, era preciso abastecer-se de bastante comida. Também preferia fazer qualquer coisa logo pela manhã, pois sempre dizia que somente neste período o seu cérebro estava funcionando com cem por cento de sua capacidade. À medida que o dia transcorria, perdia aos poucos o poder de raciocinar. Serafim, no entanto, acreditava que, mesmo com a redução do raciocínio, certamente ele conseguia pensar melhor do que qualquer pessoa que já tinha conhecido.

Pinheiro contou ao amigo que Cristina havia lhe telefonado e que haviam marcado um encontro naquela manhã.

— Ela não adiantou o assunto?

— Nada, não me disse nada, apenas falou que era urgente e que precisaria conversar comigo o quanto antes. Queria vir aqui ontem à noite.

— E você não aceitou?

— Certamente que não, eu gostaria de ouvi-la na sua companhia.

Serafim sentiu-se lisonjeado e sorriu. Terminou de tomar o último gole de café, limpou a boca com o guardanapo e disse:

— Você imagina o que pode ser?

— Não faço a menor ideia. Tanto ela pode confessar o crime, como também pode dizer o nome de quem matou a mãe. Ou, simplesmente, falar uma bobagem qualquer.

— Se ela estava tão ansiosa em conversar com você, certamente o que tem a dizer é muito importante.

— Creio que sim, meu dileto amigo. Mas observe que ela teve oportunidade de falar tudo o que sabia quando fomos visitá-la. Por que não falou?

— Ela pode ter descoberto alguma coisa nova — respondeu Serafim, um pouco inseguro. — Você não acha?

— É possível, mas creio que seja alguma coisa relacionada com os avós. Alguma coisa que ela não quis falar na frente deles.

— Só não entendo a urgência em falar com você; será que é tão importante assim?

— Seja lá o que for, ela acredita que é importante, caso contrário não estaria tão ansiosa assim.

— Será que ela corre algum risco?

— É possível, meu estimado amigo. Tudo é possível, não podemos nos esquecer de que estamos lidando com um assassino sanguinário e impiedoso. Ele não irá vacilar em fazer nova vítima, basta se sentir ameaçado.

O interfone tocou, era Cristina, que em poucos minutos subiu ao apartamento de Pinheiro. Estava desacompanhada, e seu olhar parecia um pouco vacilante.

O detetive levantou-se para recebê-la; e, tal como um pai, a acolheu em seus braços.

— Minha pobre menina, não tenha medo, estou aqui para protegê-la; fique tranquila que nada de mal irá lhe acontecer.

A moça recebeu bem as palavras de Pinheiro, recobrou a cor e, em pouco tempo, já estava mais à vontade. Foi levada ao escritório.

O modo paternal do detetive era cada vez mais envolvente.

— Muito bem, minha menina, o que a traz até aqui?

Cristina ajeitou-se na poltrona, encolheu as pernas e pôs as mãos sobre o colo. Depois, com o mesmo olhar que demonstrara na primeira visita dos detetives, afirmou:

— Há algo que eu precisava contar ao senhor. No começo não sabia se deveria ou não falar, porém, Fernando me convenceu de que devo dizer tudo, mesmo que isso não seja uma coisa muita boa para meus avós.

Houve uma pequena pausa. Pinheiro e Serafim trocaram olhares e depois se voltaram para a moça, que parecia bastante tranquila e espontânea.

— Sabe, Sr. Pinheiro, pode não parecer, mas sou muita grata aos meus avós. Foram eles que me acolheram quando saí da casa da minha mãe e sempre tiveram muita paciência comigo. Eu já fiz coisas terríveis: tirei diversos objetos de casa para vender ou trocar por drogas, fiquei dias desaparecida e estou certa de que nunca fui uma boa neta, mas preciso que o senhor tenha conhecimento de algumas coisas. Eu mesma não sei se isso tem alguma importância no caso, porém sinto que tenho de lhe contar tudo, depois quero que me dê sua opinião.

Pinheiro ergueu a mão, como se tivesse fazendo um juramento.

— Pacto feito — disse com voz solene. — Eu prometo que farei de tudo para ajudá-la. Seja lá o que for, parece que isso a angustia muito, não é?

— O senhor tem razão, eu já passei noites em claro pensando nisso tudo.

— Muito bem, e...

— Não vou tomar seu tempo, pois sei que o senhor é um homem ocupado, tentarei ser breve. O que eu tenho a dizer é que meu avô está falido, tem muitas dívidas e nosso apartamento está penhorado.

Espantado, Serafim arregalou os olhos; Pinheiro não demonstrou nenhum sinal de surpresa, apenas disse:

— De quanto é a dívida?

— Não sei precisar, só posso dizer que é alta. Antes meu avô tinha um negócio muito lucrativo, vendia tecidos e artigos para tapeçaria na Avenida Celso Garcia, mas já há alguns anos a coisa não anda bem. Ele fez empréstimos em bancos e em financeiras, pois pensava que a crise seria passageira; depois contraiu novas dívidas para pagar os empréstimos, e o negócio continuou caindo. Vendeu alguns imóveis que tinha, mas não conseguiu se livrar dos seus credores. A clientela já não procurava mais a loja, e, para honrar as dívidas, meu avô vendeu o prédio do seu comércio e o alugou do novo proprietário. Como sempre foi teimoso, continuou o negócio, pois ainda tinha esperança de que conseguiria reerguê-lo. Seu esforço de nada adiantou, e já faz alguns meses que teve de fechá-lo. Não conseguiu honrar o aluguel, pois preferiu pagar os salários e indenizações dos empregados. O apartamento onde moramos foi penhorado e, se não pagar a dívida no prazo de alguns dias, irá perdê-lo, pois ele vai a leilão. O que o senhor acha?

— Me diga uma coisa, Cristina. Você desconfia dos seus avós?

— O senhor se refere ao assassinato de minha mãe? Creio que não, eles não teriam coragem de matar a própria filha; além do mais, a herdeira sou eu.

— Mas você vai ajudá-los com o dinheiro que sua mãe deixou, não vai? — interrompeu Serafim.

— Certamente que sim, porém minha mãe não deixou tanta coisa assim; sua herança se resume ao apartamento, do qual uma parte já é minha, as joias, a confecção, algum dinheiro no banco e o carro.

— Posso lhe garantir, senhorita, que não há mais dinheiro algum em banco — afirmou Pinheiro.

— Como assim? Nós duas recebemos R$ 50 mil depois que meu pai morreu. Este dinheiro desapareceu?

— Pelo que pudemos apurar, ela sacou tudo que tinha na conta um mês antes do crime. Você não sabia disso?

A moça pareceu surpresa com a notícia.

— Confesso que estou sabendo disso agora, jamais poderia imaginar; devo dizer ao senhor que meu avô está tomando conta da confecção e que tudo vai muito bem. Minha mãe era uma boa administradora, investiu na modernização da sua fábrica e aumentou o número de empregados. Para meu avô, que já tem bastante experiência no comércio, tudo está sendo fácil, porém o lucro que ela dá não é suficiente para pagar a dívida da penhora do nosso apartamento.

— Se a senhorita não acredita que eles assassinaram a própria filha, por que a dívida deles a preocupa tanto?

Cristina abaixou a cabeça, parecia envergonhada do que iria dizer. Um pouco vacilante afirmou:

— O senhor disse outro dia que as joias da minha mãe tinham desaparecido e chegou a pensar que eu as tinha levado, não foi?

— Eu não afirmei isso — disse Pinheiro, com firmeza. — Só disse que as joias tinham sumido de dentro do cofre; foi seu avô quem me contou.

— Ele também tinha a combinação. O senhor acha que meu avô poderia vender as joias para pagar a dívida?

Pinheiro pôs a mão no queixo, esticando o indicador sobre a boca.

— Uma pessoa endividada é capaz de qualquer coisa, senhorita, mas você e seu namorado também tinham dívidas, não tinham?

— É verdade, Sr. Pinheiro. Ainda temos dívidas, mas, agora eles sabem que minha mãe morreu, que eu vou herdar alguma coisa, e aceitaram esperar mais tempo para receber o que lhes devemos. Certamente cobrarão juros altíssimos.

— A dívida é muito grande? — perguntou Serafim, voltando a participar do diálogo.

— O que eu posso lhes garantir é que não é tão alta como a dos meus avós; porém, para mim e para meu namorado, sempre nos pareceu se tratar de uma fortuna, já que ele ganha pouco e eu não trabalho.

— O que sua mãe tinha no banco daria para pagar?

— Certamente que sim, eu quitei as dívidas mais antigas quando lhes entreguei meu carro como pagamento.

— Cristina, você sempre fala em eles, deles etc. São muitas pessoas?

— É um grupo pequeno, mas quem não paga, morre. Meu namorado e eu nos amamos e queremos viver muito tempo.

— Mas vocês acabarão logo com o dinheiro que sua mãe deixou, caso persistam no vício. — observou Pinheiro.

— Eu sei muito bem disso, Sr. Pinheiro. Eu não estou nessa porque quero e várias vezes tentei largar, mas não consigo. O meu namorado também quer mudar de vida. Nós precisamos de ajuda.

— Tenho certeza disso, mas creio que primeiro vocês têm de se ajudar. Precisam ter consciência de que isso é uma doença que tem de ser tratada.

Cristina se levantou e estendeu a mão para Heitor Pinheiro:

— Fico feliz que pense assim, quando chegar o momento certo, o senhor será o primeiro a ser avisado. Por ora, acho que já fiz o que deveria fazer.

— Como queira a senhorita, mas, antes que se vá, preciso fazer uma última pergunta. No dia da morte de sua mãe, você disse que não a encontrou lá depois que voltou para casa, telefonou para ela ou não?

— Sim, eu liguei, mas ninguém atendeu.

Após a saída da moça, os dois amigos permaneceram no escritório. A visita de Cristina tinha trazido uma novidade que Heitor Pinheiro desconhecia; ao que tudo indicava, a moça ficou muito nervosa porque seus avós estavam endividados e deu sinais claros de que a sua preocupação ia além disso. Possivelmente imaginava que eles poderiam ter cometido algum crime para sair da situação. Logicamente, como neta, não aceitava a hipótese de serem eles os assassinos, porém acreditava que eles eram os responsáveis pelo sumiço das joias.

—Você não acha que Cristina queria nos convencer de que seus avós furtaram as joias? — ponderou Serafim.

O detetive estava em silêncio, mais uma vez imerso em seus pensamentos. Serafim teve de repetir a pergunta para que ele despertasse de suas reflexões.

— Certamente ela veio aqui para nos contar isso, porém não sei ao certo se a intenção era exatamente esta.

— Creio que ela esteve no dia da morte da mãe no apartamento e dali retirou as joias. Lembre-se de que ela estava muito endividada. Essa história de que os traficantes se acalmaram e deram mais um tempo para cobrar a dívida me parece fantasiosa, pois bandidos deste tipo não costumam esperar. Não é sintomático que ela tenha vindo nos procurar logo depois que o delegado Tavares esteve na sua casa? É, meu caro, o cerco contra ela e o namorado está se fechando, e a saída que encontrou foi acusar os avós. Para mim, tudo é muito claro, estou voltando a acreditar na culpa dos dois. O que você acha?

Novamente Pinheiro não respondeu, e Serafim percebeu que estava falando para as paredes. O amigo parecia imerso num transe profundo; podia falar o que fosse que jamais seria ouvido. Depois de alguns minutos, disse:

— O que você falava mesmo? Então acha que Cristina é a culpada, não é?

Um pouco sem jeito, Serafim confirmou. Pinheiro não continuou a conversa, apenas resmungou algo incompreensível; permaneceu sentado, contemplando a janela que dava para a Praça Buenos Aires. Dali se podia enxergar parte da árvore grandiosa que deixara Pinheiro tão meditativo. O silêncio prosseguiu, o rosto do detetive mudava de feições, mas era impossível a um estranho adivinhar seus pensamentos; ele só movimentava os olhos e, às vezes, a boca; porém permanecia imóvel. Quem o visse daquela forma, largado na poltrona, sem se mexer, poderia imaginar que estava depressivo, sem vontade de prosseguir nas investigações, dadas as dificuldades encontradas. Contudo, quem conhecia bem Pinheiro, como Serafim conhecia, sabia que ele estava enterrado em seus pensamentos, tentando ligar fios desconectados da história. Era como se estivesse montando mentalmente um gigantesco quebra-cabeça.

Depois de mais de vinte minutos de silêncio, o interfone tocou. Doroti abriu a porta do escritório e, antes que falasse qualquer coisa, Pinheiro se adiantou:

— Já sei, Doroti, Tavares está aí para falar comigo, não é?

— Ave Maria, homem! — respondeu a empregada, um tanto surpresa. — O senhor até parece que adivinha as coisas, é ele mesmo. Mando subir?

— Certamente que sim. O que está esperando?

Quando Doroti deixou o escritório, Serafim riu e perguntou:

— Qual é a mágica desta vez? Estava aí pensando profundamente e chegou à conclusão de que Tavares iria procurá-lo?

— Errado, eu estava pensando em outras coisas. A resposta é bem simples, eu soube que era o delegado pela cara da Doroti; ela não falou que tem pavor dele? O interfone toca, ela vem me avisar, com uma cara de espanto, muito assustada. A que conclusão posso chegar? É óbvio, meu caro amigo, que é Tavares que está aí. Dá para pensar em outra coisa?

— É, falando assim, parece ser muito simples, mas confesso que não pensei nisso antes.

— E agora, meu dileto amigo, vamos ver o que o nosso delegado tem para nos contar.

Tavares entrou agitado na sala. Sem muita cerimônia, sentou-se numa poltrona do escritório, bem defronte a mesa de Pinheiro.

— Pelo que vejo, parece que você tem novidades, não é, Tavares? — adiantou-se Pinheiro.

— Não são bem novidades, acredito que já tenham ouvido o que Cristina me falou e não vou repetir.

— Não será necessário, aliás, ela saiu há pouco daqui.

Tavares ficou surpreso.

— E o que ela veio fazer no seu apartamento? Algum pedido de socorro?

— Ela veio nos contar que seu avô está falido. O que acha disso?

— Eu não tinha conhecimento desse fato; quando visitei o apartamento deles, ninguém falou nada. Mas por que ela veio contar isso para você?

— Não estou bem certo da razão, porém ela queria que soubéssemos que os avós estão falidos e que o apartamento vai a leilão.

— Isso só vem corroborar a minha tese. Depois da conversa que tive com ela, minhas suspeitas aumentaram muito. Cristina e o namorado tinham motivos para matar Esther e, além do mais, ela esteve no local dos fatos pouco antes da morte da mãe. Acho que se sente acuada e veio até aqui só para despistar; quer jogar as suspeitas sobre os avós. Isso é falta de caráter.

— Ou desespero — atalhou Serafim. — Para mim foi ela e o namorado que fizeram tudo. Cheguei a ter dúvidas, mas a atitude dela hoje acabou por confirmar minhas suspeitas.

— Eu também penso assim — acrescentou Tavares. — Ah, entrei em contato com a família de Cícero e descobri que ele realmente nasceu no dia 15 de agosto, conforme consta em seus documentos.

— Até aí nenhuma novidade.

— Por falar nisso, você há de se lembrar que ainda ontem conversamos e você ficou de me contar as novidades. Soube de mais alguma coisa?

Pinheiro contou em detalhes tudo que tinha acontecido no dia anterior, principalmente a visita à casa da milionária.

— Eu conversei com o namorado dela, mas não tive oportunidade de conhecer esta grã-fina — arguiu Tavares. — O que lhe pareceu?

— Bem, certamente ela é uma mulher que sabe muito bem o que quer. Tem opinião e não é fácil demovê-la de suas ideias.

— Ela contou o que Esther lhe falou ao telefone?

— Disse que inicialmente pensou que tinha sido um engano, pois o nome do namorado era diferente, porém não deu importância ao telefonema.

Tavares tirou um maço de cigarros do bolso e já ia colocando um deles na boca, quando olhou para Pinheiro, que lhe dirigiu olhar de censura. Imediatamente guardou o cigarro.

— Desculpe, Pinheiro, eu já havia me esquecido de que você detesta fumaça de cigarro. É que estou um pouco apreensivo e precisava relaxar de alguma forma.

— O que está acontecendo?

— É a minha chefia. O diretor do departamento está me pressionando, ameaça colocar outro delegado no meu lugar e isso seria humilhante para mim. Eu preciso solucionar este caso da Esther o mais rápido possível. A situação estava tranquila quando todos pensaram que ela havia se suicidado; depois que você entrou no caso, tudo mudou. A imprensa se interessou pela história do assassinato e todos estão exigindo uma solução. Se não colocar o culpado atrás das grades o mais rápido possível, minha carreira estará arruinada.

— Mas você nem sabe o que aconteceu naquele dia, como pode achar um culpado?

— Não desejo fazer injustiça; só quero chegar ao criminoso o quanto antes, e a minha principal suspeita é a própria filha da vítima. Quem mais desejaria sua morte? Quem seria beneficiado?

— Eu não tenho tanta certeza disso. A própria milionária poderia ser considerada suspeita, pois ela está apaixonada pelo ex-namorado de Esther e já marcou a data do casamento. Qualquer ameaça à sua felicidade poderia ser motivo para se tornar uma assassina.

— Ela chegaria a este ponto?

— Qualquer pessoa pode chegar, já que o homicídio é um crime comum. Um homem ou uma mulher, por mais corretos que sejam, podem cometer um assassinato, pois creio que depende muito da formação, do temperamento e das suas reações. Quem me garante que Tereza não se sentiu ameaçada com a volta da ex-namorada do noivo ?

— Mas ela falou que nem deu importância ao telefonema.

— Tavares, você nem parece um delegado. Como pode ter certeza de que foi este o teor da conversa? Quem pode me assegurar que nada aconteceu? Não, meu caro, não podemos nos fiar somente nas palavras de uma pessoa.

Tavares, contrariado, ajeitou-se na poltrona.

— Você pode ter razão em tudo que diz, Pinheiro, mas eu preciso agir e não posso ficar parado enquanto a minha cabeça corre risco. Hoje mesmo pretendo fazer o pedido de prisão temporária de Cristina e do namorado. Acho que, se eles forem presos, acabarão confessando.

Pinheiro esfregou as mãos, ameaçou falar alguma coisa, porém retraiu-se, depois de algum tempo disse com firmeza:

— Muito bem, se pensa assim, vai ser difícil demovê-lo da ideia, mas eu gostaria que esperasse um pouco, pois preciso confirmar certas coisas; depois você poderá agir como quiser.

— Eu não tenho tempo — disse Tavares, dando sinais de desespero.

— Creio que poderá aguardar um pouco mais, em nome da nossa velha amizade.

— Pinheiro, você sabe muito bem quanto eu o admiro. Quando você era promotor, eu tinha certeza de que um caso investigado por mim que fosse parar em suas mãos era condenação na certa. Conheço o seu trabalho e a sua capacidade, também acho que agora você está se saindo muito bem na sua nova função, mas eu tenho pressa e estou ficando desesperado. Em nome da nossa velha amizade eu lhe darei um prazo de vinte e quatro horas, depois disso farei o que acho que devo fazer.

Pinheiro sorriu satisfeito.

— Eu creio que este tempo é suficiente. Preciso apenas de mais uma última prova para colocar quem matou Esther atrás das grades.

Tavares olhou incrédulo para Pinheiro.

— Então já sabe quem é o assassino?

— Sei muito bem quem foi que cometeu o crime e quero fazer justiça, mas, para colocar esta pessoa atrás das grades é preciso uma prova que não deixe dúvidas; é a última coisa que me falta. Aceito o seu desafio e neste período farei tudo que estiver ao meu alcance para encontrar esta prova. Se falhar, poderá fazer o que bem quiser.

Tavares se despediu e foi embora, muito nervoso.

Pinheiro permaneceu sentado em sua poltrona preferida. Estava meditativo.

Serafim não se conteve:

— É sério isso que disse?

— O que foi que eu disse?

— Ora — voltou-se Serafim, um pouco irritado. — Essa história de que sabe quem é o assassino. Isto é verdade?

— Se eu falei isso, é porque sei quem foi. Não sou de fazer acusações ou afirmações levianas. Já me viu fazer alguma no júri?

De fato, pensou Serafim, Pinheiro sempre foi muito sereno e seguro, jamais agiu precipitadamente e nunca o vira fazer uma afirmação sem que tivesse certeza do que estava dizendo. Ainda assim, quis se certificar de tudo aquilo.

— Mas tem certeza disso?

— Se não tivesse eu não diria.

Continuou sentado na poltrona, impassível. Parecia mergulhado profundamente em seus pensamentos, não estava disposto a conversar. Mais uma vez Serafim insistiu:

— Não é mera desconfiança, alguma pista que acha provável?

— Eu já disse e vou repetir pela última vez: sei exatamente quem matou Esther e qual foi o motivo.

— Mas, então, homem, porque não disse tudo isso ao Tavares. Precisamos prender esta pessoa.

— Ainda não é a hora, meu caro. Eu fui promotor de júri por muitos anos, por causa disso enxergo a coisa lá na frente e sei que pelas provas que temos até agora, será muito difícil conseguir uma condenação. Eu lhe digo que é necessário muito mais. Preciso de algo que ainda não consegui descobrir, mas tenho certeza de que mostrará a todos quem realmente matou Esther e Cícero.

— Os dois crimes estão ligados?

— Certamente que sim, meu prezado amigo. Isso me pareceu claro desde o primeiro momento. Você não acha?

— Creio no que está dizendo, mas eu ainda tenho muitas dúvidas. Quando falei de Cristina, apenas tinha alguma desconfiança, jamais poderia afirmar categoricamente que ela é a assassina. Acho que é a principal suspeita, contudo, não posso dizer que ela é realmente a culpada. Como você pode ter certeza do que diz?

— Eu posso lhe garantir que sei como tudo aconteceu, em todos os seus pormenores. Você ainda não conseguiu descobrir?

Serafim dava sinais de impaciência e ao mesmo tempo de irritação. Não podia ficar tranquilo quando o amigo falava daquela forma, como se tudo fosse muito evidente. Para ele havia muitas dúvidas, e várias perguntas ficavam sem resposta.

— Você não vai me dizer quem foi?

— Ainda não é o momento; como eu lhe disse, preciso descobrir o último elo disso tudo. Se não conseguir, pode considerar que todo nosso trabalho, toda nossa investigação será considerada um fracasso. De que adianta descobrir quem cometeu o crime se eu não tenho uma prova segura contra esta pessoa?

— Ao menos me dê uma pista — implorou Serafim, que já estava no seu limite de irritação.

— Meu dileto amigo, isso aqui não é um jogo de adivinhações onde são fornecidas pistas. Você já teve as informações de que precisava, pois me acompanhou em todas as investigações, conhece o caso tão bem quanto eu, portanto, ponha o cérebro para trabalhar e saberá o mesmo que sei. Não sou eu que vou lhe dar a resposta ou qualquer pista. Primeiro preciso ter em mãos esta prova de que lhe falei; depois, caso não consiga colocar suas células cinzentas para trabalhar, eu lhe direi o nome de quem matou Esther.

Serafim, irritado, fez menção de ir embora, porém Pinheiro com um gesto de mão mostrou que não desejava que ele saísse e os dois permaneceram sentados, em silêncio, por mais de meia hora.

Passado esse tempo, os ânimos mudaram e desta feita era Pinheiro que se mostrava muito irritado. Andava de um lado para outro, irrequieto, parecia ter se esquecido de que o amigo estava sentado ao lado. Apenas resmungava:

— Ela tem de aparecer, deve estar em algum lugar. Esta é a questão: onde está?

A irritação de Serafim havia desaparecido por completo, agora estava com pena do amigo. Percebia que ele procurava algo e que provavelmente nem sabia o que era. Ainda estava no escuro, tateando para poder caminhar, e não queria que os outros percebessem sua fraqueza; resolveu que iria ficar ali sentado, quieto. Gostava muito de Pinheiro e não iria abandoná-lo naquele momento difícil; sabia que sua simples presença já era uma espécie de consolo para o amigo. A irritação que o acometera alguns minutos atrás havia se transformado em preocupação e piedade.

Por algum tempo, Pinheiro permaneceu parado defronte a janela, olhava ansioso para a Praça Buenos Aires e ficava mais nervoso. Justo ele, que tanto gostava daquele lugar! O que o irritava tanto cada vez que olhava para ela? Serafim o observava atentamente; contudo, não conseguia imaginar o que poderia ser.

Pinheiro voltou a andar de um lado para outro, dentro do escritório.

Serafim quis ajudar:

— Aceita um café, ou quem sabe um chá? Creio que um chá seria melhor para acalmá-lo.

— Não Serafim, tudo de que preciso é de uma chave, da chave final deste enigma: a decodificação daquilo que disse Cícero.

Serafim resolveu se calar. Cada vez entendia menos o que o amigo dizia e começava a desconfiar que, de tanto se preocupar com o caso, ele estava ficando maluco.

Depois de circular várias vezes a mesa do escritório, Pinheiro parou defronte a uma estante e permaneceu calado por alguns minutos. Em seguida, voltou-se para Serafim e disse:

— Está faltando um volume da minha coleção do Machado de Assis. Você sabe bem, Serafim, que eu tenho duas coleções de suas obras: uma com trinta e um volumes e outra, em apenas três volumes de papel bíblia. Na coleção maior está faltando o volume XI. Veja aqui: do volume X passa para o XII. Como isso é possível? Eu sempre cuidei bem dos meus livros, jamais deixaria que um deles desaparecesse, ainda mais quando se trata do meu autor preferido.

Serafim se levantou, pois sentiu que precisava ajudar o amigo. Pinheiro estava mais nervoso do que nunca e dava sinais de que iria ficar histérico. Implicar com o desaparecimento de um livro deixava evidente que seus nervos estavam abalados.

— Veja bem, Pinheiro — argumentou calmamente Serafim —, o livro não desapareceu, apenas está fora da ordem. O volume XI está junto com o XXXI. Percebe? Alguém o colocou fora da ordem, pois não está no lugar onde deveria estar. Tudo é muito simples, isto o deixa mais calmo, meu amigo?

Pinheiro ficou estático. Seus olhos se arregalaram, parecia que nem estava respirando, mais se assemelhava a um cataléptico. Serafim pensou que ele estava prestes a ter um ataque do coração, tal foi a expressão de choque que seu rosto demonstrou. Depois, começou a tremer; um tremor que durou alguns minutos e o fez mexer a cabeça, como se ela estivesse sendo chacoalhada. Serafim já se preparava para sair à procura de ajuda quando Pinheiro, de súbito, deu um salto, o abraçou, o beijou repetidas vezes e disse:

— Finalmente estou vendo a árvore, a árvore de quarenta metros.

— Que árvore? — indagou Serafim, muito preocupado.

— A árvore da praça.

— Ela está na praça? Que praça?

— Não, meu amigo, ela está aqui do meu lado, ou melhor, aqui na minha cabeça — disse apontando com o indicador.

— Também estou vendo a estátua.

— Mas que estátua, homem, aqui não tem estátua nenhuma.

— Tem sim, está bem aqui. É do Duque de Caxias, ela é gigantesca, tem dezenas de metros e está aqui na minha cabeça também. Tudo está aqui, e é muito claro. Como fui burro! Como me comportei como um idiota esse tempo todo! Obrigado, meu amigo, obrigado. — Arrematou Pinheiro enquanto pulava e abraçava Serafim, que tentava se desvencilhar dele.

Saltando tal qual uma criança, Pinheiro saiu rapidamente do apartamento e desapareceu.

Serafim ficou sem ação. Não conseguia agir, sabia apenas que o amigo precisava de ajuda, mas a surpresa com sua reação fora tão inesperada que tinha ficado sem saber o que fazer.

Nesse momento, Doroti apareceu no escritório.

— O patrão ficou louco? Saiu do apartamento correndo e gritando feito um maluco, só falava em árvore e estátua. O que aconteceu?

Por alguns instantes, Serafim olhou firme nos olhos da empregada que estava tão assustada quanto ele. Não respondeu sua pergunta, apenas ficou cabisbaixo; estava triste e confuso como nunca estivera. Afinal, seria aquele o fim do amigo tão estimado? A investigação sobre a morte de Esther tinha mexido tanto com os nervos de Pinheiro que ele acabara ficando louco? Não sabia o que pensar e muito menos o que fazer. Os dois permaneceram algum tempo em silêncio, como se estivessem prestando a última homenagem a uma pessoa muito querida.

XV

As horas do dia se arrastavam. Já era início da noite e Pinheiro ainda não havia voltado. Doroti e Serafim ainda estavam no seu apartamento, aguardando que ele chegasse a qualquer momento, porém as horas iam se passando e não recebiam nenhuma notícia do detetive. Depois do impacto inicial causado pelas estranhas palavras do investigador e de sua demora, os dois traçaram planos do que iriam fazer se ele não voltasse logo. Primeiramente teriam de entrar em contato com a polícia e, neste caso, o melhor seria avisar o delegado Tavares, que já era velho conhecido de todos. Doroti, inicialmente, não gostou da ideia, já que tinha aversão ao policial. Porém, depois de certa resistência, concordou com Serafim.

Tavares não estranhou o chamado e disse apenas que deveriam esperar por vinte e quatro horas para tomar qualquer providência. Curiosamente, este era o mesmo prazo que ele tinha dado para que Pinheiro achasse uma solução para o assassinato de Esther. Se, ao cabo daquele tempo, não tivesse notícia de seu paradeiro, iria ajudá-los na busca e também cumpriria o mandado de prisão contra Cristina.

Telefonaram para todos os lugares que Pinheiro costumava frequentar, mas, ninguém tinha notícias dele; ligaram para o seu celular, mas ele estava desligado. O homem havia desaparecido do seu apartamento falando coisas desconexas e ninguém o tinha visto em lugar algum. O que poderiam pensar? Certamente havia saído da cidade ou tinha ido a algum lugar diferente, onde jamais seria encontrado.

Angustiados e se sentindo impotentes, a empregada e o melhor amigo de Pinheiro acharam que o melhor a fazer era esperar, pois ainda tinham a esperança de que ele voltasse de repente, agindo como sempre costumava agir, e não daquela forma que havia saído, dizendo coisas descabidas. Nenhum dos dois quis voltar para casa sem notícias e preferiram permanecer no apartamento. Achavam que Pinheiro precisava de ajuda e, caso voltasse, gostariam de estar próximos para recebê-lo e dizer que estavam ao seu lado.

Conforme as horas passavam, a angústia aumentava. Doroti não se cansava de dizer que São Paulo é uma cidade perigosa, principalmente para as pessoas que estão mentalmente perturbadas, que é muito fácil enganar um maluco, tomar suas roupas e seu dinheiro. Torcia fervorosamente para que o patrão voltasse logo. Serafim estava igualmente angustiado, não sabia como seria sua vida sem a companhia do amigo.

Quando já se aproximava da meia-noite, a porta se abriu. Pinheiro entrou rapidamente, sem dizer uma única palavra. Não pareceu surpreso em ver Serafim e Doroti àquela hora em seu apartamento, foi ao banheiro e, passados alguns segundos, se ouviu o barulho de um chuveiro ligado. Pouco depois saiu de pijamas; a passos céleres, foi ao seu quarto e apagou a luz.

No dia seguinte, Pinheiro acordou como se nada tivesse acontecido. Nem Serafim e muito menos Doroti tiveram coragem de arredar pé do apartamento, pois sabiam que alguma coisa estava acontecendo e que o detetive precisava da atenção e do carinho das pessoas mais próximas.

Logo cedo, ele se mostrou animado e comeu de tudo no desjejum. Muito tagarela, falava sem parar de uma peça que estava sendo apresentada próxima dali, no teatro do Shopping Higienópolis. Dizia repetidas vezes que os atores e o texto tinham sido elogiados pelos críticos e convidou Serafim para assisti-la ainda naquela noite. Não disse, porém, uma única palavra sobre o que tinha feito no dia anterior. Serafim, ainda temeroso quanto à sanidade mental do amigo, também não quis fazer nenhum comentário, apenas aceitou o convite. Não importava o que tivesse acontecido na véspera, o melhor era esquecer tudo e levar a vida normalmente.

Depois do café da manhã, Pinheiro se dirigiu ao escritório e ficou lendo jornais. Serafim fez jus ao nome de anjo e passou o tempo todo ao lado do amigo, pronto para servi-lo; procurava, sem sucesso, prestar atenção ao livro de crônicas que lia. De tempos em tempos, erguia os olhos e olhava disfarçadamente para o rosto do amigo, que estava atento ao noticiário e não dava nenhum sinal de estar passando por uma crise nervosa. Após meia hora, Pinheiro colocou o jornal de lado e voltou-se para Serafim.

— O livro de crônicas não está interessante?

— Hum... Está sim. Por quê?

— Toda hora você levanta os olhos e me olha como se eu fosse um extraterrestre. Algum problema?

Serafim não quis responder. Concluiu que aquele era o momento de se calar, pois qualquer palavra que dissesse só iria piorar a situação. Pinheiro não insistiu, tornou a pegar o jornal e, quando ia recomeçar sua leitura, o telefone tocou. Era Tavares.

— Quer dizer que você conseguiu o mandado de prisão contra Cristina e seu namorado? Vai cumpri-lo ainda hoje? Sim, eu sei que o prazo que me deu já se esgotou, porém eu gostaria que viesse até o meu apartamento daqui a uma hora. Pode ser?

— Sim, eu faço questão de que seja neste horário.

— Não, depois não será mais possível. Por favor, Tavares, em nome da nossa antiga amizade, mais uma vez eu lhe faço um pedido. É importante que venha e que traga ao menos dois investigadores com você.

— Para quê? Bem, depois eu explico. Por enquanto, preciso apenas que me faça esta gentileza.

— Obrigado, meu bom amigo. Sabia que aceitaria o meu convite, mas não se esqueça de chegar exatamente daqui a uma hora.

Serafim largou o livro de crônicas que tentava ler e voltou-se para Pinheiro.

— Por que chamou Tavares? Tem alguma novidade? Por que ele precisa vir com dois investigadores? Você vai acompanhá-los no cumprimento do mandado de prisão contra Cristina?

— Quanta pergunta, meu estimado amigo! Você hoje acordou com uma curiosidade impressionante, não vou responder nada, se quiser saber de alguma coisa vai ter de esperar. A paciência é um dom divino, sabia?

Serafim apertou o braço da poltrona em que estava sentado, demonstrando sua insatisfação. Pinheiro sabia ser irritante quando queria, porém, como a preocupação em relação aos fatos acontecidos na véspera ainda era grande, preferiu se calar. Protestou em silêncio.

Pouco antes de o telefonema recebido completar uma hora, o interfone tocou e Doroti atendeu. Foi até o escritório avisar Pinheiro.

— Patrão, está aí de novo aquele homem esquisito, que me faz arrepiar de medo. Eu já mandei subir. Se precisar de alguma coisa, estarei na cozinha.

Pinheiro levantou-se e cochichou alguma coisa no ouvido da empregada, que saiu rindo.

— Ah, este patrãozinho! — disse em voz alta, como se estivesse conversando consigo mesma. — Cada uma que me inventa. Agora vem com esta história de pipoca. Só pode estar maluco.

Pouco tempo depois, Tavares entrou no escritório acompanhado de dois investigadores de polícia. Ambos eram altos e fortes. Pinheiro levantou-se para recebê-los.

— Que bom que chegaram no horário marcado, isso é muito importante, e podem ter certeza de que não vão se arrepender.

Todos se sentaram ao redor de uma mesa de reunião no escritório de Pinheiro. Tavares não conseguia esconder sua ansiedade.

— Espero que saiba o que está fazendo, Pinheiro. Estou com o mandado de prisão de Cristina aqui — disse, erguendo a mão e mostrando um envelope pardo com o brasão da polícia. Saindo daqui irei cumpri-lo com meus investigadores; é uma ordem judicial e deve ser obedecida.

Pinheiro não respondeu, ficou sentado em sua poltrona, em silêncio. Os minutos se passavam e todos estavam quietos; havia uma atmosfera de suspense e ninguém, exceto Pinheiro, sabia o que estava por acontecer; os demais desconheciam a razão da reunião convocada por ele.

Pouco tempo depois o interfone voltou a tocar, Doroti atendeu e parecia saber exatamente o que fazer, pois em seguida ingressaram na sala o casal de judeus e a neta, que aparentava estar apreensiva e ao mesmo tempo dava sinais de se sentir incomodada com aquela situação.

Tavares olhou para Pinheiro como se quisesse indagar a razão de tudo aquilo. O detetive respondeu com muita tranquilidade:

— Conheço bem você, Tavares, e posso apostar que deseja saber o que Cristina e seus avós estão fazendo aqui. Continue curioso, meu empenhado amigo, pois tudo será esclarecido em breve. Só peço que Simon e sua família sentem-se nestas cadeiras, ao lado do meu companheiro Serafim. É melhor todos aguardarem um pouco, já que temos outros convidados.

Houve alguns ruídos em sinal de protesto e todos que estavam ali se entreolharam. Pinheiro estava misterioso demais.

Depois de mais alguns minutos, simultaneamente, apareceram na sala a ricaça Tereza Sofia e o namorado de Cristina. Simon e a esposa olharam para o rapaz com ar de reprovação, contudo ninguém falou absolutamente nada. Sentaram-se em lugares opostos na mesa, de forma que Fernando ficou ao lado de sua namorada, para insatisfação dos judeus.

O interfone voltou a tocar, desta vez foi Pinheiro quem se levantou e foi atendê-lo. Mandou a pessoa que estava no *hall* do prédio subir; a campainha do apartamento tocou. Pinheiro pediu que todos permanecessem no escritório.

O suspense aumentou: ninguém sabia ao certo quem estava ali. Inicialmente o delegado Tavares imaginou que pudesse se tratar de um desconhecido, e que Pinheiro o havia chamado para dar explicações sobre o caso; mas isso era desnecessário, pois já tinha suas convicções e estava com o mandado de prisão de Cristina em suas mãos: iria cumpri-lo de qualquer forma. Como ela havia se apresentado espontaneamente no apartamento de Pinheiro, apenas teria seu trabalho facilitado.

No entanto, para surpresa de todos, quem entrou no escritório foi o ex-namorado de Esther e atual noivo da grã-fina. Ele parecia temeroso e aproximou-se em silêncio. Tereza Sofia era a mais inquieta de todos e tentou se levantar, mas Pinheiro fez sinal para que permanecesse sentada. Quando Marcelo viu Tavares e os demais presentes, quis sair, mas Pinheiro o segurou pelo braço.

— Muito bem, Marcelo, não saia, apenas quero lhe falar algumas coisas. Eu o convidei para conversarmos sobre o dinheiro que foi sacado da conta de Esther pouco antes da sua morte. Pode começar nos contando como foi que isso aconteceu.

O homem, que no início estava apenas desconfiado, mudou completamente seu modo de agir. Empurrou o braço de Pinheiro e quis correr. Tavares lançou um olhar aos dois investigadores e estes seguraram Marcelo, que foi obrigado a se sentar na mesma mesa que eles. Contrariado, ele ficou calado.

— Muito bem — prosseguiu. — O senhor não vai dizer nada? Eu acho melhor contar tudo o que sabe.

Percebia-se que ele estava fazendo um grande esforço para se controlar. Depois de alguns minutos, ainda muito irritado, voltou-se para Pinheiro.

— Tudo o quê, seu enxerido? Eu não fiz nada. Esther sacou este dinheiro e eu não sei o que ela fez com ele. Além do mais, isso não é da sua conta.

— Creio que é, sim, por isso é melhor contar tudo que sabe.

— Da minha boca não ouvirá coisa alguma. Do que está me acusando? Eu não fiz absolutamente nada, tenho o direito de saber o que tem contra mim e por que estes policiais estão aqui.

Desta vez foi Tavares que olhou para Pinheiro, como se concordasse com o noivo da grã-fina. Esperava uma resposta. Tereza também se adiantou:

— É verdade, Sr. Pinheiro, por mais que eu o admire, não posso admitir que trate o meu noivo desta maneira. Diga logo o que quer ou então nós dois iremos nos retirar daqui.

Marcelo olhou para Tereza Sofia, depois voltou-se para Pinheiro e esboçou um sorriso sarcástico.

— Muito bem, se não quer falar nada, eu mesmo vou dizer — adiantou Pinheiro. — Esther sacou o dinheiro e lhe entregou, não foi?

— Por que ela faria isso? — indagou Marcelo, com desdém.

— Porque o senhor pediu a ela. Não adianta fazer esta cara de desaprovação, sei perfeitamente que lhe pediu dinheiro. Lembre-se de que Esther era uma mulher apaixonada e faria qualquer coisa para ficar com seu amor. Eu sei que ela lhe entregou o dinheiro e posso assegurar a todos que o senhor deve ter falado alguma coisa que a convenceu a lhe dar aquela quantia. Sou capaz de apostar que deve ter dito à pobre coitada que pretendia comprar algum imóvel para viverem juntos.

— Eu não precisaria fazer isso, lembre-se de que ela já possuía um apartamento em seu nome — argumentou Marcelo, em tom de deboche. Se ficássemos juntos poderíamos morar lá.

— Eu não acredito nisso. Além do mais o senhor não pretendia ficar com ela, tanto que logo arrumou outra mulher bem mais rica.

Desta vez foi Tereza Sofia que olhou para o noivo como se estivesse cobrando uma satisfação.

Marcelo abandonou seu autocontrole e falou irritado, elevando seu tom de voz:

— Que homem mais tolo, eu já lhe falei que conheci Tereza, me apaixonei por ela e por esta razão abandonei Esther. O que está falando é absurdo.

— Muito bem — voltou Pinheiro, olhando para as demais pessoas que estavam em seu escritório —, todos aqui sabem que metade do apartamento pertence a Cristina e que ela jamais concordaria que sua mãe levasse outro homem para morar no mesmo lugar em que viveu seu pai. Vamos lá, é melhor contar tudo, Marcelo.

— O senhor está fazendo meras ilações, coisa de detetive amador. É isso que o senhor e seu amigo são: detetives amadores, não sabem o que estão falando, não têm prova de nada.

— Não vou cair nas suas provocações — retrucou Pinheiro. — O senhor sabe muito bem que estou falando a verdade, e veremos quem é amador aqui. Já que o senhor não quer mesmo falar a verdade, terei de desmascará-lo.

Levantou-se da poltrona, deu uma volta em torno da mesa onde todos estavam reunidos. Abriu a cortina e ficou olhando por alguns momentos para a Praça Buenos Aires. Depois, ainda em pé, disse:

— Como sabem, as joias de Esther também desapareceram. Creio que os senhores chegaram a desconfiar de Cristina e do seu namorado, porém eu jamais suspeitei que eles tivessem feito isso. Sei muito bem quem foi e como aconteceu.

— O senhor está me acusando de ter furtado as joias? — disse Marcelo, levantando-se da cadeira, com os olhos fustigando de raiva. Só posso dizer que ficou louco. Eu não faria uma coisa dessas.

— Concordo com meu noivo, ele não é ladrão, e o senhor não tem direito de ofendê-lo — interveio a grã-fina.

— Acalmem-se todos, aqui ninguém o está acusando de ladrão. Eu sei que não foi Marcelo quem tirou as joias de lá.

Serafim, Tavares e todos os presentes trocaram olhares. Ninguém estava entendendo nada. Se não tinha sido nem Marcelo e nem Cristina, quem poderia ser? O delegado novamente pediu explicação.

— Pinheiro, se você sabe de alguma coisa é melhor que fale logo; não estamos conseguindo entender como as joias sumiram de lá. Por algum acaso foi Simon?

O judeu protestou:

— Todos sabem que eu jamais faria isso, não me venham com calúnias.

Pinheiro apenas deu um breve sorriso.

— Meus amigos, será que não veem o que parece óbvio? Foi Esther quem tirou suas joias dali.

Novamente todos trocaram olhares. Desta vez, estavam incrédulos. Que razão teria Esther para dar fim às próprias joias? Não foi preciso que perguntassem, pois Pinheiro prosseguiu:

— Como já afirmei, Marcelo lhe pediu dinheiro para comprar um apartamento ou uma casa, e, como sabem, cinquenta mil não compram nada nesta cidade, é preciso muito mais. Provavelmente lhe disse que já havia encontrado o imóvel e levou Esther para conhecer o local. O fato é que ela retirou as joias do cofre e as vendeu a uma joalheria, que trabalha com peças já usadas.

— Que prova o senhor tem disso? — indagou Marcelo, cada vez mais irritado.

— Acalme-se, homem. Eu descobri o local onde ela vendeu as joias. São Paulo é uma cidade grande, porém não há tantos lugares assim, onde se possam vender joias caras. Elas valiam aproximadamente duzentos mil reais, mas foram vendidas por cem mil. Conversei com algumas pessoas da loja e mostrei uma foto de Esther. Uma vendedora dali a reconheceu e disse que ela desejava vender urgentemente as joias, pois havia um bom negócio com um imóvel que não queria perder. Ela exigiu o pagamento em dinheiro vivo. O que acha disso, Marcelo?

— Acho que não prova nada, absolutamente nada. Que crime há nisso?

— Há um crime grave, de estelionato, afinal o senhor enganou uma pobre mulher, que se encontrava muito carente, e lhe fez promessa de casamento. Para que ficassem juntos, a fez acreditar que precisavam ter um imóvel só de vocês. É bem provável que tenha afirmado que iria dar uma parte do dinheiro e ela entraria com outra. E mais, deve ter falado a ela que havia um negócio muito bom para fazer e que não poderiam perder a oportunidade. Daí porque ela retirou o que tinha no banco e vendeu todas as suas joias: pois acreditava que iria recuperar o valor perdido comprando um imóvel abaixo do seu preço normal. Além do mais, iria se casar com o senhor. Naquele momento era o que mais desejava. Como sabem, muitas vezes uma mulher apaixonada faz coisas tolas. Foi isso que aconteceu.

Marcelo se levantou e os policiais presentes o fizeram se sentar. Nem parecia mais aquele homem calmo e seguro que Pinheiro e Serafim tinham conhecido há apenas dois dias. Quem o visse olhando com raiva para o detetive, poderia jurar que a qualquer momento iria atacá-lo.

Pinheiro não deu importância aos rompantes do noivo da grã-fina. Com uma calma pouco comum, continuou desfilando sua tese.

— Sim, eu posso afirmar a todos vocês que foi isso que ele fez. Tirou todo dinheiro que podia tirar de Esther e depois a abandonou. Não foi porque se apaixonou por Tereza, pois um homem como ele jamais se apaixona por alguém. Tudo que ele queria era o dinheiro dela.

A milionária escutava tudo perplexa, parecia não acreditar no que estava acontecendo. Não conseguiu dizer uma só palavra.

Marcelo interrompeu Pinheiro para desafiá-lo.

— Muito bem, seu detetive principiante. Se é verdade o que fala, onde está este dinheiro que Esther sacou? Na minha casa eu lhe garanto que não está.

— Dificilmente alguém guarda esta quantia em casa, pois sempre há o risco de algum roubo. Certamente o senhor o depositou no banco.

Marcelo tornou a desafiar Pinheiro, tirou do bolso uma identidade e alguns cartões de banco.

— Se o detetive espertalhão quiser, podemos ir a todos os bancos onde tenho conta e tirar extratos desde o começo do ano. Garanto que nenhuma quantia foi depositada em minha conta, além do pouco dinheiro que ganho comprando e vendendo carros. Abro mão do meu sigilo bancário em nome da verdade.

— Como pode falar em verdade quem está acostumado a mentir? Saiba, Sr. Marcelo, que ninguém é idiota, é lógico que não há quase nada nestas contas.

— Espere um pouco Pinheiro — interveio Tavares. Se o dinheiro não está na casa dele e nem em suas contas, onde poderia estar? Se ele é realmente um estelionatário esperto como você diz, certamente não confiaria em nenhum comparsa; ele faria tudo sozinho para não correr riscos. Afinal, onde está o dinheiro de Esther, que, pelo que foi falado aqui, chega a cento e cinquenta mil reais?

Pinheiro movimentou a cabeça, olhando para cada um dos presentes.

— Eu sei onde o dinheiro está. Posso lhes garantir que está muito seguro e facilmente a polícia poderá colocar as mãos nele e entregá-lo para sua verdadeira dona, que agora é Cristina.

— Muito bem, senhor sabe-tudo! — disse Marcelo com escárnio. — Diga lá: onde está essa dinheirama?

— Está muito bem guardada em sua conta do banco — afirmou Pinheiro com naturalidade.

Novamente os presentes voltaram a se olhar. Teria o detetive ficado maluco? Não tinha acabado de falar que o dinheiro não estava nas contas de Marcelo, mas agora afirmava que ele estava. Como era possível?

Quem voltou a protestar foi Tavares, disse que não estava entendendo nada e que era melhor ele explicar direito as coisas, caso contrário, iria embora e levaria os agentes consigo.

— Vejam, meus amigos — esclareceu Pinheiro —, eu disse que o dinheiro não estava naquelas contas dos cartões que ele apresentou, mas em outras que desconhecemos.

— Se é esse o caso, Pinheiro — tornou a falar Marcelo, que mantinha seu jeito desafiador —, eu posso assinar um documento permitindo a consulta a qualquer conta de banco. Verão que possuo pouca coisa, sou um homem pobre, e o que ganho mal dá para sobreviver. Vocês estão me acusando injustamente! — Pinheiro não permitiu que ele prosseguisse.

— Um homem pobre, mas que será um milionário em pouquíssimo tempo. Eu sei que não acharemos absolutamente nada no seu nome, afinal, qual é o seu verdadeiro nome? Marcelo certamente não é; muito menos Alcântara, como Esther costumava chamá-lo. Vamos, diga lá qual é o seu verdadeiro nome?

Marcelo pela primeira vez perdeu o ar de desafio e irritação, parecia muito assustado. Novamente tentou se levantar, mas os investigadores o fizeram sentar.

— Muito bem, não quer falar? Então este detetive principiante vai dizer toda a verdade. O senhor nada mais é do que Alcides Freitas de Godoy Filho, conhecido vulgarmente como "Godoyzinho", o conquistador barato de mulheres de meia-idade. Quantas vítimas o senhor já fez? Quantas ainda fará? A milionária será a última?

Tereza Sofia e todos os demais voltaram seus olhos para Marcelo, agora reconhecido como "Godoyzinho". Eles já tinham ouvido falar daquele homem, pois frequentemente os jornais noticiavam suas façanhas como estelionatário. Diversas mulheres, todas solteiras, viúvas ou separadas, com 40 anos ou mais, haviam sido vítimas dele, que tinha fama de ser um grande conquistador. Possuía voz sedosa e tratava todas com muito carinho, depois de algum tempo de relacionamento dizia que pretendia se casar e que precisavam de dinheiro para comprar um imóvel, pois, se quisessem ser realmente felizes, precisavam de um teto que os abrigasse. Normalmente as vítimas eram pessoas frágeis, suscetíveis à paixão desenfreada, e não era difícil para ele arrancar delas tudo que tinham de valor. Depois que conseguia o que verdadeiramente desejava, desaparecia, levando consigo o dinheiro da vítima. Godoyzinho era muito conhecido nos meios policiais, e há anos que tentavam prendê-lo, mas não conseguiam, pois ele era muito esperto e não deixava rastros. Cada vez que abandonava uma mulher, mudava de identidade, de aparência e de endereço. Numa cidade grande como São Paulo, era muito difícil localizá-lo novamente.

— Você tem razão, Pinheiro! — exclamou Tavares, muito admirado. — Ele é o Godoyzinho. Já vi o seu rosto em reportagens policiais e nos álbuns da polícia. Agora está um pouco diferente, mudou o cabelo e tirou a barba, porém tenho certeza de que é ele mesmo, é o maior estelionatário da cidade e todas as suas vítimas são mulheres. Que grande achado, Pinheiro! Parabéns, mas como conseguiu descobrir?

— Você sabe que fui visitá-lo na sua casa. Antes de entrar eu perguntei para a vizinha e ela me contou que ele estava morando ali há pouco tempo. Nos primeiros dias da mudança havia apenas outro homem na casa, que nada mais era do que ele mesmo disfarçado; fazia o papel de Alcântara, ex-namorado de Esther. Depois ele surgiu, já com a aparência que demonstra agora, disse a ela que se chamava Marcelo e que o seu amigo tinha ido embora dali; desde então vivia só. Achei estranha aquela situação e depois que saí de lá, comentei com Serafim que já tinha visto o seu rosto em algum lugar, porém não conseguia me lembrar de onde. Quando cheguei em casa, fiz pesquisa na internet de notícias mais antigas e vi a foto do Godoyzinho numa reportagem que falava que ele tinha feito mais uma vítima e desaparecido. O homem era procurado pela polícia e não foi difícil ver outras fotos dele. Cada hora estava com uma nova cara: o que normalmente mudava era a cor do cabelo, e às vezes deixava crescer a barba ou o bigode; em certas oportunidades também usava óculos. Na verdade, ele compunha uma personagem, pois sempre foi um excelente ator e conseguia enganar todas as mulheres com quem se relacionava. Foi muito fácil descobrir quem era este namorado misterioso de Esther e o que ele havia feito com o dinheiro dela.

Tereza Sofia agora olhava com ódio para o seu noivo, mas continuava passiva, sem dizer uma só palavra: aquela mulher forte e de caráter destemido havia desaparecido.

Foi Serafim quem interrompeu Pinheiro.

— Afinal, onde está este dinheiro? Você sabe dizer?

— Certamente que sim. Ele não poderia depositar o dinheiro em seu próprio nome, pois estava sendo procurado pela polícia. O que acredito que tenha acontecido é que ele deve ter criado uma personagem, com identidade falsa para fazer todas as suas transações bancárias. Como fez diversas vítimas, deve ter juntado bastante dinheiro. Quando tivesse o suficiente, poderia até pensar em se aposentar; porém, duvido que isso viesse a acontecer, pois quem tem este tipo de vida dificilmente para.

O silêncio dominava o escritório. A descoberta da verdadeira identidade de Marcelo foi avassaladora. Somente Serafim tinha coragem para interromper Pinheiro.

— Mas como ele conseguia novas identidades com tanta facilidade?

— Meu querido amigo, isso é muito fácil. Existem quadrilhas especializadas em documentos falsos. Quando alguém é furtado ou roubado nesta cidade, além de perder dinheiro, também acontece algo muito grave, que é a utilização dos documentos desta pessoa. Há lugares em São Paulo, como a Praça da Sé, onde eles são facilmente comercializados. Os bandidos os vendem a estelionatários, que usam os documentos para fazer compras, abrir contas e dar diversos outros golpes; no caso do Godoyzinho, ele assumia diversas identidades, pois sempre foi um grande ator. Poderia fazer o papel de um velhinho e depositar seu dinheiro numa conta de banco com a maior facilidade.

— Mas, se ele tem diversas identidades, como saberemos qual utilizou para abrir conta no banco e depositar o dinheiro das vítimas?

— Novamente, meu estimado amigo, a resposta é bastante simples. Basta uma ordem judicial para entrar na casa dele. Certamente no meio de suas inúmeras identidades deve haver uma que ele utiliza para movimentar as contas. Além do mais, é bem possível que haja também extratos e cartões destas contas. Será muito fácil descobrir onde o dinheiro está depositado e devolver o que sobrou para as vítimas.

Godoyzinho se contorcia de raiva e, se não fosse o fato de dois policiais o segurarem, certamente já teria avançado em Pinheiro.

Tavares, que estivera calado por algum tempo, resolveu se manifestar:

— Parabéns, Pinheiro. Para um principiante na arte da investigação, você se saiu muito bem. Já ouvi falar muito de Godoyzinho, embora o nosso departamento seja de homicídios. Há muito que meus colegas tentam capturá-lo, sei que figura na lista de procurados, e há vários mandados de prisão contra ele. O melhor é levá-lo embora já, pois tenho de cumprir outro mandado de prisão — afirmou olhando para Cristina — e desta vez não será por um simples estelionato.

Pinheiro novamente andou em volta da mesa e parou próximo à janela. Voltou-se para o delegado, encarando-o com firmeza.

— Tavares, meu prezado policial, a história ainda não terminou. Tenho mais coisas para contar e acredito que não vai ser necessário você cumprir o mandado de prisão contra Cristina.

— Por qual razão não o faria?

— Pelo simples motivo de que ela e seu namorado não mataram Esther.

Os jovens se abraçaram, mas foi Cristina, dirigindo olhar de reprovação ao delegado, quem interveio:

— Fico contente, Sr. Pinheiro, que pelo menos uma pessoa nesta sala sabe que eu falei a verdade.

Tavares não parecia convencido disso.

— Pinheiro, já disse que foi brilhante a sua descoberta da verdadeira identidade do Marcelo, mas ainda afirmo que

Esther foi morta pela própria filha, com a ajuda do namorado. Afinal, se não foram eles, quem foi?

— Boa pergunta! — redarguiu Pinheiro. — Posso lhe afirmar que a resposta é muito simples, pois o assassino está presente neste escritório.

Houve um prolongado silêncio, entrecortado por murmúrios de admiração e espanto. Algum tempo depois, Pinheiro voltou a falar.

— Será que ainda não perceberam? A quem interessava a morte de Esther? Quem seria beneficiado por ela? Inicialmente poderíamos acreditar que os culpados seriam sua filha e o namorado, pois eles estavam devendo bastante dinheiro para traficantes. Cristina não tinha bom relacionamento com a mãe e, além disso, esteve no apartamento de Esther no dia da sua morte. Tudo levava a pensar que teria sido ela, como acreditam o meu amigo Serafim e o delegado Tavares. Mas eu lhes digo que não foi. Tiveram a oportunidade? Creio que não, pois quando Cristina esteve ali a mãe não se encontrava no apartamento.

— Cristina foi visitar a mãe para lhe pedir dinheiro, mas não a encontrou, e, como todos sabem, seu namorado ficou esperando do lado de fora. Eles não voltaram ao apartamento, eu posso lhes assegurar. Porém, como podemos ter certeza disso se a única testemunha foi Cícero? Eu sei perfeitamente que eles não voltaram, pois Esther não estava ali e só retornou bem mais tarde, juntamente com o seu assassino, como explicarei mais adiante. Cristina pode ter seus problemas, mas ela jamais seria capaz de matar a própria mãe, desde o princípio acreditei na sua palavra.

Fernando, de mãos dadas com Cristina, dirigiu-se a Pinheiro:

— Obrigado por acreditar em nós, precisávamos de mais pessoas como o senhor. É muito difícil enfrentar a desconfiança de todos.

— Excluído o casal, vamos analisar outros suspeitos — prosseguiu Pinheiro, com muita calma. — Simon poderia ter matado a própria filha? Ele também estava endividado, e o apartamento ia a leilão; em pouco tempo não teria onde morar. Se Esther morresse, não iria herdar nada, porém, como todos os seus bens ficariam com Cristina e ela não tinha nenhuma experiência com o comércio e nem com a fábrica, certamente ele seria o administrador da confecção da Rua José Paulino. O judeu poderia continuar a tocar a sua vida no comércio da filha e morar no apartamento de Esther; porém, eu lhes asseguro que não foi Simon quem matou a filha. Primeiro que sua formação religiosa jamais permitiria que fizesse tal coisa, ainda mais por interesses financeiros. Segundo, porque ele não chegou a entrar no apartamento de Esther naquele dia. Podemos descartar qualquer participação de Simon ou de sua esposa neste triste episódio; além disso foram eles quem mais sofreram com a morte da filha.

Pinheiro olhou para Tereza, que estava prostrada com tudo a que assistia.

— Passemos, então aos demais suspeitos. A grã-fina Tereza teria interesse na morte de Esther? Podemos dizer que sim, pois recebeu um telefonema dela naquele dia e poderia ter ficado com ciúmes ou com medo de perder Marcelo, que hoje sabemos se chamar Godoyzinho. Numa ação rápida e destemida, a milionária poderia ter matado Esther em seu próprio apartamento. Como sabemos, Tereza é uma mulher corajosa e tem iniciativa. O porteiro Cícero poderia ter sido facilmente subornado, pois, como vimos, ele estava com o anel de Esther e quem tem consigo um bem que não lhe pertence, certamente não pode ser considerado honesto. Ela poderia perfeitamente ter ido ao apartamento da Alameda Jaú e desferido um tiro contra a vítima, depois saiu dali, subornou o porteiro e não deixou nenhum registro de sua presença. Tudo isso é possível. Temos o motivo e a oportunidade, porém eu lhes digo que estes fatos não aconteceram desta forma. Tereza não deixou a sua mansão naquele dia e nem se preocupou com o telefonema de Esther, pois tinha certeza de que seu amor pela pessoa que então pensava se chamar Marcelo era correspondido.

A milionária finalmente conseguiu dizer algumas palavras:

— Fico agradecida que não me inclua no rol dos suspeitos, pois jamais dei atenção ao que aquela mulher me disse. Não sou assassina.

— Sei bem disso, minha estimada Tereza, tenho certeza de que uma pessoa fina como a senhora jamais seria capaz de cometer um crime tão atroz. Mas cabe ainda uma indagação: alguém estaria chantageando Esther? Certamente que não, pois agora sabemos que o dinheiro que ela sacou do banco era destinado ao Godoyzinho, portanto não podemos falar em chantagem. Esta hipótese está definitivamente descartada. Seria Cícero o assassino de Esther? Podemos dizer que teve oportunidade para isso, pois trabalhava no prédio e na portaria havia uma cópia da chave do apartamento. Poderia entrar a qualquer instante, principalmente num momento em que ela não estava esperando ninguém; de surpresa, poderia tê-la matado. Haveria motivo? Ao que parece, não. Cícero, pelo que averiguamos, sempre teve comportamento exemplar no condomínio, jamais houve qualquer reclamação de seu comportamento, porém, havia um anel de Esther com ele, o que nos leva a crer que não era verdadeiramente honesto. Para sabermos se houve ou não motivo para que ele a matasse, devemos averiguar a maneira como ele se apossou do anel. Seria possível que o tivesse furtado, uma vez que possuía a chave do apartamento? Suponhamos que isso tivesse acontecido, que Esther descobriu tudo e ele resolveu matá-la para que não fosse denunciado. Eu lhes digo que isso é impossível, pois, quando ele pegou o anel, Esther já estava morta, e não foi ele quem a matou. Deixo a explicação do anel para mais mais tarde. Excluídas essas hipóteses, o que nos resta? Poderia ser algum desconhecido, algum maluco que ali entrou e matou a judia? Certamente que não. Quem o fez passou pela portaria e não arrombou a porta do apartamento, pois esta foi aberta com a própria chave de Esther. Lembrem-se de que ela estava na fechadura da porta, pelo lado de dentro, e outra cópia estava na portaria. Um desconhecido jamais teria condições de entrar ali sem que fosse notado e muito menos teria condições de abrir a porta sem arrombá-la. Além do mais, Esther só abriria a porta do apartamento caso conhecesse a pessoa que tivesse apertado a companhia. Portanto, quem fez isso foi alguém próximo dela.

E continuou:

— Se não foi nenhum desconhecido e muito menos as pessoas que mencionei, quem matou Esther? Alguém arrisca um palpite?

O silêncio no apartamento era total. O único barulho que se podia ouvir ali vinha de fora, da Praça Buenos Aires e da Avenida Angélica. O interesse de todos era muito grande e ninguém ousava interromper Pinheiro, nem mesmo Godoyzinho, que agora parecia prostrado.

— Imagino que os senhores já devem saber o nome do assassino, pela exclusão dos demais suspeitos, porém não querem dizer. Pois eu vou falar quem foi. Ele está bem aqui na minha frente.

Pinheiro caminhou dois passos, parou defronte a Godoyzinho e o apontou.

— Foi ele. Eis o assassino de Esther.

Godoyzinho levantou-se e cuspiu no rosto de Pinheiro, mas, ele, bastante ágil, conseguiu mover a cabeça rapidamente, desviando-se da cusparada.

— Mentiroso, mentiroso — gritava histérico o homem, cuja face era puro ódio. — Não fui eu, quero que prove o que está falando. Eu não tinha motivo algum para matar Esther, pois estava separado dela e noivo de outra mulher. Diga aí, sabidão, qual seria o motivo e como eu fiz para matá-la se nem fui ao apartamento naquele dia?

Pinheiro manteve a calma de sempre. Em certos momentos parecia um homem de gelo, dificilmente ficava irritado. Havia aprendido no júri que, em situações de tensão, sobretudo nos debates, era primordial manter a cabeça no lugar, só assim era possível dar resposta avassaladora ao adversário, caso fosse provocado.

Porém, antes que falasse qualquer coisa, Tavares se adiantou, tirou algemas do bolso e, com a ajuda de seus investigadores, as colocou em Godoyzinho, que ficou com as mãos para trás. Pediu que Pinheiro prosseguisse.

— Eu vou lhes contar exatamente como tudo aconteceu, e depois disso todos compreenderão os motivos que levaram Godoyzinho a matar Esther e Cícero, pois como eu disse desde o início, quem matou um também matou o outro, as duas mortes estão ligadas; se o primeiro crime não tivesse ocorrido, Cícero ainda estaria vivo. Mas vamos analisar as coisas desde o princípio. O assassino queria que todos pensassem que Esther tinha se suicidado, havia sinais de resíduos de pólvora em sua mão, o revólver que a matou estava ao seu lado; além do mais, as únicas digitais na arma eram dela. A cena do crime foi montada com o único propósito de fazer a polícia acreditar que se tratava de suicídio e isso de fato aconteceu, tanto que o inquérito chegou a ser arquivado.

Tavares parecia se sentir culpado pelo erro inicial; apenas olhou para Pinheiro e abaixou a cabeça.

— Não precisa se culpar por isso, Tavares. Qualquer policial experiente poderia ter cometido este erro, porém desde o início achei que não se tratava de suicídio. Um detalhe me chamou a atenção logo que vi as fotos do inquérito policial, mas precisava de mais detalhes técnicos que inviabilizassem a hipótese de suicídio. Eu os achei e narrei tudo ao promotor do caso e ao delegado Tavares, que felizmente resolveram reabrir as investigações; mas eu lhes digo uma coisa, além do que já falei logo no início das investigações: o fato de haver duas cápsulas deflagradas no interior do tambor do revólver foi determinante para que soubesse que o cenário do crime havia sido montado. Lembrem-se de que não havia sinais de um segundo disparo no interior do apartamento de Esther. Logo, ele foi dado em outro lugar e, sendo assim, certamente não se tratava de suicídio, mas de assassinato. A vítima não poderia ter dado um tiro fora do apartamento e outro dentro dele; além do mais, sempre tive certeza de que o revólver não pertencia a Esther, pois não é usual que uma mulher tenha arma daquela espécie.

Prosseguiu.

— Assim chegamos à conclusão de que um segundo tiro foi dado fora do apartamento. Mas qual a razão disso? A resposta é bastante simples: para simular suicídio. Ou seja, o assassino a matou em outro lugar, depois colocou a arma nas mãos da vítima e disparou outro tiro, para que o resíduo químico ali ficasse, levando a polícia a acreditar na hipótese de suicídio. Ele sabia perfeitamente bem que seria realizado exame residuográfico para confirmar a hipótese de suicídio, o que de fato aconteceu. Por algum tempo ficou tranquilo, porém, depois que foi descartada a primeira hipótese, tudo mudou. Mas prefiro deixar os fatos que se seguiram para comentar mais tarde. Agora quero narrar exatamente como tudo aconteceu. Godoyzinho, que sempre se julgou muito esperto, cometeu dois graves erros neste caso. Um deles, foi o esquecimento da segunda cápsula já deflagrada no interior do revólver. Uma falha que poderia ter evitado. O outro erro não foi causado por ele, mas por sua noiva, e não teria como evitar, embora, creio, tenha tentado. Mas falarei dele mais adiante. O que importa agora é mostrar a todos o que aconteceu no dia da morte de Esther.

O silêncio imperava na sala.

— Como sabem, ela foi procurá-lo no sobrado onde estava morando, na Vila Clementino; era uma mulher dominada pelo ódio, pois havia sido enganada pelo homem que amava. Godoyzinho deve ter conversado com ela, com aquele jeito mole que todo trapaceiro tem. Em seguida, pegou o revólver de numeração raspada, colocou-o para trás e, num momento de distração de Esther, disparou bem no seu rosto, matando-a. Consumado o crime, precisava dar fim nas provas que o incriminavam; caso se desfizesse do corpo, jogando-o num lugar ermo, as desconfianças poderiam cair sobre si, pois ela o havia visitado naquele dia e alguém poderia ter conhecimento desta visita. Concluiu que o melhor seria simular um suicídio, pois, mesmo que soubessem que ela o visitara naquele dia, poderia dizer a todos que estava inconformada com a separação e que havia implorado para que ele voltasse para ela. Após a recusa, Esther ficara ainda mais deprimida, reforçando a hipótese de suicídio. No seu modo de ver, a simulação era perfeita, porém, como não há crime perfeito, ele cometeu neste momento uma grande falha, que foi esquecer de retirar um dos estojos do interior do revólver.

"Continuando a narração dos fatos: após matar Esther e disparar outro tiro, com o revólver na mão dela, Godoyzinho colocou o corpo no interior do automóvel da própria vítima e se dirigiu ao apartamento da Alameda Jaú. Entrou com o carro no estacionamento, pois já era conhecido do porteiro, arrastou o corpo, enrolado em algum cobertor ou coisa do gênero, pegou o elevador e subiu ao apartamento. Lembrem-se de que Esther havia levado uma das chaves consigo, assim ele não teve nenhuma dificuldade para abrir a porta e, já no interior do apartamento, montou a cena de suicídio. Esteve o tempo todo usando luvas, para não deixar impressões digitais, depois desceu, passou pelo *hall* e foi-se embora, como se nada tivesse acontecido."

Todos os presentes estavam prestando extrema atenção a tudo que Pinheiro dizia e podiam ver, como se fosse num filme, o desenrolar dos acontecimentos.

— Vocês devem estar se perguntando: como Cícero entra nesta história? A resposta é bastante simples: sem ele não seria possível Godoyzinho subir os elevadores com o corpo da vítima, montar a cena do suicídio e ir embora passando pelo *hall*. Havia um monitor dentro da cabine dos porteiros que mostrava as imagens registradas pelas diversas câmeras de segurança. Ele deve ter visto Godoyzinho chegar com o carro da vítima carregando algo suspeito e saiu da cabine para investigar do que se tratava. Abordado pelo porteiro, Godoyzinho não teve como esconder o corpo ou dar uma desculpa qualquer e não poderia também cometer outro crime, matando Cícero ali mesmo, pois isso traria mais suspeitas sobre si. Só lhe restou a possibilidade de corromper o porteiro. De imediato, retirou o anel que ainda estava no dedo de Esther e lhe entregou. Como sabem, toda mulher tem suas vaidades, e a judia tinha as suas: ela vendeu todas as joias, porém guardou o anel preferido, e era justamente este que estava usando no dia da sua morte. É provável que Godoyzinho tenha feito promessa de mais dinheiro para Cícero. Parecia que o plano articulado às pressas deu certo, pois o porteiro concordou em fazer parte do teatro e até ajudou o vigarista a montar a cena do suicídio.

E continuou:

— Tudo parecia estar dando certo até o momento em que nós descobrimos que não se tratava de suicídio, e sim de assassinato. Você se lembra, Serafim, como Cícero ficou nervoso quando dissemos que estávamos investigando o caso?

O amigo do detetive, de tão atento que estava nas explicações, sequer conseguiu pronunciar uma palavra, somente fez gesto com a cabeça de maneira afirmativa.

Pinheiro Prosseguiu:

— Cícero era ambicioso, tinha certo orgulho e há muito que desejava retornar para sua terra, porém desejava fazê-lo em grande estilo: queria voltar rico ou ao menos com dinheiro suficiente para comprar algumas terras para a família. Sua mãe lhe escrevia constantemente pedindo que voltasse e que a ajudasse. Sentiu que trabalhando como porteiro pouca coisa poderia conseguir; porém, quando foi averiguar o que Godoyzinho estava fazendo ali naquele dia e este ofereceu o anel de Esther e mais algum dinheiro, percebeu que tinha o homem nas mãos e poderia exigir o que quisesse dele. Aquela era a única possibilidade de conseguir o suficiente para voltar ao Ceará da forma que desejava. Cícero passou a chantagear Godoyzinho, porém ele não percebeu que estava lidando com alguém muito perigoso, que já havia matado uma pessoa e poderia matar outra. Quando fomos visitá-lo, ele ficou muito nervoso, pois sentiu que teria de precipitar as coisas, ou seja, conseguir logo o dinheiro para ir embora. Assim, passou a pressionar mais ainda Godoyzinho, que não teve dúvida de que era chegada a hora de dar um fim em Cícero. Conhecedor do submundo da cidade, não teve dificuldades de contratar dois bandidos para matar o cearense. Foi exatamente assim que as coisas aconteceram.

O silêncio dos ouvintes foi quebrado por Godoyzinho, que, embora algemado, levantou-se e disse:

— O que está dizendo é um absurdo, tudo fruto da imaginação de um detetive principiante; mesmo que Esther tivesse descoberto o meu passado, isso não seria motivo suficiente para que eu a matasse. Eu poderia fugir mais uma vez e a polícia jamais conseguiria pôr as mãos em mim. Por que eu iria matar Esther?

Mais uma vez Pinheiro manteve-se calmo, apenas gesticulou para que os investigadores fizessem Godoyzinho se sentar. Prosseguiu:

— É verdade o que ele diz, se a próxima vítima fosse qualquer outra; porém se tratava de Tereza, uma milionária solteira, sem pais e sem filhos. Godoyzinho, quando conseguiu fisgá-la — vamos dizer assim —, percebeu que este seria o maior golpe de sua vida. Tereza é uma das mulheres mais ricas deste país, e um casamento com ela equivalia a ganhar diversas vezes na loteria. Godoyzinho jamais se casaria com qualquer outra, pois estava acostumado a dar golpes em mulheres de meia-idade e este era o seu meio de vida. Mas, com Tereza era diferente: ele poderia se casar com ela e ficar com toda sua fortuna. Certamente, após algum tempo de casamento, daria um fim na milionária; poderia simular um assalto no trânsito em que apenas ela fosse morta; poderia envenená-la de tal forma que a suspeita jamais caísse sobre si. Enfim, seria capaz de fazer qualquer coisa para que ela morresse e ele ficasse com sua enorme fortuna. Lembrem-se de que estamos lidando com um vigarista profissional, muito esperto, que a polícia nunca conseguiu prender. Ao mesmo tempo trata-se de um bandido perigoso, que é capaz de matar para conseguir seus objetivos, como já o fez com Esther e Cícero. Posso lhes assegurar que Tereza seria a próxima vítima. Quando afirmei para Serafim que outra pessoa corria riscos, estava me referindo à milionária. Isso certamente aconteceria.

— Tudo que o senhor está falando faz sentido, só não entendo como não percebi isso antes — afirmou Tereza, já recomposta, dirigindo olhares de ódio e de desprezo ao noivo.

— Godoyzinho sempre foi muito esperto — prosseguiu Pinheiro —, fez dezenas de vítimas nesta cidade e nunca foi preso, pois, a cada golpe que dava, mudava de aparência, de identidade e de endereço. Com Esther aconteceu a mesma coisa: ela foi mais uma de suas vítimas. Rapidamente ele assumiu outro personagem, passando a morar na Vila Clementino. Porém, um erro levou Esther a descobrir sua nova identidade e seu novo endereço. Lembrem-se de que Tereza é uma *socialite* e, por consequência, é assídua frequentadora das colunas sociais que são publicadas em jornais e revistas. Como namorado ou noivo, Godoyzinho tinha de frequentar as mesmas festas da milionária e ficar ao seu lado. Acredito que fez de tudo para que não aparecesse nas fotografias, pois temia ser reconhecido por alguma de suas vítimas e, como sabemos, ele tinha por hábito não deixar rastros de onde passava. Talvez dissesse a Tereza que era tímido, que não gostava de aparecer em colunas sociais; o fato é que evitou ser fotografado em várias oportunidades. Porém, apesar de seus esforços, não conseguiu ficar longe das câmeras dos repórteres, e sua foto foi publicada ao lado da milionária. Você se lembra, Serafim, da nossa visita ao apartamento de Esther, quando eu encontrei um jornal aberto justamente na coluna social? Aquilo me chamou a atenção, principalmente porque não era um jornal publicado no dia da morte de Esther. Pelo aspecto do apartamento da judia se podia observar que ela era uma pessoa extremamente organizada, tudo estava no seu lugar. O que faria um jornal de dias atrás aberto justamente na coluna social? Por que ela não o colocou junto com os jornais velhos, na área de serviço? A resposta está aqui, na frente dos senhores. Ali estava Godoyzinho e sua noiva. Depois disso, com o senso prático que tinha, Esther descobriu facilmente quem era seu ex-namorado. Uma simples pesquisa pela internet, da mesma forma que eu fiz, seria suficiente para saber que se tratava de Godoyzinho, o estelionatário mais procurado pela polícia de São Paulo.

Todos estavam perplexos com a narrativa de Pinheiro.

— Para uma mulher determinada como Esther, não seria difícil descobrir onde Godoyzinho estava morando. Bastava ir à mansão da milionária ou a alguma festa que ela frequentasse e depois seguir o vigarista até a sua casa. Tenho certeza de que foi assim que as coisas aconteceram. Antes, porém, de fazer uma visita a Godoyzinho, Esther ligou para a milionária, pois estava disposta a lhe contar tudo, para que ela não fosse a próxima vítima; mas Tereza não a levou a sério, pois achou que se tratava de uma mulher desprezada e vingativa. Lembrem-se de que ela também estava muito apaixonada e seria difícil convencê-la da verdadeira identidade do namorado. Após o telefonema, Esther se dirigiu à casa de Godoyzinho. Continuava revoltada com o abandono, ainda mais quando descobriu que fora vítima de um vigarista vulgar. Porém, ao contrário do que Godoyzinho afirmou, ela não o procurou para pedir que ele voltasse; Esther possuía brio e não era uma idiota qualquer, queria seu dinheiro de volta e ameaçava contar tudo para Tereza. Acredito que, mesmo que tivesse recuperado seu dinheiro, teria delatado Godoyzinho para a polícia e para sua noiva, pois ela era muito correta e certamente não desejava que outras mulheres caíssem no mesmo golpe. Antes, porém, um pouco por impulso, um pouco por ódio, procurou o vigarista para lhe dizer algumas verdades na cara e, ao mesmo tempo, ameaçá-lo. Vendo a possibilidade do seu plano de ficar milionário fracassar, Godoyzinho não teve dúvida em matar Esther e o fez ali mesmo no seu sobrado, carregando o corpo para o apartamento da Alameda Jaú, como já narrei aqui.

Pinheiro contornou a mesa onde todos estavam e voltou a se sentar na sua poltrona preferida. Ficou em silêncio.

Mais uma vez Godoyzinho desafiou Pinheiro.

— Muito bem, senhor detetive. Vejo que fez um brilhante trabalho de ficção, deveria ser escritor de romances policiais, e não detetive. Eu lhe garanto que tudo isso que disse é mentira e quero que o senhor prove o contrário. Que provas tem do que afirmou? Há alguma testemunha? Algum documento? Nada, absolutamente nada. O senhor blefou e perdeu. Eu posso ser preso por estelionato, isso eu confesso e existem provas contra mim; porém, como bem sabe, a pena por este tipo de crime não é muito pesada. Serei preso, mas, em pouco tempo estarei de volta às ruas. É isso que vai acontecer.

Em seguida, passou a dar sonoras gargalhadas, feito um desequilibrado.

Tavares se levantou, foi até a poltrona onde estava Pinheiro. Cumprimentou-o e disse que o admirava mais do que nunca. Fizera um trabalho esplêndido, de dar inveja a qualquer policial experiente, porém Godoyzinho estava certo. Não havia nenhuma prova que o incriminasse do assassinato de Esther. Uma acusação como aquela sequer seria levada a júri. Embora achasse que Pinheiro estivesse certo em tudo que tinha dito, não havia provas; eram apenas conjecturas. Em seguida, acrescentou:

— Sei que é difícil, Pinheiro, mas, além de levar Godoyzinho para a cadeia, terei de cumprir o mandado de prisão contra Cristina. Afinal, é uma ordem judicial e eu não posso deixar de cumpri-la, a não ser que houvesse prova incontestável de tudo que disse. Como não há, só me resta cumprir o meu dever.

Tavares tirou outro par de algemas do seu cinto, mas, após alguns segundos de reflexão, tornou a guardá-lo, pois não necessitaria dele para prender Cristina.

Pinheiro permaneceu em silêncio. Da porta do escritório podia ver a entrada da cozinha e parecia preocupado com alguma coisa que Doroti estava fazendo por lá.

Os investigadores se levantaram e começaram a caminhar ao lado de Godoyzinho, cada um segurando um braço dele. Apesar da situação de submissão, o vigarista estava exultante. Não parava de olhar para Pinheiro com ar de deboche.

De repente, um cheiro delicioso de pipoca invadiu todo o apartamento. Os policiais não se detiveram, continuaram a caminhar até a porta de saída do apartamento. Cristina os acompanhava, resignada.

— Pinheiro mais uma vez, quero lhe agradecer enormemente — salientou Tavares. Vou cumprir o meu dever, porém hoje mesmo quero prosseguir as investigações do caso de Esther. Sei que você já desvendou todo o mistério, mas vou fazer de tudo para provar que é verdade o que nos disse. Ele deve ter deixado pistas que o incriminarão, é uma questão de tempo; logo este canalha também estará preso por assassinato, ou melhor, por duplo assassinato. O que acha?

Pinheiro não respondeu. Deu uma gargalhada profunda e muito alta, que assustou a todos, até mesmo a Doroti, que saiu preocupada da cozinha. Voltou a rir estrondosamente, ninguém estava entendendo absolutamente nada do que estava acontecendo com o estado de espírito de Pinheiro. Serafim, ainda com as lembranças da véspera, voltou a duvidar da lucidez do amigo. Teria sido ele tão afetado assim com a impossibilidade de prender o vigarista por assassinato? Talvez a decepção tenha sido muito grande a ponto de lhe afetar a mente. Quem saberia dizê-lo?

Tavares, os policiais, o casal de judeus, a milionária, Fernando, Cristina e até mesmo Godoyzinho encararam Pinheiro, como se estivessem achando que tinha enlouquecido com a frustração do resultado de sua investigação.

Ainda muito alegre, distribuindo sorrisos, Pinheiro abraçou Tavares.

— Meu estimado delegado, posso lhe pedir um último favor, antes que vá cumprir o seu dever?

Tavares pareceu estranhar o pedido, porém, diante daquela situação, não teve como recusar.

— Muito bem, quero convidar a todos, até mesmo Godoyzinho, para comer pipoca. Vocês aceitam?

O espanto foi geral. Todos se olharam, desde Doroti até o prisioneiro. Ninguém estava entendendo nada, a única explicação é que Pinheiro tinha enlouquecido. Quem pensaria em comer pipoca àquela hora?

Tavares, talvez por compaixão ou por respeito, se dirigiu à cozinha e foi seguido pelos demais. A situação era constrangedora para todos. Pinheiro continuava eufórico, rindo por qualquer coisa.

— Pipoca, pipoca, pipoca. Que maravilha! Desde criança, sempre gostei delas. Minha mãe costumava prepará-las todas as tardes. Foi a primeira coisa que aprendi a fazer na cozinha, afinal, existe coisa mais fácil de fazer do que pipoca? Mas aqui não é o lugar mais adequado para comê-las. Vamos até a sala. Por favor, Doroti, coloque as pipocas em alguns potes e leve-os até nós.

A reação de Pinheiro era cada vez mais estranha. O constrangimento só aumentava, porém ninguém tinha coragem de falar nada. Até mesmo o prisioneiro parecia estarrecido.

— Muito bem, já que estamos aqui na sala comendo pipoca, acho que devemos também assistir a um filmezinho. Afinal, o que combina mais com pipoca do que filme e vice-versa? Vocês aceitam assistir? Prometo que vai ser rápido, afinal os senhores são muito ocupados e não podem perder tempo, não é, Tavares?

Ninguém ousou dizer nada. Doroti e Serafim pareciam os mais apavorados; se existia alguma dúvida antes, agora tinham certeza de que o cérebro de Pinheiro havia sido afetado. Se chamar policiais que acabaram de prender um criminoso procurado há anos pela polícia para comer pipoca já era despropositado, o que se dizer de um pedido para eles assistirem a um filme? Pinheiro iria passar a maior vergonha de sua vida, mas ninguém ousava interrompê-lo. Como era possível que uma pessoa que tinha se mostrado brilhante até alguns minutos atrás se portasse agora como um idiota?

Pinheiro distribuiu os potes de pipoca para cada um dos presentes, menos para o prisioneiro, que estava algemado; foi até o *rack* da sala, pegou um DVD e o colocou no aparelho. Em seguida ligou a TV.

A filmagem começou a se desenvolver, parecia um desses filmes amadores, com muitas imagens entrecortadas. A primeira delas mostrava um homem chegando de carro, a câmera se aproximou e mostrou o rosto do motorista. Estava um pouco diferente, com barba e usava óculos, porém todos na sala perceberam que se tratava de Godoyzinho.

Tavares chegou mais perto da TV.

— Este é o carro de Esther, eu o estou reconhecendo. A data que está marcada no vídeo também é aquela em que ela morreu.

Em seguida, o vídeo mostrou outros movimentos: pessoas passando pelo *hall* do apartamento, outras saindo do elevador. Havia várias imagens, de câmeras diferentes, que se alternavam na tela. A imagem seguinte mostrou o interior de uma garagem e ali estava um Godoyzinho barbudo, arrastando alguma coisa enrolada num cobertor. Novas imagens que registravam coisas sem importância. Depois, já na porta de um elevador, Cícero conversava com o vigarista, no início, o cearense estava zangado, aos poucos, seu rosto foi ficando mais tranquilo. Novas imagens de outros lugares do prédio. Cícero ainda conversava com Godoyzinho, que colocou a mão dentro do cobertor que envolvia algo parecido com um corpo, dali retirou qualquer coisa e o entregou a Cícero; ambos subiram pelo elevador. Várias outras imagens foram mostradas, porém nenhuma delas tinha a menor importância, pelo horário da tela, já havia se passado quinze minutos. Um motorista estava irritado porque o porteiro não abria o portão da garagem. O ciclo das imagens foi se revezando, até que Cícero e Godoyzinho apareceram novamente na tela. O vigarista, acompanhado do cearense, estava com uma sacola na mão, onde caberia, tranquilamente, o cobertor visto anteriormente. A imagem seguinte mostrou Godoyzinho de costas, saindo pelo *hall* do prédio e Cícero voltando para a cabine para abrir o portão ao motorista irritado.

Pinheiro desligou a TV e, com olhar maroto, exclamou:

— Eu não lhes prometi que o filme era bem curto? O que acharam dele? Pode concorrer ao Oscar deste ano?

O silêncio foi geral. Todos estavam boquiabertos, tudo aquilo era incrível. Foram interrompidos pelo grito de Doroti.

— O homem está fugindo, peguem... Ele está tentando escapar pela porta de entrada.

Num movimento bem rápido, os policiais se lançaram em direção a ele. Um deles caiu, porém conseguiu agarrá-lo pelos pés. Godoyzinho também foi ao chão. Embora algemado se debatia e chutava os policiais. Foi preciso que Tavares e os dois investigadores se atracassem com ele para que pudesse ser dominado. Depois de alguns minutos estava em pé, espumando de raiva.

— Maldito, maldito detetivezinho. Eu ainda vou arrancar seus olhos, maldito, mil vezes maldito, seu diabo de homem, nós ainda vamos acertar nossas contas. Diabo, diabo, diabo...

Um dos investigadores amarrou um pano de prato na boca do vigarista, que ainda se debatia muito.

Tavares retrocedeu alguns passos e foi em direção a Pinheiro. Abraçou-o por longo tempo. Depois de alguns minutos, se recompôs e, ainda emocionado, disse:

— Obrigado, meu amigo. Eu não sei como conseguiu isso, mas vou lhe ser eternamente grato. Você impediu que eu cometesse uma grande injustiça. Vou levar o homem preso e depois mando um policial buscar o DVD. Obrigado.

Com a saída dos policiais e do vigarista, a calma voltou ao apartamento de Pinheiro.

Doroti aproximou-se dele, exultante de tanta alegria.

— Patrãozinho, minhas amigas nem vão acreditar no que aconteceu aqui hoje. O senhor é um herói que nem aqueles da televisão.

Em seguida, deu-lhe um respeitoso beijo na testa e voltou para a cozinha.

Os demais presentes também se retiraram, estavam emocionados e ao mesmo tempo agradecidos ao detetive.

Bastante tranquilo, Pinheiro retornou ao escritório. Agia como se nada tivesse acontecido; apertou o botão da máquina, retirou a xícara com o café expresso e o adoçou. Em seguida, sentou-se na poltrona e levou à boca sua bebida preferida. Parecia muito satisfeito.

Serafim o acompanhou. Esperava que o amigo lhe dissesse alguma coisa, porém ele permaneceu calado.

— Pinheiro, tudo que fez é simplesmente maravilhoso. Eu ainda não entendi como foi que conseguiu o DVD e também não encontrei explicação para muitas coisas. Você não gostaria de me contar tudo?

— Agora não, meu estimado amigo. Agora não, deixe-me aqui, saboreando um delicioso cafezinho. Pode haver prazer maior do que este?

Serafim voltou a insistir, porém Pinheiro fez sinal de que não iria responder às suas perguntas. Só voltou a falar depois que terminou de tomar café.

— Entenda, meu caro amigo, não vou dar explicação alguma, pelo menos agora. Tudo que tinha de falar já falei, e o verdadeiro assassino de Esther foi desmascarado e preso. Logo a imprensa estará atrás de nós para especular; você sabe que não gosto disso, sou avesso a aparecer nos jornais. Vou dar ordem a Doroti para não atender a nenhum jornalista, amanhã mesmo vou partir.

Serafim parecia surpreso.

— Para onde vai?

— Vou passar uma semana isolado numa pousada, no meio da montanha, em Campos do Jordão. Sequer irei à cidade, pois quero ter paz. Desculpe se não vou levá-lo, mas quero ficar longe de tudo e de todos, foi muito desgastante o que passamos, e agora só quero um pouco de paz e distância da imprensa. Certamente a história da prisão do Godoyzinho terá muita repercussão, e os jornalistas não nos darão sossego. Ficar longe de tudo é o que preciso, ao menos por uma semana.

Serafim parecia desapontado.

— Se prefere assim...

— Será melhor desta forma. Mas o dia ainda não terminou e logo mais à noite temos um compromisso, ou vai me dizer que já se esqueceu?

Serafim puxou pela memória, tentando se recordar de alguma coisa, porém aquelas últimas horas tinham sido muito movimentadas, e não conseguiu se lembrar de nada.

— A peça, homem, a comédia que está sendo apresentada no teatro do Shopping Higienópolis. Eu não quero perdê-la por nada; depois de tudo que passamos, precisamos dar boas gargalhadas. Vamos lá, ligue para sua esposa e peça o alvará de soltura por algumas horas. O teatro é aqui perto e iremos caminhando, depois você dormirá no meu apartamento, combinado?

— Combinado.

Serafim olhou para o amigo com admiração. Pinheiro era realmente um homem formidável.

XVI

Uma semana sem ver Pinheiro pareceu uma eternidade para Serafim. Estava tão acostumado com a presença diária do amigo que sua ausência o fez perceber como os últimos tempos tinham transformado sua vida. Depois da aposentadoria, só lhe restava passar os dias em casa, cuidando dos netos e ajudando a esposa nos afazeres domésticos; seu dia a dia não tinha nenhuma graça. Quando Pinheiro também se aposentou e o convidou para trabalhar com ele, não soube mais o que era tédio, diariamente havia novidades e não faltava ação. Sentia que recomeçara a viver quando assumiu o posto de auxiliar de Pinheiro, e a sua simples ausência já era motivo para ficar deprimido, sem vontade de fazer coisa alguma.

Durante a ausência do amigo foi diversas vezes ao apartamento da Praça Buenos Aires para saber como andavam as coisas por ali. Doroti, mesmo durante a viagem do patrão, sempre prestimosa, cuidava de tudo com muito carinho.

Nesse período, o tédio só foi quebrado quando algum repórter mais curioso queria saber notícias de Pinheiro. No dia seguinte à prisão do assassino de Esther, o assédio da imprensa havia sido grande, todos queriam conhecer o homem que tinha desvendado aquele caso tão misterioso e ainda de quebra havia conseguido prender Godoyzinho, o estelionatário mais procurado pela polícia. Outra coisa que fez os jornais darem mais atenção ao caso foi o envolvimento da *socialite* Tereza com o bandido: quando souberam que ela seria sua próxima vítima, o assunto não ficou restrito somente às páginas policiais. Como a milionária era considerada celebridade, o caso foi explorado por revistas e colunas sociais dos grandes jornais e todos queriam desesperadamente entrevistar Pinheiro, mas como não o encontraram, tiveram de se conformar com relatos de sua vida e reportagens com seus amigos. Serafim ficou conhecido do público como parceiro inseparável do grande detetive, fato que não lhe deu nenhuma satisfação, pois tudo que desejava era que o amigo voltasse logo do seu isolamento.

Assim que Pinheiro retornou da viagem telefonou para Serafim, queria vê-lo no mais breve espaço de tempo. O amigo, já muito saudoso, foi o mais rápido que pôde. Ao entrar no apartamento se deparou com um Pinheiro alegre e rejuvenescido. Uma semana tinha sido suficiente para que recobrasse o ânimo e o brilho dos seus olhos.

— Pelo que vejo, o ar da montanha lhe fez bem, meu amigo — disse Serafim satisfeito.

— Pode ter certeza que sim. Eu precisava de um descanso e, principalmente, ficar longe da imprensa. E aqui? Como foram as coisas?

Serafim lhe disse que nada acontecera, exceto os jornalistas, que tinham promovido uma verdadeira caça a ele durante sua ausência. Como demorou a aparecer, publicaram muitas coisas a seu respeito: algumas verdadeiras, outras, não; porém, todas as matérias foram elogiosas, houve apenas como contraponto o fato de acreditarem que Pinheiro era excêntrico, pois havia desaparecido justamente quando deveria colher os louros da vitória. Passada uma semana, novos assuntos se tornaram destaque nos jornais e o caso de Esther se encontrava adormecido.

— Ótimo! — exclamou Pinheiro esfregando as mãos. Era isso mesmo que eu queria.

— Como foi o descanso em Campos do Jordão? Tomou muito chope no Baden Baden?

— Que nada, meu amigo, sequer saí da pousada. O lugar era maravilhoso, bem no alto da serra, longe de tudo e de todos. Diariamente passeava pela montanha, voltava, lia alguma coisa e depois repousava. É verdade que surgiu um caso misterioso envolvendo o desaparecimento de uma relíquia da dona da pousada e ela pediu a minha ajuda. Não podia recusar a prestação dos meus singelos serviços e acabamos achando o objeto desaparecido e o ladrão, que era nada menos do que o filho do caseiro. Um caso bem simples, porém a mulher ficou muito agradecida e sequer quis cobrar a minha estada.

— Pelo que vejo, você está em plena forma, nem quando descansa consegue ficar longe de suas investigações. Quando será a próxima?

— Não sei e nem quero pensar nisso. Mas, já que falou em chope, por que não vamos hoje à noite a uma pizzaria maravilhosa que eu conheço na Vila Madalena? Lá não existem só bares agradáveis; há também pizzarias de qualidade, com estrelas do guia de restaurantes e que também servem um chope delicioso, que tal?

—Você sabe que eu jamais recusaria um convite desses, mas quero fazer uma exigência...

— Qual é, seu chantagista? — gracejou Pinheiro.

— Quero que você conte mais detalhes do caso de Esther, pois muita coisa ficou obscura para mim.

Pinheiro sorriu e abraçou o amigo.

— Se prefere assim, pode estar certo de que irei esclarecer todas suas dúvidas, porém quero fazê-lo com um belo pedaço de pizza no prato e um copo de chope do lado. Combinado?

— Combinado.

~

Na pizzaria, Pinheiro explicou a Serafim como tinha resolvido o caso da pousada de Campos do Jordão. Não havia sido tão simples como o amigo dissera naquela mesma tarde, existiam várias pistas falsas que o ladrão havia deixado e qualquer outro detetive encontraria muita dificuldade para chegar à verdade. Mas Pinheiro descobriu tudo com muita facilidade.

— Quero que cumpra o que me prometeu — cobrou Serafim. — Você vai me dizer tudo que deixou de falar à polícia no dia da prisão de Godoyzinho. Em primeiro lugar, gostaria de saber como foi que descobriu o DVD que incriminou o assassino de Esther, já que ninguém acreditava na sua existência.

— Eu sabia desde o início que o DVD estava com Cícero, jamais acreditei na sua explicação. Se todos os dias o computador funcionava perfeitamente, por que naquele dia tinha falhado? Não, meu amigo, aquilo estava mal explicado e desconfiei que Cícero poderia saber de toda a verdade. Lembra-se de que Tavares suspeitou dele e que queria prendê-lo? Contudo, em momento algum acreditei que ele era o assassino de Esther, pois sabia que estava apenas se aproveitando da situação para fazer chantagem. Desde o início, o sumiço do DVD me pareceu suspeito e acreditei que Cícero morreu porque sabia demais e era uma ameaça a Godoyzinho. Há um fato importante que todos vocês desprezaram, que foi a invasão do quarto da pensão; para mim isto foi relevante, e, quando fomos até lá, eu lhe falei que sabia exatamente o que havia sido furtado. Você se lembra?

Serafim fez um gesto afirmativo. Não quis interromper o amigo.

— Eu acreditava que Cícero tinha ficado com o DVD e que o havia levado para sua casa. Godoyzinho também pensava da mesma forma e mandou que alguns de seus amigos fossem à pensão para levar a gravação. Eles não estavam ali para furtar qualquer coisa de valor, tanto que o anel ficou o tempo todo escondido dentro da meia. Eles sabiam o que estavam procurando e levaram apenas o DVD e sua caixinha, mas nele continha apenas a gravação de cenas do prédio da Alameda Jaú, onde não se via qualquer espécie de assassinato.

— Como conseguiu recuperá-lo se ele estava na posse de Godoyzinho?

— Aí é que está, o DVD que foi levado da pensão de Cícero não era o DVD do dia do assassinato de Esther.

— Como assim? — indagou Serafim, curioso.

— É que Cícero era mais esperto do que todos pensavam. Godoyzinho foi chantageado pelo porteiro, que disse que tinha o DVD nas mãos. Amedrontado e sem querer ceder mais, mandou bandidos roubá-lo na pensão, mas o que levaram continha apenas a gravação das cenas do prédio em outro dia diferente daquele em que Esther morreu.

— Não estou entendendo.

— É muito simples, meu caro amigo: Cícero levou para casa outro DVD apenas para simular que o dia da morte de Esther não havia sido gravado. Tudo que ele teve de fazer foi colocar a gravação verdadeira no lugar daquela que ele levou para sua pensão. A bem da verdade a gravação que incriminava Godoyzinho esteve o tempo todo na portaria do prédio, só que em lugar diferente, e a data que constava nele também não era verdadeira. Você compreendeu? Cícero sabia que o melhor lugar para guardar o DVD era ali mesmo no prédio, apenas alterou a data e colocou no lugar de outra. Ninguém iria checar cada DVD para ver se o que interessava estava ali. Havia gravação de três meses, e nem mesmo a polícia cogitou assistir a todos eles, pois acreditava que nada havia sido gravado naquele dia, já que o próprio Cícero afirmava que o computador tinha falhado. No entanto, Godoyzinho e eu pensávamos que o DVD estivesse na pensão de Cícero. Confesso que errei feio ao acreditar que o DVD que nos interessava tinha sido subtraído pelos bandidos contratados por Godoyzinho. Graças a você o erro foi reparado em tempo.

Serafim não conseguiu esconder seu ar de surpresa.

— Como assim, Pinheiro? Eu não me lembro de ter feito absolutamente nada para ajudá-lo a encontrar o DVD.

— Você mesmo não sabe, mas suas palavras me abriram os olhos para algo que era evidente e que eu não conseguia enxergar. Vou lhe explicar como tudo aconteceu: você se lembra do que eu disse logo no início de nossas investigações, de que havia três coisas que precisariam ser explicadas para podermos descobrir quem matou Esther?

Serafim fez sinal afirmativo, pois se lembrava de Pinheiro insistir que deveriam entender a razão de algumas coisas que pareciam inexplicáveis: a primeira, eram as duas cápsulas deflagradas no interior do revólver encontrado ao lado de Esther; a segunda, era o jornal de vários dias antes, aberto na página da coluna social; a terceira — e mais difícil de explicar —, eram as últimas palavras de Cícero. As duas primeiras ficaram bem claras no dia da prisão de Godoyzinho, pois Pinheiro havia explicado a razão de cada uma; porém a última ainda estava obscura para todos. Afinal, porque alguém falaria "no dia do meu aniversário" justamente quando estava para morrer?

Pinheiro prosseguiu:

— Eu já lhe disse a razão de o jornal estar aberto na página social e não empilhado com os demais na área de serviço. Também já lhe expliquei o porquê de existirem duas cápsulas no tambor do revólver usado para matar Esther. Só me faltava saber a razão pela qual Cícero disse aquelas últimas palavras, pois elas pareceram sem nenhum sentido para todos nós. Eu também não conseguia entender o porquê. Só sabia que tinham algum significado.

Serafim, surpreso, ouvia atentamente o amigo falar.

— Desde o princípio acreditei que Cícero estava mandando um recado para alguém, pois ninguém diria tais palavras à toa, principalmente quando se sabe que está para morrer. Quero lembrar que Cícero chantageava o vigarista afirmando que tinha em mãos uma prova do assassinato de Esther. Godoyzinho percebeu que o DVD valia uma fortuna, pois sabia que, se fosse desmascarado, seria preso e perderia a chance de se casar com uma milionária. Cícero, por sua vez, queria dinheiro para voltar para sua terra e ajudar a mãe. Godoyzinho percebeu que a chantagem poderia não ter fim e resolveu matar o porteiro e levar o DVD, que não era o verdadeiro, como acreditava. Porém, novamente Cícero se mostrou mais esperto do que todos pensavam. Quando disse aquelas últimas palavras: "No dia do meu aniversário", ele estava querendo mandar uma mensagem para a polícia, pois percebeu que tinha sido alvejado por comparsas de Godoyzinho. A bem da verdade, com aquelas palavras estava dizendo o nome do assassino e onde estava a prova do crime; de certa forma tornou efetiva a ameaça que tinha feito. Como sua exigência não foi cumprida, entregou a prova à polícia, só que ninguém entendeu o significado das suas últimas palavras; eu mesmo me enganei, pois acreditava que o DVD com a filmagem do dia da morte de Esther tinha sido levado pelos ladrões.

De um estalo, Serafim interrompeu o amigo.

— Quer dizer então que o DVD que incriminava Godoyzinho estava o tempo todo guardado na portaria do prédio com a etiqueta da data do aniversário de Cícero?

— Exatamente, meu querido amigo — afirmou Pinheiro, satisfeito. Veja que não havia lugar melhor para se guardar uma prova tão importante. Cícero, que não era nenhum tolo, imaginou que sua pensão poderia ser invadida e resolveu guardar a prova num lugar seguro. Que lugar poderia ser mais seguro do que o próprio prédio onde ocorreu o crime? Ninguém jamais iria desconfiar daquele lugar. Creio que ele escolheu a data do seu aniversário, 15 de agosto, para ficar mais fácil de se lembrar do dia em que ficou guardado o DVD. Assim, embora ninguém tenha compreendido, ele quis dizer que bastaria procurar o DVD que estava etiquetado com a data do seu aniversário para achar a prova contra seu assassino. Graças a você, meu amigo, finalmente consegui entender tudo.

— Por que insiste em me dar este mérito? Já disse que não consigo me lembrar de nada que tenha feito para ajudar você a encontrar o DVD.

— Você pensa que não, mas o que me falou foi fundamental para eu encontrar a chave de tudo; desde o início achei que as palavras de Cícero levariam ao assassino, mas não conseguia entendê-las. Eu as via bem à minha frente, mas não compreendia o significado; era como a árvore gigantesca que existe aqui na Praça Buenos Aires ou a estátua de Duque de Caxias, ao lado da avenida com o mesmo nome: as pessoas passam por estes lugares e sequer enxergam o que está bem à sua frente. O mesmo aconteceu conosco: o verdadeiro significado das palavras de Cícero estava bem à nossa frente e não conseguíamos enxergar, você me fez ver tudo claramente. Lembra-se do que me disse naquele dia em que estávamos conversando no meu escritório e pensei que um livro do Machado de Assis tinha sumido, mas você me fez ver que o volume estava ali, fora de ordem? No mesmo instante me deu um estalo, relacionei os fatos e compreendi que o DVD nunca tinha saído do lugar de origem, apenas estava fora da ordem normal. E onde estaria? Só aí compreendi as últimas palavras de Cícero, ou seja, que a gravação estava na data do seu aniversário. Eu passei a ver tudo claramente, tal como poderia ver a árvore da praça ou a estátua.

— Só agora compreendo as palavras que disse naquele dia e depois saiu correndo do apartamento. Pensamos que tivesse enlouquecido. Que tolo que fomos! Mas não compreendo uma coisa: quando Godoyzinho viu que estava na posse do DVD errado, ele não poderia desconfiar que o verdadeiro estivesse no prédio da Alameda Jaú? E, quando soube das últimas palavras de Cícero, não poderia desconfiar de alguma coisa e mandar alguém furtar?

— Eu pensei nessa hipótese quando estava no meu escritório e você me falou do livro do Machado de Assis. Logo que compreendi as últimas palavras de Cícero, imaginei que Godoyzinho poderia fazer o mesmo e que talvez já tivesse retirado o DVD do seu lugar verdadeiro. Por que você acha que saí correndo feito louco e só voltei tarde da noite? Logo que saí de lá fui ao prédio da Alameda Jaú e conversei com o síndico, ele me autorizou e fomos ver os DVDs, felizmente o que procurávamos ainda estava lá. Nem acreditei quando vi as imagens. Era tudo que precisava para enjaular o vigarista. Godoyzinho poderia ter descoberto antes o local do DVD? Isto seria possível, porém eu acredito que ele não chegou a entender o verdadeiro significado das palavras finais de Cícero, assim como nós também não fomos capazes. Creio também que, após a morte do porteiro, ele ficou tranquilo, imaginando que ninguém iria descobrir sua verdadeira identidade e muito menos saber que ele era o assassino de Esther. Este foi mais um de seus erros, porém, se demorássemos mais tempo para descobrir o DVD, haveria a possibilidade de Godoyzinho ter um estalo qualquer e descobrir onde ele estava. E tudo isso devo a você, meu prezado amigo, se não fosse a sua feliz observação sobre o livro do Machado de Assis...

Serafim ficou embevecido com os elogios recebidos do amigo. Bebeu mais um pouco de chope e comeu outro pedaço de pizza, por alguns minutos não conseguiu dizer uma só palavra. No fundo, estava satisfeito porque de alguma forma tinha ajudado Pinheiro a desvendar toda a trama. Ainda tinha algumas dúvidas.

— Se Esther foi capaz de vender as próprias joias para dar o dinheiro a Godoyzinho, por que não entregou a ele os dólares que estavam no cofre?

— É verdade, meu bom amigo. Mas eu acredito que ela chegou a guardar este dinheiro depois que se separou do pilantra.

— Também não consegui entender como você conseguiu reunir todos os suspeitos no seu apartamento. Creio que não foi uma tarefa fácil.

— A bem da verdade foi. Você conhece meu poder de persuasão e, na véspera do encontro, depois de passar pelo apartamento da Alameda Jaú, tive tempo suficiente para isso.

Serafim sabia das habilidades do amigo, de sua capacidade de convencer as pessoas. Os seus adversários no júri, também.

Continuou desfilando suas dúvidas.

— Não compreendi direito a razão de gravarem as imagens do prédio em DVDs e não no próprio disco rígido do computador. Se tivessem feito isso, facilitaria bastante a nossa investigação.

— Compreendo o que quer dizer. Não sou nenhum especialista em computadores, mas estive investigando a razão disso. Parece que o síndico de lá é muito sistemático, metódico, e gosta que as coisas sejam feitas do seu jeito. Dessa forma, determinou que as gravações diárias fossem armazenadas em DVDs, caso contrário, acreditava que um vírus qualquer poderia apagar tudo. Além disso, dizia que as gravações ocupavam muito espaço na memória do computador, e o HD comportaria a gravação de um período de sete a dez dias, depois regravaria, perdendo tudo o que foi gravado. Ele sempre achou que é mais seguro salvar tudo em

DVDs, que podem ser guardados por meses, e os porteiros seguiam suas ordens. Agradeço que tenha sido desta forma, caso contrário não teríamos prova alguma, pois qualquer um poderia apagar tais imagens, inclusive Godoyzinho. Afinal, o que parecia excesso de zelo do síndico se transformou em prova fundamental do crime.

— Parece que tudo conspirou a nosso favor — observou Serafim.

— Creio que sim, mas sabe o que me dá mais satisfação nisso tudo? É que as coisas agora parecem ter tomado seu verdadeiro rumo. A duas mortes foram acontecimentos tristes para todos, porém tudo está melhorando. Soube que Cristina e Fernando se internaram em comunidades para recuperação do vício de drogas.

— Comunidades? O que é isso?

— É uma espécie de clínica onde os próprios internos fazem todo o trabalho e um dá apoio ao outro para superar o problema; ali há uma integração maior entre eles do que numa clínica comum. Fernando está numa comunidade só de homens, em Monte Alegre do Sul, no interior de São Paulo, e Cristina está aqui na capital, em outra, só para mulheres. Parece que estas duas comunidades são patrocinadas por banqueiros judeus. Pelo que conversei com Simon, eles querem a recuperação, já que pretendem se casar em breve e não desejam que os filhos os vejam usando drogas; finalmente eles despertaram para o perigo que elas representam. Tenho certeza de que serão muito felizes.

— E a ameaça dos traficantes?

— Mais uma boa notícia. Tavares me contou que seus colegas do departamento de narcóticos conseguiram prender os traficantes que estavam ameaçando Cristina e Fernando. Agora, de dentro das grades, vai ser difícil eles cobrarem as dívidas. E, por falar em bandido, Tavares também me disse que a dupla que atirou em Cícero está presa, pois Godoyzinho percebeu que havia várias provas contra si e decidiu colaborar com a Justiça para reduzir sua pena. Acabou confessando tudo e delatou seus comparsas assassinos.

— Teve notícias do casal de judeus?

— Como lhe falei, conversei com Simon, que está cuidando da confecção deixada por sua filha. Disse que o comércio vai muito bem, que o dinheiro que Godoyzinho tirou de Esther foi recuperado e sua neta lhe entregou para que pagasse suas dívidas, o que impediu que seu imóvel fosse a leilão; quando Cristina e Fernando terminarem o tratamento irão trabalhar com ele na fábrica. O apartamento de Esther será vendido, e o dinheiro vai ser usado para comprar outro imóvel no Bom Retiro, perto da Rua José Paulino, onde se localiza a confecção, já que eles pretendem morar ali depois do casamento.

Simon e Sara estão muito felizes; além do mais, com a apuração da verdade, o corpo de Esther foi retirado da parte dos suicidas e colocado na sepultura da família de Simon, ao lado dos seus antepassados. Era tudo que desejavam, e eles pediram para agradecer a você. Disseram que jamais se esquecerão de nós. Os dois velhos são muito simpáticos, não acha?

O auxiliar de Pinheiro demorou a responder, estava emocionado com o desfecho que tudo tivera. Jamais poderia imaginar que um dia viveria momentos como aqueles.

— Concordo com você. Eles sempre me pareceram pessoas boas e sofreram muito com a morte da filha, ainda mais nas circunstâncias em que as coisas se deram. Certamente eles estão felizes, assim como nós estamos; mas as notícias boas não param por aí, Pinheiro: há dias que Tereza deseja agradecer o que fez por ela, disse que, se não fosse você, cairia nas mãos de um vigarista e perderia tudo que os pais deixaram. Afirmou também que você salvou a sua vida, pois acredita que Godoyzinho iria matá-la depois do casamento. Ela ficou triste quando soube de toda verdade, aquele dia, no seu apartamento, mas se recuperou bem e, em agradecimento, nos convidou para um banquete na sua mansão, no próximo domingo. Vamos?

— É lógico que iremos, não quero perder a oportunidade de almoçar num lugar daqueles.

— E há mais uma coisa que eu queria lhe falar: Doroti está muito orgulhosa. Diz que seu patrão é um herói e que suas colegas a invejam. Tantas notícias boas merecem comemoração, vamos tomar mais um chope?

Pinheiro aceitou o convite.

Quando saboreava mais um copo, Serafim voltou-se para Pinheiro.

— Agora que me falou no casal de judeus, eu me lembrei de uma coisa que há muito estou para lhe perguntar: quando eles nos visitaram no seu apartamento, pela primeira vez, você não queria aceitar a investigação do caso, pois acreditava que se tratava de suicídio; mas, antes mesmo que visse os detalhes do inquérito, você mudou de ideia. O que aconteceu naquele dia?

Pinheiro bebeu mais um pouco de chope, deu um leve sorriso e, com olhar maroto, disse:

— Você se lembra de que os pais de Esther disseram que o tiro que ela recebeu foi dado bem no meio do rosto?

— Sim, eu me lembro de Simon falar que seu rosto ficou totalmente desfigurado.

— Isso não lhe diz nada?

— Para mim parece algo perfeitamente normal, pois quem quer se matar não escolhe lugar para dar o tiro, desde que ele seja fatal.

— Permita-me mais uma vez discordar de você, meu prezado amigo. Um suicida homem até poderia dar um tiro no meio do rosto, porém uma mulher jamais seria capaz de fazê-lo. Se tivesse de se suicidar com uma arma, o tiro seria no ouvido, nas têmporas, na boca, no peito ou no abdômen; jamais no rosto, e sabe por quê? Porque as mulheres são vaidosas até na hora de morrer; jamais atirariam no próprio rosto, e, creio, nenhuma gostaria de ir desfigurada para o caixão. Isso fez mudar minha ideia inicial e passei a acreditar em assassinato. Depois outras provas mostraram que meu raciocínio estava certo, mas o ponto de partida foi a afirmação de Simon que sua filha tinha morrido com um tiro no rosto. É preciso conhecer bem as mulheres para compreendê-las.

Serafim estava cada vez mais admirado com as habilidades do amigo e com o seu raciocínio brilhante. Sentia-se orgulhoso de ser seu auxiliar, quis brindar novamente o sucesso do primeiro caso que tinham desvendado e à amizade que os unia.

Pinheiro levantou o copo de chope e, após o brinde, bebeu com satisfação. Sentia que aquele gesto iria se repetir em muitas outras oportunidades.

Impresso nas oficinas da
SERMOGRAF - ARTES GRÁFICAS E EDITORA LTDA.
Rua São Sebastião, 199 - Petrópolis - RJ
Tel.: (24)2237-3769